이 별이 마음에 들어

이 별이 마음에 들어

제11회 수림문학상 수상작

ⓒ 김하율 2023

초판 1쇄 발행 2023년 12월 1일
발행인 성기홍
편집인 김현준
주 간 맹찬형
기 획 이진욱
제작진행 엄희재

발행처 연합뉴스
주 소 03143 서울시 종로구 율곡로2길 25
www.yna.co.kr

인 쇄 평화당인쇄(02-735-4004)

정 가 16,500원
구입문의 02-398-3615
ISBN 978-89-7433-139-9 03810

※ 이 책은 수림문화재단의 지원을 받아 출간되었습니다.
※ 광화문글방은 연합뉴스의 출판 전용 브랜드입니다.
※ 이 책에 인용된 노래 가사는 사단법인 한국음악저작권협회(KOMCA)로부터
사용 승인을 받았습니다.

이별이 마음에 들어

김하율 장편소설

광화문글방

차례

프롤로그 · 007

1부 1978년

2부 1979년

3부 2024년

에필로그 · 263

프롤로그

"처음 뵙겠습니다."

말끔하게 생긴 청년이 장수에게 다가와 미소를 지으며 인사했다. 차에 막 오르려던 참이었다. 일찍도 왔네. 짐 다 실어놓으니까. 장수는 투덜거리면서 신입을 위아래로 훑었다. 표준 신장에 표준적인 외모로 이십대 중반처럼 보였다. 바로 옆을 스쳐 지나가도 딱히 특징을 잡을 수 없는 평범한 얼굴이었지만 살짝 올라간 입꼬리로 인해 부드러운 인상을 주었다. 장수의 매너 없는 행동에도 신입은 예의 바르게 대답을 기다리는 중이었다.

"선배니까 말 놓을게. 타."

게다가 내가 나이도 한참 많잖아, 라는 말까지는 하지 않았다. 꼰대가 될 필요는 없지. 장수의 말이 떨어지기 무섭게 신입은 조수석에 올라 안전벨트까지 꼼꼼히 매고 정면을 바라보았다. 신속 정확하군. 장수는 신입의 옆모습을 흘끔 쳐다보며 생각했다. 신속 정확은 이 회사의 모토다. 배송에서 그보다 중요한 건 없으니.

"날씨가 좋군요."

신입이 정면을 바라본 채 입을 열었다. 장수는 창밖으로 하늘을 쳐다보았다. 아직 해도 뜨지 않은 새벽이었다. 겨울이라 점점 일출이 늦어졌다. 검은 하늘을 배경으로 새벽별이 보였다.

"오늘은 똥짐이 많아. 힘든 하루가 될 거야."

장수가 시동을 걸며 말했다.

"즐겁게 일해야죠."

신입이 장수 쪽으로 고개를 돌리며 말했다. 예의 그 미소를 지으며. 장수는 좀 징그럽다는 생각이 들어서 입을 다물었다. 그리고 히터를 올렸다. 이른 새벽임에도 도로에는 차가 적지 않았다. 대한민국에 이렇게 부지런한 사람들이 많다니. 장수는 습관적으로 교통 방송을 틀었다.

"오늘 밤 전 세계 밤하늘이 붉은빛으로 물들 예정이라고 합니다. 2024년 이후로 십 년 만에 슈퍼 블러드문이 관측된다고 하는데요. 지난번에는 사십육 년 만에 관측되었으니 십 년이면 비교적 짧은 시간이라 할 수 있습니다. 이번에 펼쳐지는 환상적인 우주쇼를 놓친다면 삼십오 년을 더 기다려야 한다고 합니다. 오늘 밤 사랑하는 사람과 블러드문을 보며 소원을 빈다면 이루어질 수도 있을 거 같습니다."

아나운서의 낭랑한 목소리를 끝으로 광고가 흘러나왔다. 십년 전이라… 장수는 2024년 그날의 밤하늘을 떠올렸다. 슈퍼 블러드문, 그 밤을 누구보다 더 잘 기억했다.

"자주 오네."

"누가 말입니까?"

장수의 혼잣말을 놓치지 않고 신입이 질문했다.

"외가 친척. 울 엄마 친정 사람들."

"가까운 데 사시나보죠?"

"멀어. 한 일 광년쯤?"

"그건 우주 아닙니까?"

신입이 천진한 표정으로 물었다.

"어. 울 엄마 외계인이었거든."

"외계인요?"

신입이 눈을 동그랗게 뜨고 물었으나 어딘지 과장된 행동처럼 보였다.

"지금은 지구인이고."

신입은 뇌에 부하가 걸린 듯 잠시 말이 없었다. 자신을 놀린다고 여길지도 모른다는 생각이 들어 장수가 입을 열었다.

"나도 십 년 전에 알았어. 울 엄마가 진짜 외계인이라는 걸."

"그렇다면 선배님도 외계인입니까?"

"아니, 아니."

장수가 손사래를 치며 말했다.

"울 엄마는 나를 가슴으로 낳았어."

"가슴으로요?"

옆을 돌아보니 신입의 눈동자는 혼란, 그 자체였다. 장수는 좀 미안한 생각이 들었다. 이걸 어떻게 수습해야 하나.

"내가 얘기 하나 해줄까?"

"재미있는 이야기라면 대환영입니다."

과장된 표현이 거슬렸지만 대화 상대로 나쁘지 않겠다는 생각이 들었다.

"나는 늦둥이이자 업둥이야."

"업둥이?"

신입이 고개를 갸웃하며 되물었다. 구식 표현이라 요즘 애들은 잘 모르나. 하지만 친절하게 설명해줄 필요까지는 느끼지 못했다. 장수는 말을 이었다.

"울 엄마는 지구에서 일 광년 떨어진 행성에서 살았거든. 우르알… 아무튼 그런 행성이 있어. 엔지니어였는데, 우주선을 타고 비행하던 중에 갑자기 날아갔대."

"날아가요?"

"기계 결함으로 날아가다 다른 행성에 불시착한 거야. 그 행성이 지구였어. 떨어진 곳은 대한민국, 서울이었고. 북쪽이었지. 더

무시무시한 얘기 해줄까? 때는 1978년이었어."

"오."

신입은 흥미롭다는 듯 적절한 추임새를 넣었다. 제법이군. 고속도로에 진입하자 차가 부쩍 많아졌다. 장수는 브레이크를 밟았다 떼었다를 반복했다.

"우주선은 전소했고, 본국에서 우주선을 보낼 때까지 지구에서 생존하는 게 목표였어."

"누가요?"

신입이 고개를 돌려 장수를 보며 질문했다. 머리가 나쁜가.

"우리 엄마 말이야, 니나."

"이름이 니나예요?"

"응."

니나. 신입이 작은 소리로 중얼거렸다.

"더 들을 거야?"

"듣고 싶습니다."

신입이 진지한 표정으로 고개를 끄덕이며 대답했다. 장수는 속도를 높였다. 사위가 점점 밝아지더니 별이 빠른 모습으로 자취를 감췄다. 아내 이외의 누군가에게 이 이야기를 하는 것은 처음이었다. 그것도 알지도 못하는 청년에게. 하지만 십 년 만에 슈퍼 블러드문이 온다지 않는가. 장수는 약간 달뜬 기분이 되어 이야기를 시작했다. 외계인 엄마와 지구인 아들의 이야기를.

1부

1978년

불시착

전라도 사투리를 구수하게 쓰는 열아홉 살 소녀의 모습을 한 외계인 니나의 고향은 우르알오아이오해였다. 그곳은 지구에서 일 광년 떨어진 행성이다. 우주계에서는 일 광년이 코앞 정도이 겠지만 개인에게는 그렇게 가깝다고 할 수 없는 거리다.

니나의 본래 이름도 호리하이코키야인데 사실 이것도 완벽하게 맞는 발음이라고는 할 수 없다. 최대한 한국어의 음차에 맞게 흉내 낸 것일 뿐이다. 외모가 다르니 발음, 발성, 발화기관 모두 다를 수밖에. 니나는 한국에 도착해서 얻은 이름이다. 물론 이름을 바로 갖게 된 것은 아니다. 이 사연은 후에 기술하겠다.

지구에 도착한 시간은 새벽 여섯 시 무렵, 동이 트기 전이었다.

정확히 말하자면 불시착이었다. 니나는 이곳이 어딘지 전혀 감을 잡지 못했다. 다만, 자신이 작업을 수행하던 중 알 수 없는 이유로 이곳으로 날아와 떨어졌다는 것만 알았다. 빛의 속도처럼 빠르게 날아와 박히는 와중에도 이 행성이 내뿜는 푸른빛에 매료되었다. 코발트블루와 에메랄드빛의 중간색이었다. 하지만 감상에 젖을 때가 아니었다. 우주선이 완전히 박살 나기 전 니나는 본국에 메시지를 남기는 걸 잊지 않았다. 수신기가 머리에 심겨 있으니 본국에서 니나를 찾는 것은 어렵지 않은 일이다. 다만 언제가될지 알 수 없다는 게 문제였다. 떠나기 전 우주선은 깨끗이 전소시켜 흔적을 지웠다. 그것은 다른 행성에 불시착했을 때의 첫 번째 매뉴얼이었다.

니나네 종족의 가장 큰 특성은 뛰어난 생존력이다. 그들은 형체를 변형할 수 있는 능력이 있었다. 니나는 액화 물질이 되어 자연스럽게 흘러갔다. 가장 빠르게 이동할 수 있는 방법이었기 때문이다. 나중에 안 사실이지만 니나가 도착한 곳은 지구에서도 대한민국이라는 동아시아 국가의 수도 서울, 그것도 북쪽에 위치한 산이었다. 때는 겨울이었다. 니나는 나무들 사이와 눈 위를 지났다. 기온이 몹시 낮다고 생각했다. 체온의 항상성을 낮게 맞췄다.

무언가 움직였다. 니나는 긴장했다. 처음으로 움직이는 생명체를 마주한 순간이었다. 한 쌍의 더듬이와 머리, 가슴, 배로 이루어진 몸에 붙은 여섯 개의 다리. 개미였다. 얼마 못 가서 만난 두 번째 생명체는 온몸이 털로 뒤덮여 있었고, 재채기를 할 것처럼 코를 찡긋거렸다. 니나가 그 붉은색 눈동자를 쳐다본 순간 미지의 생명체는 펄쩍하고 뛰어 숲속 깊숙이 사라졌다. 토끼였다. 그것도 나중에 알게 된 사실이다.

니나는 그들과 소통을 해보려 했으나 주파수가 맞지 않았다. 지적인 생명체가 아니었다. 니나의 목표는 본국이 보내오는 우주선을 기다리는 동안 시간을 버는 것이었다. 그러기 위해서는 가장 고등한 생명체가 되어야 했다. 그래야 생존율이 높아지기에. 그것은 본능인 동시에 두 번째 매뉴얼이었다.

니나는 아래로 흐르다 계곡물로 들어갔다. 작은 붕어를 만났다. 수온이 낮아 미동도 없던 붕어는 갑자기 나타난 메기에게 잡아먹혔다. 니나는 계곡물에서 나와 아래로 아래로 흘렀다. 그러는 동안 해가 떴다. 가시광선을 한껏 흡수해 기운을 차린 뒤 니나는 다시 이동했다. 바닥에 납작하게 붙은 메마른 낙엽을 지나고, 지난날 싱싱했지만 지금은 생명력이 없는 나뭇가지를 지났다. 수많은 입자들로 이루어진 흙을 지나고 누군가 영역 표시를 하느라 남겨둔 배설물을 지났다. 그러다 다른 입자의 바닥을 마주했다. 이것도 후에 알게 된 것이지만 그것은 인간이 만든 시멘트라는 인위적인 흙이었다. 니나는 오랫동안 기었다. 그러다 드디어 최초로 지적인 생명체와 마주쳤다.

가장 고등한 생명체인 게 분명했다. 여러 가지로 복잡했기 때문이다. 생체리듬과 뇌 구조, 사회성과 지성, 호르몬이 복잡했다. 니나는 그 존재를 스캔했다. 그 뒤로 또 다른 생명체들이 떼를 지어 나왔다. 니나는 두 번째, 세 번째, 네 번째 생명체까지 스캔했다. 왠지 그들은 비슷비슷하게 생겼고 같은 복장을 하고 있었다. 그리고 큰 건축물로 들어갔다. 니나는 그들의 외모, 지능, 성격의 평균값을 맞춘 후 그 존재가 되었다. 변신은 단시간에 많은 에너지가 소요되는 일이므로 신중해야 한다.

얼마 후 니나는 알게 되었다. 그들의 정체를. 그들은 사람이었다. 성별은 여성이었고, '노동자'라 불리는 직업을 가졌다. 그들이 들어간 건축물은 공장이라는 곳이었다. 니나는 그들을 따라 들어갔다. 그리고 대한민국에서 가장 평범한 여공으로서 잠입에 성공했다. 지구라는 행성의 대한민국 서울, 1978년 겨울의 일이었다.

얼마나 평범했는지 그 누구도 니나의 갑작스러운 등장을 알아차리지 못했다. 처음 니나가 문 앞에서 공장의 내부, 그 혼돈의 도가니를 지켜보고 있을 때 옆에 있던 시다가 니나를 잠시 쳐다보고 물었다.

"거 누고?"

이 초간 대답을 기다리던 시다는 이내 말했다. "됐고, 저것 좀 줘봐라." 그녀의 손가락이 가리킨 물건을 니나가 건네주자 시다는 다시 자신의 업무로 돌아갔다. 그때 어떤 목소리가 어이, 하고 불렀다. 공장에 있던 유일한 남성이었는데 공장장이라고 했다. 그 목소리가 니나의 청각기관을 자극했다. 니나가 바라보자 그는 심드렁한 말투로 "그래, 너!" 하고는 손가락을 까딱거리며 오라는 신호를 보냈다.

니나가 아직은 어색한 다리를 움직여 그의 앞으로 가자 참을성 있게 기다리던 공장장이 손을 들어 니나의 머리를 냅다 쥐어박았다. 갑작스러운 폭력에 니나의 눈이 커졌다. 시다 주제에 왜 이렇게 동작이 굼뜨냐며 공장장이 잔소리를 했다.

"왔으면 왔다고 말을 해야지. 뭐 하노? 퍼뜩 저그 앉지 않고."

그가 가리킨 곳을 보니 조각난 천과 먼지, 실밥이 뒤엉킨 바닥에 인간들이 줄을 지어 앉아 있었다. 그곳은 시다들의 자리였다. 그 앞에 일렬로 의자에 앉아 미싱을 타고 있는 여공들은 미싱사였다.

시다는 미싱사들을 위해 존재했다. 미싱은 천이 옷이 되게 만들었고, 그 일을 하는 데 필요한 모든 잡다한 일은 시다들의 몫이었다. 미싱사 역시 미싱이란 기계의 부속품이었으므로 그들의 안위도 시다들이 챙겨야 할 몫이었다. 미싱사가 목이 마르다면 물을 떠다주어야 했고 필요한 게 생기면 바로바로 대령해야 하는데 그중에는 생리대 심부름도 있었다. 그래서 시다들은 알고 싶지 않아도 자신의 담당 미싱사 생리 주기까지 알게 되었다.

니나는 공장장이 손으로 가리킨 곳에 쪼그리고 앉았다. 자투리 천들을 깔고 앉자마자 매캐한 공기가 콧구멍을 찔렀다. 공장에 들어설 때부터 공기의 질이 나쁘다고 생각했는데 자리에 앉자 가라앉았던 먼지가 올라와 니나의 비강을 자극했다. 엣취! 재채기를 하자 앞에 앉은 미싱사가 니나를 힐끔 쳐다보았다. 옆으로 길게 찢어진 눈이 매서웠다. 다음 날 바로 알게 되었지만 그녀로 말할 것 같으면 바로 이 공장의 1번 오야 미싱사였다.

의류 공장의 거의 모든 용어들이 그렇듯 오야라는 말도 일본어로 두목, 우두머리라는 의미다. 제일 실력이 좋은 미싱사를 뜻했다. 그런데 그 1번 오야는 담당 시다들이 한 달을 못 채우고 모두 도망갈 정도로 무시무시한 공포의 미싱사였다. 그 통에 공장장은 머릿살이 아팠으나 일 하나는 똑 부러지게 잘했으므로 더러운 성격을 모른 척하고 시다만 탓했다. 그런데 바로 어제 이 1번 오야의 시다가 한밤중에 줄행랑을 쳤다. 누가 되었든 1번 시다만 되면 도망쳤기 때문에 공장장은 니나를 보는 순간 1번이라고 부르기가 꺼려졌다. 어차피 1번 오야의 시다가 될 것이지만 공장장은 이번엔 약간의 변칙을 두기로 했다.

"너는 0번이다. 0번 시다."

0번이든 1번이든 숫자가 뭐가 중요해. 시다들은 콧방귀를 뀌었다. 그러면서도 니나를 곁눈질하며 속으로 쟤는 며칠을 버틸까 생각했다. 먼젓번 애는 일주일은 갔는데. 그런 거 생각하면 우리 미싱사 언니는 착한 거야… 스스로 위안하면서.

정신없는 가운데서도 지루한 하루가 지났다. 잔업을 마치니 열 시였다. 미싱사들은 미싱 테이블을 정리하고 퇴근 준비를 했지만 시다들은 그러지 못했다. 한 시간가량 청소 및 실밥 정리 등의 마무리를 한 후에야 잘 수 있었다. 그들의 잠자리는 바로 위 작업 공간 겸 창고로 쓰는 2층 다락이었다. 70년대 중반 이후 철거되는 듯했던 공장 2층 다락은 다시 야금야금 불법 개조되었는데 이곳도 마찬가지였다. 층고가 삼 미터 정도인 공간의 반을 위아래로 나누면 작업 공간은 두 배가 되었지만 일하는 사람은 하루 종일 허리 한번 펴지 못한 채 엉거주춤한 자세로 일해야 하는 고문에 가까운 환경이 된다. 바로 이곳이 그랬다.
　일과가 끝나면 시다들은 다락의 먼지 구덩이에서 거의 포개져 잤다. 그 와중에 저녁도 지어 먹었는데 먼지에 밥을 비벼 먹는다는 표현이 비유만은 아니었다. 여자들은 다락, 남자들은 1층 재단판 위에서 잤다. 그래도 여기는 양반이라고 했다. 어떤 공장은 다락에서 남녀가 혼숙을 하는데 일 년에 임신해서 고향으로 내려가는 시다의 수가…. 야만의 시절이었다. 시다들은 속으로 오늘은 좀 넓게 자보나 했는데 글렀다고 생각하며 니나를 힐끔 쳐다보았다. 하지만 니나는 다락방을 한번 올려다보더니 그냥 그 자리에 도로 앉았다.

"야, 안 잘 꺼가?"

다락에서 3번 시다가 물었다. 어둠 속에서 아무 소리도 들리지 않았다.

"불 끈데이."

그래도 대꾸가 없었다. 시다들은 괴짜가 들어왔다고 수군거리며 잠자리에 들었다. 남에게 신경 쓸 여유도 시간도 없었기 때문이다. 자정이 훌쩍 넘은 시간이었다. 다섯 시간 후면 일어나서 또 하루를 시작해야 했다. 늘 잠이 부족했다. 시다들은 대부분 십대 소녀들이었다.

니나는 불 꺼진 공장의 벽에 등을 기대고 앉았다. 우선 지독한 소음이 사라진 게 다행이었다. 니나는 오감이 예민했다. 백열등과 미싱이 꺼지고 인간들의 목소리도 사라졌다. 비로소 어둠 속에서 안식을 찾은 니나는 문득 떠올렸다. 아무도 자신의 이름을 묻지 않았다는 것을. 다행스러우면서도 이상한 일이었다. 공장장은 자신을 "야, 0번"이라고 불렀고 옆자리에 앉은 1번 미싱사는 그냥 '야!'라고 불렀다. 니나는 이곳에서 '야'라는 말은 보편적인 존재, 불특정 존재의 문을 두드리는 똑똑똑 같은 말인가보다 생각했다. 니나는 지구가 생각보다 복잡한 행성이라고 느꼈다. 인간은 그보다 더 복잡했다.

"야, 지구."

똑똑똑. 어둠 속에서 니나는 지구의 문을 두드렸다. 자신이 막 도착한 새로운 세계를.

다음 날 아침, 시다들은 피곤에 찌든 눈을 비비며 일어났다가 공장 아래를 내려다보고 깜짝 놀랐다. 어제저녁 자세 그대로 니나가 앉아 있었기 때문이다. 니나는 쪽문으로 어스름히 들어오는 새벽빛을 해바라기처럼 맞고 있었다. 다음 날도 마찬가지였다. 물 이외에는 먹지도 않았다. 점심시간에는 밥을 먹는 대신 양지바른 곳에 가만히 앉아 눈을 감고 있었다. 마치 태양열로 충전 중인 기계처럼. 실제로 니나는 광합성을 통해 에너지를 충전했지만 이를 모르는 지구인들은 미친 애가 들어왔나보다 하고 수군댔다.

이번 시다도 나가면 1번 오야의 히스테리를 본인들이 감당해야 할 것이므로 시다들은 상의 끝에 공장장에게 이 사실을 알렸다. 0번 시다가 이상하다고. 공장장도 새로 들어온 시다가 평범하지 않다는 것은 알고 있었지만 1번 오야의 히스테리를 보는 것도 지겨웠다. 공장장은 공장 안을 눈으로 쭉 훑었다. 열 명의 미싱사가 한 줄씩 앉아 미싱을 타고 그 옆에는 각각의 미싱 보조들이 그리고 그 밑에는 시다들이 바닥에 앉아 잔일을 하고 있었다. 미싱사가 열 명, 미싱 보조 열 명, 시다가 열 명이었다. 공장 한가운데에 재단판이 있고 재단사와 재단 보조, 옷의 최종 마무리를 하는 시아게사가 한 명씩이니 이만하면 규모가 작지 않은 공장이었다. 공장장의 눈길이 그중 3번 미싱사 미자에게 꽂혔다. 그는 점심시간에 쉬고 있는 미자의 자리로 걸어갔다.

"너그 집 메이뜨 한 명 줄었제?"

미자가 공장장을 올려다보았다. 그는 직원의 집에 수저가 몇 개 있는지까지 시시콜콜 다 아는 사람이었다. 사장의 처남으로 일을 필요 이상으로 열심히 했다. 공장장이 니나 쪽을 눈짓했다. 함께 있던 미싱사 하나가 건강상의 문제로 고향으로 내려가는 바람에 월세방에 한 자리가 남는 건 사실이었다. 그렇다고 정신이 이상한 시다랑 같이 살고 싶진 않았다. 마지못해 미자는 함께 사는 7번 미싱사에게 상의했다. 7번이 니나를 쳐다보았다. 니나는 고개를 수그리고 쪽가위로 실밥을 뜯고 있었다.

"어차피 잠만 자는데 뭐 어때."

7번이 흔쾌히 찬성하자 미자는 그런가?, 고개를 갸웃하고는 퇴근 시간을 기다려 니나에게 제안했다.

"우덜 월세방에 자리 하나 남는디 어째, 같이 갈랑감?"

니나는 미자를 올려다보았다. 그리고 자리에서 일어났다. 미자는 애가 자신의 말을 이해한 것인지, 지능이 너무 낮은 건 아닌지 의심이 들었으나 아무럼 어떤가. 월세가 덜어진다면. 사실 니나가 미자의 말을 이해한 건 아니었다. 월세가 뭔지, 어디를 가자는 건지 알 수 없었으나 지금의 환경보다는 나을 거라는 막연한 생각이 들었을 뿐이다.

"짐은 없당가?"

고개를 가로젓는 니나를 보며 미자는 잘하는 짓인지 모르겠네, 혼잣말을 하며 앞장섰다.

미자가 니나를 데리고 간 곳은 벌집이라 불리는 사글세 판잣집촌이었다. 몇 개의 가파른 골목을 지나자 다닥다닥 붙어 있는 문들이 보였다. 이곳에 와서 구조를 본 사람이라면 벌집이라고 하는 이유를 바로 알 수 있었다. 무수한 사각형 문 안에 무수한 일벌이 살고 있는 곳이었다. 미자가 그중 하나 앞에 서더니 가방에서 열쇠를 꺼내 문을 열었다.

문이 채 열리기도 전에 니나를 맞이한 건 코를 찌르는 지린내였다. 몇십 명이 모여 사는 판잣집에 화장실은 단 두 칸. 아침마다 전쟁터였다. 그래서 웬만한 작은 볼일은 요강에 보고 하수구로 내려보내는 통에 집에서는 늘 지린내가 났고, 여름에는 코가 얼얼할 정도였다. 두 번째로 니나를 맞은 것은 어둠 속으로 잽싸게 도망친 작은 존재였다.

"저노무 쥐새깽이가, 약을 놔도 약아빠져설랑 처먹질 않는다니께."

미자는 니나더러 들으라고 큰 소리로 말했다. 이런 가격에 이런 월세방 찾기 힘들다고 올라오면서 얘기해둔 게 있어서였다.

월세는 네 명이서 똑같이 사등분했다. 시다 월급에서 제하기는 큰돈이었으나 어쩔 수 없었다. 미자는 스무 살이었다. 미자는 니나를 보며 얘는 이 나이에 시다로 들어오다니 그동안 뭐 하고 살았을까, 식모를 했나?, 궁금해했다. 자신도 식모 시절이 있었기 때문이다.

"밥 먹을랑가?"

미자는 현관문과 방문 사이의 한 평 정도 공간에 놓은 곤로에 불을 붙이며 물었다. 두 사람이 서기에도 비좁은 그 작고 어둡고 냄새나는 공간이 부엌이며 욕실이며 화장실이었다. 미자는 작은 항아리에서 꺼낸 보리를 냄비에 담더니 쌀을 한 줌 섞어 물로 씻는 둥 마는 둥 하고 곤로에 올렸다.

"내는 고향서 열두 살에 올라와설랑 식모살이부텀 시작했어야."

미자가 옷을 갈아입으며 말했다. 시골에서 상경하면 대부분 십대 시절은 식모로 보낸다. 딸의 경우는 팔 할이 그랬다. 입 하나를 던다는 표현에는 자력구생이라는 의미가 내포되어 있었다. 미자는 키가 작고 몸매가 두루뭉술해서 어딘지 어려 보이는 데가 있었다. 그래서 시다 시절에 엄마 젖 좀 더 먹고 오라는 소리를 서럽도록 들었다고 했다. 집안이 어려워 국민학교 4학년 때 중퇴했는데 식모살이하던 주인집 남자가 학교 선생이었다. 주인 여자는 작은 구멍가게를 운영했다.

"아부지는 핵교 선상님이제, 엄니는 가겟집 하니께 먹고 잡은 과자 다 먹을 수 있제. 내는 다시 태어나문 그 집 딸로 태어날 거랑께."

미자가 부러워해 마지않던 그 집 남매는 아홉 살, 열두 살이었다. 미자는 처음 일을 시작했을 때 콩나물을 씻을 줄 몰라 주인 여자한테 혼났던 기억이 있다. 박박 씻으면 되는 줄 알고 몇 번을 씻는 통에 대가리가 다 떨어져나가자 여자가 미자의 머리를 쥐어박으며 말했다.

"그래서 무슨 일을 하니?"

가족이 아닌 남에게 혼이 나기는 처음이었다. 미자는 서러움이 밀려들었으나 그런 감정에 빠질 틈도 없이 새벽부터 일해야 했다. 아침밥을 준비하고 아이들을 깨워 학교에 보내는 일은 오년 동안 계속됐다. 그러는 가운데 막내는 중학교에 입학하고 자신과 동갑인 첫째는 고등학교에 입학했다. 자신만이 국민학교 중퇴자로 쳇바퀴 도는 삶을 살고 있다는 생각에 정신이 번뜩 든 미자는 몇 년 더 얌전히 있으면 좋은 데 시집보내주겠다는 주인 여자의 말을 뿌리치고 그 집을 나왔다.

"그 길로 내빼서 청계천 시다로 취직했다니께. 여그에 친구가 있었거덩."

미자는 통에서 김치를 꺼내 칼로 쓱쓱 썰었다. 시큼한 신내가 코를 찔렀다. 시다 월급은 식모 오 년 경력의 월급에 훨씬 못 미쳐서 엄마한테 미쳤느냐는 말도 들었지만 상관없었다. 적어도 기술을 배울 수 있으니까. 어제보다 나아지고 싶었던 것이다. 그리고 삼 년이 지났다.

"니, 그 야그 아냐? 청계천에서 삼 년 지나문 골병 들어뿐다고."

미자는 픽 웃으며 말했다. 목, 허리, 팔목, 다리 정말 안 아픈 데가 없다며. 말이 스무 살이지 골골거리는 걸 보면 자신이 보기에도 할매가 따로 없다고. 아무 말 없이 얘기를 듣는 니나에게 미자는 수저를 권하며 말했다.

"어여 묵어. 오늘은 콩나물도 없네이. 여그서 네 명이 지내야. 한 명은 공장에서 본 7번 미싱사인디 그 언닌 약속이 많아서 집에 잘 안 붙어 있어. 그라고 또 하나는 차순이여."

차순은 버스 안내양이라고 했다. 이름이 차순인지 직업을 그렇게 부르는 건지 알 수 없었으나 집에 들어오는 시간대가 달라서 비교적 쾌적하게 방을 쓸 수 있다고 했다.

"만날 이냥 늦게 밥 묵고 바로 자니께 속도 안 좋아."

미자는 가슴팍을 주먹으로 팡팡 두드리며 말했다. 신물이 올라오는 듯 미간을 찡그렸다. 퇴근해서 집에 오면 열한 시였는데 저녁을 다섯 시에 먹고 고된 노동을 한 후면 배가 고파 잠이 오지 않았다. 울며 겨자 먹기로 찬이라곤 김치밖에 없는 끼니를 때우는데 먹고 나면 또 속이 더부룩했다. 니나는 이런 미자를 물끄러미 바라봤다. 밥은 건드리지도 않은 채였다. 니나의 표정을 읽은 듯 미자가 말했다.

"잔업이 있을 때만 이려. 비수기 때는 또 일이 없어갖고 한가혀. 그것도 걱정이긴 한디."

미자의 강권에 못 이겨 니나는 밥을 한 수저 떴다. 탄수화물이 입안에서 으깨져 아밀라아제와 만나 단맛이 났다. 나쁘지 않았다. 김치는 오묘한 맛이었다. 톡 쏘는 맛의 실 대로 신 김치는 짜고 달았는데 특유의 감칠맛이 있었다. 그때는 몰랐다. 그게 바로 발효의 과학이라는 것을. 자신이 김치 없이는 못 사는 외계인이 될 운명이라는 것도.

감정

한 달이 지났다. 그사이 니나는 미싱을 타게 되었다. 보통은 시다 생활 이 년 이상, 빨라도 일 년은 해야 겨우 미싱 사용 방법을 배울까 말까였다. 그래서 기술 배우기가 쉽지 않은데 니나는 옆에서 미싱사들이 작업하는 모습을 보다가 혼자 깨쳐서 "야가 미싱 천재 아이가?"라는 소리를 듣게 되었다. 니나가 지구인이 아니라는 걸 모르니 나올 수밖에 없는 이야기였다. 니나의 종족은 한 번 본 것을 그대로 따라 할 수 있는 능력을 갖고 있다. 이를테면 카피 능력이었다. 효율을 중시하는 종의 특성 때문이다.

한두 벌 옷을 만들어보더니 그다음부터는 거의 기계 수준이었다. 초보임에도 실수가 없었다. 오히려 1번 미싱사만큼이나 깔끔했다. 그럴 수밖에 없는 건 니나가 1번 오야의 담당 시다였기 때문이다. 그녀 앞에 앉아 그녀가 미싱 타는 것을 하염없이 바라보았기에 가능한 일이었다. 미싱사는 옷을 넘기면서 라벨 안쪽에 초크로 자신의 번호를 써놓는다. 그렇게 표시를 해놔야 옷이 잘 못되었을 때 담당 미싱사에게 다시 돌아갈 수 있기 때문이다. 그리고 자신이 일한 만큼 월급을 받는 도급제였으므로 카운팅을 위해서이기도 했다.

니나의 옷과 1번 오야의 옷은 표시를 하지 않는다면 누가 했는지 모를 정도로 작업 스타일이 똑같았다. 오야는 깔끔하게 물건을 빼는 걸로 이 공장 최고 기술자였으므로 1번이었다. 그녀는 니나의 작업물을 보며 인상을 찡그렸다. 자신의 독보적인 위치에 대한 도전으로 여겨졌던 것이다.

어쨌든 공장은 이직률이 높은 곳이었기에 니나는 한 달 만에 시다에서 미싱사로 승진했다. 시간도 시간이지만 미싱 보조를 건너뛰었다는 데서 다른 시다들의 시기와 부러움을 샀다. 본인은 몰랐겠지만.

여기서 잠깐. 니나의 종족에 대한 안내가 필요하다. 다른 존재로 변신이 가능하고 한 번 본 것은 그대로 따라 하는 등의 효율이 극대화된 능력은 분명 지구인이 보기에 축복으로 보일 터. 하지만 치명적인 단점이 하나 존재했으니, 니나의 고향 행성 우르알오아이오해에는 감정이 존재하지 않는다는 점이다. 점점 퇴화되어 소멸했다는 말이 맞다. 감정처럼 비효율적인 것은 없으니까.

따라서 니나는 자신이 받고 있는 시기와 동경을 눈치채지 못했다. 안다 하더라도 그것이 어떻게 발생해서 어떤 효과를 주는지 알 수 없었을 것이다. 그리고 이것은 앞으로 발생할 많은 상황에서 문제를 만들었다.

겨울이라 싸온 도시락이 단단하게 굳었다. 그러면 다리미 위에 도시락을 놓고 데워먹기도 했는데 그것도 도시락을 싸올 시간이 있는 애들에 한했다. 엄마와 같이 사는 애들은 그나마 밥을 먹고 다녔지만 자취를 하거나 다락에서 지내는 애들은 그러지 못했다. 정 배가 고프면 시장에 나가 국수를 사 먹었다. 하루 이틀 이런 식으로 국수라도 사 먹으면 월급을 받아도 손에 남는 것이 없었다. 모든 게 다 돈이어서 숨만 쉬어도 돈이 나갔다. 니나는 여전히 밖에 나가 해바라기를 했다. 삼십 분의 점심시간 동안 밖에서 광합성을 하고 오면 엄동설한에 입술이 푸르스름해지고 뺨이 붉게 텄다. 다른 사람의 눈에 이런 모습은 무척 기이해 보였다.

입사 한 달째, 이제 니나를 모르는 사람은 아무도 없었다. 0번 시다에서 2번 미싱사가 된 것 외에도 밥을 먹지 않는 애, 이름을 말하지 않는 애, 말을 안 하는 애 등 무수한 이야깃거리를 낳았으나 정작 본인은 몰랐다.

"언니는 왜 밥 안 묵소?"

시장에 나가 국수를 사 먹고 온 니나의 담당 시다가 니나에게
물었다. 늘 배가 고픈 십대 시다들은 먹지 않고도 견디는 니나가
부러우면서도 신기했다.

아침을 많이 먹었다고 말했지만 같은 집에 사는 3번 미싱사 미
자는 니나가 첫날 외에 집에서 밥을 먹는 걸 본 적이 없었다. 그
럼에도 월세와 더불어 식비의 4분의 1을 지불했다. 정말 이상한
애였다. 니나의 뒷자리에서 시다와의 대화를 듣던 미자는 문득,
혹시 타이밍 중독은 아닌가 하는 생각이 들었다. 잔업이나 철야
시즌이 되면 공장장은 각성제인 타이밍을 한 알에 십오 원씩 받
고 팔았다. 약을 먹으면 잠을 쫓을 수 있었다. 하지만 한 알이 두
알이 되고 두 알이 세 알이 되었다. 중독이 되면 배도 안 고프고
잠도 안 온다고 했다. 일은 기계적으로 하게 된다. 제품을 많이
만든다. 작업량이 달성되면 공장장이 좋아한다. 옷이 잘 팔리면
사장이 좋아한다. 돈은 사장 주머니로 들어간다. 그리고 미싱사
는 쓰러진다. 다들 이런 상황을 알았지만 시즌이 돌아오면 타이
밍을 먹지 않고는 견디지 못했다.

"언니는 누굴 좋아한당가?"

2번 시다가 니나에게 물었다. 니나는 알 수 없는 질문에 고개
를 들어 시다를 바라보았다. 시다는 더 이상 부연 설명을 하지 않
았다. 다 알면서 뭘 그러느냐는 태도였다.

"응?"

"아이 참, 나훈아랑 남진 오빠 중에서라."

"둘 다 뭐…"

"언니는 어느 편인감?"

시다는 좀 집요한 성격이었다. 마침 나훈아의 노래가 라디오에서 흘러나오고 있었다. 몇 번 들어본 노래인 데다 이 노래가 나오면 시다들이 거의 합창으로 불러서 니나도 알았다.

사랑이 무어냐고 물으신다면
눈물의 씨앗이라고 말하겠어요
먼 훗날 당신이 나를 버리지 않겠지요
서로가 헤어지면 모두가 괴로워서 울 테니까요

귀에 착 감기는 멜로디, 비음이 섞인 매력적인 목소리, 심금을 울리는 가사 때문이 아니었다. 그냥, 그때 그 노래가 나오고 있었기 때문이다. 니나가 선택한 것은.

"나훈아."

별생각 없이 뱉은 이 말 한마디가 본인에게 얼마나 큰 후폭풍을 초래했는지 니나는 그때 알지 못했다.

"어… 남진이 아니당가?"

시다가 다시 한 번 확인 사살을 했다. 아직 점심시간이 끝나지 않았을 때라 모든 미싱이 쉬고 있었다. 조용한 가운데 라디오 소리만 들려왔다. 그렇다는 건 모든 미싱사와 시다들이 니나의 말을 들었다는 이야기였다.

"나훈아."

니나도 다시 한 번 말했다. 그러자 시다가 주섬주섬 일어나더니 화장실 줄이 좀 줄었을라나, 어색하게 혼잣말을 하며 일어났다. 그도 그럴 것이 니나가 공장에 들어온 첫날, 점심시간을 알리는 종이 땡 하고 치자 모두 벌떡 일어나 뛰었다. 니나도 영문을 모른 채 같이 뛰었다. 그들이 치열하게 뛰어 도착한 곳은 화장실이었다. 이미 이삼십 명이 줄을 서 있었다. 화장실은 단 세 칸이었다. 이게 말이 되나. 니나는 의아했다. 남녀 공용 변소는 불편하고 불결한 데다 시설도 턱없이 부족했다. 이 시장 건물에서 일하는 이천 명 남짓의 사람들이 세 칸의 변소를 쓰고 있는 것이다. 그 앞에 거의 하루 종일 줄이 늘어서 있었다. 그뿐인가. 상수도 시설도 마찬가지였다. 사백 개 이상의 작업장에 수도는 단 세 곳뿐. 그나마도 제한 급수를 해서 세면은커녕 물 마시기조차 힘들 때가 많았다. 매일 먹고 배설하는 게 전쟁 같았다. 지구는 정말 척박한 땅이로구나. 니나는 놀랐지만 늘 그렇듯 곧 적응했다.

쟈가 미친나⋯. 뒷자리에서 역시나 조용히 듣고 있던 미자가 속으로 혀를 찼다. 괜히 긁어 부스럼을 만든 시다가 얄미웠다. 당시는 트로트 장르의 노래가 절찬리에 소비되던 시대였다. 공장에서는 호남과 영남으로 나뉘어 호남은 남진, 영남은 나훈아가 대세였다. 음악적 취향에도 지역감정이 있다니 놀랍겠지만 더 들어보시라. 니나가 처음 만났던 고등 생명체, 그 태초의 디폴트 값은 호남 여성들이었다. 따라서 니나의 말투를 들으면 누구라도 고향이 전라도라는 걸 알 수 있다.

때문에 니나는 자동적으로 '남진파'에 편입되었다. 자신의 의사와는 상관없이. 사실 니나에게 남진과 나훈아는 당뇨 환자에게 초콜릿이냐, 사탕이냐를 고르라고 하는 것처럼 무의미한 일이다. 그래도 굳이 고르라고 한다면 사실 조금 더 마음이 기우는 쪽은 나훈아였다. 하지만 왜냐고 묻지는 말라. 아무런 이유가 없으니까. 문제는 과정이 아닌 결론이었다. 호남 사람이 남진이 아닌 나훈아를 대놓고 좋아한다니. 미자는 한숨을 쉬었다. 차라리 조용필이라고 했으면 좋았겠지만 안타깝게도 조용필은 그다음 해인 1979년에 데뷔한다. (참고로 조용필은 경기도 출신이다.) 이런 일들은 가뜩이나 니나에 대해 불리한 여론에 불을 지피는 꼴이었다. 전쟁의 서막이랄까.

생각보다 전쟁은 빨리 일어났고 이건 전쟁이라 하기에도 한쪽이 열세인 일방적 폭격이었다. 니나가 미싱을 넘어 이제 재단에까지 진출했기 때문이다. 니나에게 재단 기술을 가르친 사람은 아무도 없었다. 하지만 이번에도 니나는 쓱쓱 능숙하게 가위질을 했다. 재단은 자고로 남자들의 몫이었고, 여자에게는 절대로 기술을 전수하지도 않고 여자들 역시 배우려 들지 않는 금녀의 영역이었다. 미싱이 섬세함을 요구한다면 재단은 몇백 장의 무거운 원단을 취급해야 하므로 우선 힘이 좋아야 한다, 라는 건 표면적인 이유였고 남성 권력의 카르텔을 유지하는 게 더 큰 이유였다. 재단사는 공장장과 더불어 그 시즌의 생산 디자인과 패턴, 원단의 종류, 수량 등 많은 것들을 함께 결정하는 자리이기 때문이다.

어느 날이었다. 재단사 이씨가 무단으로 결근했다. 술을 좋아하니 어제도 한잔하고 못 일어나는 게 뻔했다. 가끔 이렇게 한번씩 속을 썩였다. 한가한 때는 그래도 공장장 선에서 눈을 감아줬지만 지금처럼 한창 바쁜 시즌에는 공장장도 화가 났다. 재단 보조가 혼자 해보려 들었으나 원단 망친다고 지청구만 들었다. 그때였다. 니나가 홀연히 일어나 재단판 앞에 선 것은.

"아야, 니 시방 뭣 허냐?"

미간을 찡그리며 공장장이 니나에게 물었다. 미싱 좀 빨리 탔다고 이게 뵈는 게 없나 싶었다. 니나는 아랑곳없이 원단을 손으로 반듯하게 편 후 초크와 재단자를 가져와 도안의 본을 뜨기 시작했다. 재단의 기술은 자투리가 남지 않게 도안의 본을 뜨고 자르는 것이다. 그러기 위해서는 본과 본 사이에 일 센티미터씩 시접을 떼어 이 센티미터 간격을 유지하며 그리고 잘라야 하는데 여기서 숙련공의 솜씨가 드러났다.

니나의 키에 비해 재단판이 높아 팔이 닿지 않자 니나는 재단판 위로 올라갔다. 치마 속이 보이든 말든 신경 쓰지 않고 그리는 데 열중했다. 공장장을 비롯해 모든 사람들이 일제히 손을 멈추고 니나가 하는 양을 지켜보았다. 니나는 그리기가 끝나자 원단을 쌓고 양옆의 각을 맞췄다. 눈치를 보던 재단 보조가 잽싸게 나서며 손을 보탰다. 모처럼 찾아온 고요 속에서 니나는 재단칼을 잡았다. 공장장은 어디 한번 해봐라, 하는 표정으로 말리지 않았다. 기계로 된 칼은 수백 장을 겹쳐놓은 원단을 휴지 조각처럼 가볍게 자를 수 있다. 그만큼 위험해서 조금이라도 빗나가면 많은 양의 원단을 망칠 수 있었고 자칫하면 손까지 다쳤다. 청계천에서 일 년에 한 가마니씩 잘린 손가락이 나온다는 것은 단순한 괴담이 아니었다.

니나는 재단칼을 잡고 팔목을 돌려가며 부드럽게 나아갔다. 원단 위에서 직선과 곡선을 오고 가는 그 모습이 마치 전위예술처럼 우아하고 진취적이었다. 무엇보다 집중하고 몰입하는 니나의 표정이 압권이었는데 칼과 손이 하나가 된 듯한 물아일체의 모습에 다들 침도 넘기지 못하고 바라보고만 있었다. 재단이, 칼질이, 저렇게 멋들어진 일이었던가.

니나의 칼이 지나간 원단은 소위 기레빠시라고 하는 자투리가 하나도 나오지 않았다. 조금의 비뚤어짐도 없이 실로 완벽했다. 마치 기계로 찍어낸 것 같았다. 모두들 입을 다물지 못했다. 저

열아홉 살 여자아이가 약 한 달 전 아침, 공장장에게 머리를 쥐어박히며 들어온 그 시다가 맞단 말인가. 적어도 세 번은 바늘에 손가락이 대차게 찔려야 일류 미싱사가 된다는 말이 무색하게도 니나는 순식간에 미싱에 이어 재단까지 마스터했다. 공장장도 입을 다물지 못했다. 저것은 십 년 이상의 경력을 보유한 기술자의 솜씨였다. 쟤는 도대체 뭐란 말인가. 문제는 그 자리에 사장도 있었다는 것이다. 누구도 사장의 존재를 인식하지 못했다. 사장이 입을 떼기 전까지는.

"잘하네. 오늘부터 미싱 그만두고 재단해."

모두들 사장을 쳐다보았다. 미싱사들과 시다들이 수근수근 동요했고 그 속에서 공장장의 목소리가 뚫고 나왔다.

"그라믄 이씨는요?"

사장은 아무렇지 않게 대답했다.

"속 썩이는 놈 둬서 뭐 해."

경력제였으므로 십 년 경력 이씨보다 초짜 월급의 니나가 더 이익이라는 사장의 계산이 빤히 보였다. 그렇게 사장은 미련 없이 사람을 갈아 치웠고, 의도치 않게 동료의 자리를 빼앗은 셈이 되었으나 니나는 개의치 않았다. 나쁜 의도가 있는 건 아니었다. 오히려 더 나쁜 건 니나에게 아무런 의도도 생각도 없다는 것이었다.

재단사 이씨는 하루아침에 백수가 되었다. 좀 눙치면 되겠지,

했던 자신의 계산이 틀렸다는 걸 그는 다음 날 아침에 출근해서 알았다. 공장장도 갑작스러운 해고에 유감을 표하면서 속으로 여자 재단사라니, 세상이 망조가 들었다고 생각했다. 미싱사들은 또 어떻고. 재단사는 공장장 아래의 지위를 갖는다. 재단사는 미싱사나 시다처럼 숫자로 불리지 않는다. 누구씨, 누구야, 하다못해 성으로라도 불린다. 개별성을 가지므로 좀 더 인간에 가까워진다. 무엇보다 월급이 미싱사들의 두 배 이상으로 뛴다. 따라서 니나는 모든 이들에게 미운털이 박히게 되었다.

  여공들은 공기의 흐름이 변했다는 것을 눈치챘다. 정작 당사자인 니나만이 그 사실을 알아차리지 못했다. 니나에게 재단칼로 천을 자르고 미싱 바늘로 옷을 박고 가위로 실을 자르는 일은 쉬웠다. 정해진 과정과 객관적인 결과물이 있기 때문이다. 하지만 인간의 감정은 어려웠다. 농담도 1차원적인 장난과 한 번 더 꼬아서 내뱉는 비아냥은 구분하기 어려웠고, 누군가 무언의 경고나 호의를 보여도 전혀 알지 못했다. 감정에서만큼은 백지, 그 자체였다. 그중에서도 제일 어려운 것은 사투리 속에 숨어 있는 함의였다. 니나 본인도 사투리를 쓰고 있지만 그건 그저, 발화에 불과했다. 본격적인 의미는 알지 못했다.
  핑곗거리와 술 냄새를 함께 들고 출근한 재단사 이씨는 자신의 해고를 쉽게 받아들이지 못했다. 심지어 한 달 전 시다였다가 지금은 미싱사인 여자애가 자신의 자리를 꿰찼다는 건 더더욱 믿을 수가 없었다. 사장은 선심 쓰듯 보름 치 월급을 더 넣어주고 등을 떠밀었으나 이씨는 가만히 서서 니나가 하는 양을 지켜보았다. 기레빠시를 최대한 안 내기 위해 요리조리 본을 돌려가며 그리고 있었다. 요거 봐라.

사장은 자투리 원단인 기레빠시가 나오는 걸 치 떨리게 아까워했다. 하지만 그건 모르는 말이다. 원단에는 결이라는 게 있어서 천 아깝다고 저렇게 돌려가면서 막 재단을 하면 옷의 본이 안 선다. 입었을 때 옷태도 안 나지만 우선 입는 사람이 불편하다. 그 일로 이씨는 사장과 많이 싸웠다. 결이 살게 제대로 옷을 만들려면 원단 한 장으로 옷을 얼마 뽑지 못한다. 사장은 막 만들어도 잘만 팔리는데 왜 낭비를 하느냐며 잔소리를 늘어놓았다. 그런데 지금 저 여자애는 사장의 입맛에 맞게 재단 중이다. 얼마나 정교하고 치밀하게 갖다 붙이고 자르는지 자투리가 한 줌도 안 나왔다. 이건 여러모로 옷 만드는 사람의 상도가 아니었다. 이씨는 재단판 위에 놓인 가위를 집었다. 자신의 손에 착 감기는 잘 벼린 녀석이었다. 그는 낮고 음험한 목소리로 이렇게 말했다.

"아그야, 재단은 그래 허는 거이 아니다이."

니나가 고개를 들어 이씨를 쳐다보았다.

"그라고, 넘의 밥그릇을 그래 빼서붇지는 것도 경우가 아니랑께."

이씨는 좀 더 목소리를 깔고 이어서 말했다.

"뭐시라고요?"

니나가 이씨를 보며 소리쳤다. 미싱 돌아가는 소리 때문에 잘 들리지 않았던 것이다. 니나 역시 잘 벼린 가위를 들고 있었다. 이씨가 그런 니나를 잠시 노려보았다.

"나가 없는 사이에 나으 자리를 꿰차야? 내 은제 니 봐분다."

"야?"

니나가 귀에 손을 대고 되묻는 모습에 이씨는 폭발하고 말았다. 자신을 약 올린다고 생각했던 것이다.

"나가! 은제! 니! 봐분다고!"

이씨의 분노한 음성이 스타카토처럼 분절되어 크게 터져 나왔다. 그러자 돌아가던 미싱들이 하나둘 멈췄다. 순간, 찬물을 끼얹은 것처럼 조용해졌다. 라디오에서 흐르는 남진의 목소리만이 남았다.

저 푸른 초원 위에
그림 같은 집을 짓고
사랑하는 우리 님과
한 백년 살고 싶어
봄이면 씨앗 뿌려 여름이면 꽃이 피네
가을이면 풍년 되어

겨울이면 행복하네

멋쟁이 높은 빌딩 으시대지만

유행 따라 사는 것도 제멋이지만

반딧불 초가집도 님과 함께면

나는 좋아 나는 좋아 님과 함께면

님과 함께 같이 산다면

본다고? 나를 본다고? 그동안 못 봤다는 건가. 시력이 안 좋은
가. 이제야 보인다는 건가. 볼 수 있다는 건가. 하지만 '봐분다'는
본다의 기본형보다 의지가 강조된 느낌이다. 그리고 앞에 '언제'
라는 막연한 임의의 어느 때를 가리키는 단어가 붙었다. 언제 만
나서 재단을 가르쳐주겠다는 의미 아닐까. 함께 재단을 해보자는
것인가. 니나는 그를 보며 잠시 생각에 잠겼다. 그러곤 이씨를 똑
바로 쳐다보고 말했다.

"고맙소이."

헉. 모든 미싱사와 미싱 보조, 시다들이 짧은 숨을 들이쉬었다.

"죽고 잡냐?"

이씨가 가위를 위협적으로 들이대며 니나에게 다가왔다. 가위
날이 형광등 불빛에 반사되어 번쩍 푸른빛을 내뿜었다.

"이게 보자 보자 하니께."

이씨의 눈에서 불꽃이 일었다. 이씨는 뾰족한 가위 끝을 니나

의 턱 밑까지 들이댔다. 다들 무슨 사달이 날까 숨을 죽였다.

"이년아. 오늘 너 죽고 나 죽고 혀불자잉?"

미자는 두근거리는 가슴을 부여잡고 '워매, 쟈 때문에 내가 심장마비로 일찍 죽것네' 생각하며 눈을 질끈 감았다. 그때였다.

"거 뭐하는 기고!"

공장장이었다. 이씨는 공장장과 잠시 대치하다가 가위를 놓고 공장 밖으로 나갔다. 희번덕거리는 그의 눈빛에 미싱사들은 오금이 저렸다. 언젠가 무슨 일이 나도 날 거라 생각했지만 예감은 틀리지 않았다. 그리고 이번이 끝이 아니라 시작일 거라는 생각도.

"그거이 보기만 혔는디 그렇게 된다고라?"

미자는 니나에게 재차 물었다. 막차를 놓치지 않기 위해 잰걸음을 걸으며 미자는 니나를 아래위로 훑어보았다. 지나가다가 어깨를 부딪쳐서 얼굴을 보아도 돌아서자마자 잊어버릴 만큼 아무런 특징이 없는, 평범하다 못해 투명한 애였다. 처음엔 좀 모자라다고 생각했다. 이름을 물어도 어물어물하는 통에 지능이 저렇게 낮아서 어디 일을 하겠나 걱정이 될 정도였다. 공장에서는 야, 0번!, 0번 시다야라고 부르니 이름이 없어도 상관없었지만 집에서까지 0번이라고 부를 수는 없는 일이었다. 그래서 미자는 니나를 영자라고 불렀다. 그 시대 거의 모든 여자들의 이름 마지막 글자는 '자'로 끝났기 때문이다. 순자, 미자, 영자, 정자, 애자, 희자, 말자…. 처음에 니나는 그들이 모두 자매인 줄 알았다. 변별성과 개별성이 희석된 여자들은 모두 흐릿해 보였다.

어쨌든, 미자가 아무리 물어도 니나는 같은 말만 되풀이했다. 미자는 눈을 가늘게 뜨고 니나를 흘겨보았다. 그런 미자를 니나는 멀뚱히 쳐다볼 뿐이었다. 저런 주변머리로 재단사들에게 알랑방귀를 뀌었을 거 같지도 않고. 그렇다면 쟤는 미싱 천재에 이어 재단 천재라도 된단 말인가. 혹, 숨겨진 경력자라면. 경력을 숨기고 시다로 들어와서 재단까지 한 달 만에… 그럴 이유가 있나. 미자는 고개를 저으며 한숨을 쉬었다.

"아무튼 간에 좋겠네. 재단사 월급이 한 달에…"

그때 무언가 앞을 가로막는 통에 미자의 말이 끊겼다.

"집에 가냐, 0번아?"

낯익은 목소리에 고개를 들었다. 남자들이었다. 미자는 그들을 올려다보았다. 하나, 둘, 셋, 넷, 다섯, 재단사 이씨를 비롯한 옆 공장의 재단사와 보조들까지 모두의 시선이 니나를 향해 있었다. 미자의 흔들리는 눈동자와 달리 니나는 그들을 역시나 멀뚱히 바라보았다. 전두엽이 고장 나 두려움을 모르는 고양이 앞의 쥐처럼 태연한 모습이었다. 그리고 이런 태도와 눈빛은 남자들을 더욱 화나게 만들었다. 이씨의 가뜩이나 부리부리한 눈이 튀어나올 것처럼 커졌다.

"쓰벌년아, 니가 뭔디 남자들 허는 일을 넘봐, 잉?"

이씨의 말과 더불어 남자들이 니나를 에워쌌다. 모두들 성난 황소처럼 콧구멍을 벌렁거리고 있었다. 이씨가 고개를 돌려 미자를 노려보았다. 너도 다치기 싫으면 어서 꺼져라, 라고 눈빛으로 말하고 있었다. 터질 것 같은 가슴을 숨기고 미자는 슬그머니 틈을 비집고 나왔다. 왜 하필 이럴 때는 순경도 지나가질 않는 건가. 미자는 골목 초입까지 떨어져 나와 이리로도 못 가고 저리로도 못 가고 발만 동동 굴렀다.

니나도 그들의 눈빛과 가쁜 호흡, 사나운 억양 등을 인지했다. 생존 센서가 기운을 감지한 것이다. 그것은 불안이었다. 내부에서도, 외부에서도 불안이 감지됐다. 불안은 곧 혼돈이다. 혼돈은 비생산적이다. 니나는 우선 그들의 불안을 잠재워야 한다고 생각했다. 그래야 자신의 내부적 불안도 소멸할 터였다.

"뭔 오해가 있는 모양인디…"

픽. 말이 끝나기도 전에 복부에 엄청난 충격이 느껴졌다. 니나는 자신도 모르게 허리를 꺾었다. 그러자 다른 남자의 손이 니나의 머리채를 낚아챘다. 이번엔 고개가 뒤로 획 젖혀졌다. 그러자 다른 손이 니나의 뺨을 쫙 하고 후려쳤다. 발날이 옆구리를 찔렀다. 그런 식으로 만신창이가 되는 데는 채 오 분도 걸리지 않았다. 멀리서 발만 동동 구르던 미자가 저렇게 두면 정말 죽을 수도 있겠다 싶었는지 소리를 치기 시작했다.

"누구 없소! 여기 사람 죽는당께요!"

니나는 지구에서의 첫 고통을 오롯이 느끼며 어디서부터 뭐가 잘못된 건지를 생각했다. 하지만 알 수 없었다, 지구인의 생각을. 니나는 머릿속으로 보고서를 작성했다.

알 수 없는 이유로 지구인들은 폭력적이다. 그 폭력은 생산성을 떨어뜨린다. 그리고 니나는 정신을 잃었다.

학습

니나가 눈을 뜬 것은 해가 중천에 다다를 즈음이었다. 해가 따갑게 눈꺼풀을 찌르는 통에 눈을 떴다. 낯선 공간이었다. 누런 장판과 신문지를 덧대어놓은 벽지가 눈에 들어왔다.

"인자 정신이 드남?"

머리맡에서 익숙한 목소리가 들려왔다. 미자였다.

"여그가 어디당가?"

일어나려고 하자 온몸이 안 쑤시는 데가 없었다. 통증이 날것처럼 느껴졌다. 인간의 육체는 이런 식으로 작동하는군. 야만적인 고통이었다.

"기양 누워 있어. 굴보 아재네 집이여."

굴보 아재? 처음 들어보는 이름이었다. 누굴까. 누워서 둘러

보니 세간이라고는 옷장 하나와 소반 하나가 전부인 단출한 방이었다. 넓지는 않지만 아늑하게 느껴진 건 방 한가득 들어오는 햇살 때문이었다.

"니 밥 대신 해밥 먹는 가시내잖어. 해 보라고 일부러 문도 열어놨당께."

미자가 이불을 뒤집어쓴 채 오들오들 떨며 말했다. 겨울의 끝자락 속에 방은 냉골이었다. 미자는 니나에게 필요한 건 온기가 아닌 빛이라고 판단한 것이다. 자신의 정체를 모르는데도. 니나는 미자의 현명한 판단에 감탄하며 눈을 감았다. 빛이 나를 회복시켜줄 것이다. 육체와 더불어 상처받은 마음까지도. 니나는 자신의 몸에 거칠게 내리꽂혔던 손과 발의 촉감들을 떠올렸다. 왜 그랬을까.

"굴보 아재가 누구당가?"

먹보, 잠보, 곰보는 들어봤어도 굴보는 처음이었다.

"요 아래 공장 하나 있잖애. 장미사라고. 거그 재단사였어. 어제 그 아재가 니 업고 여그까지 왔잖애. 혹시, 배고프냐?"

니나는 고개를 가로저었다. 남자들은 오 분 만에 케이오당한 니나를 향해 발길질을 한 번 더 하고는 유유히 떠났다고 했다. 이씨는 떠나기 전에 카악 하고 가래침을 끌어올려 퉤 뱉었다. 미자가 달려가 몸을 흔들었지만 니나는 정신을 잃은 상태였고, 그런 니나를 부축하기에 미자는 키가 작고 기운이 약했다. 추위 속에 그렇게 있다가는 얼어 죽겠다 싶었던 미자는 도와달라고, 사람 죽는다고 외쳐댔다. 그러자 누군가 저벅저벅 걸어오던 이가 있었으니 바로 같은 공장의 여공들이었다. 그들은 미자와 쓰러진 니나를 힐끔 보고는 총총걸음으로 지나갔다. 고소하다는 표정을 남기고. 그 표정을 본 미자는 차마 그들에게 도와달라는 말이 안 나왔다. 잔업은 아까 끝났는데 지금 가는 이유가 뭐지. 어딘가 숨어서 니나가 당하는 꼴을 훔쳐보고 있었다는 답이 나왔다. 미자는 입술을 깨물었다. 아무리 그래도 그렇지, 저것들이 사람인가. 동료가 당하고 있는데 순경은 못 데리고 올망정.

"즈그들헌티 영자, 니가 준 피해가 뭐냔 말이여. 남진이 아니고 나훈아 좋아하는 거? 너 하나 남진 안 좋아헌다고 남진이가 죽는 것도 아니고 판만 잘 팔리더만. 그라고 너, 재단허는 거는 그거야 뭐… 나도 부럽고 배도 아푸고 그란디 니가 잘나서 그란 걸 어쩔 것이여. 그게 맞을 이유랑가?"

미자는 이불 속에서 오들오들 떨면서도 부아가 치밀었다. 화가 나서 떠는 건지 추워서 떠는 건지 자신도 몰랐다. 남자들보다 여공들이 더 미웠다. 동료애도 의리도 없는 것들, 썩을 것들. 정작 니나는 미자의 분노를 귓등으로 들으며 몸이 회복되기를 기다렸다.

"물 좀."

니나가 눈을 감은 채 말했다. 미자는 자리끼로 가져다놓은 대접에 담긴 물을 얼른 건네주었다. 니나는 대접 물을 꿀꺽꿀꺽 모두 마셨다. 회복을 위해선 많은 양의 빛과 물이 필요했다. 이런 니나를 보는 미자의 배 속에서 꼬르륵 소리가 났다. 어제 이른 저녁 이후로 먹은 게 없었다. 남자 혼자 사는 집이라 그런가, 부엌을 좀 기웃거려봤지만 먹을 거라고는 떠다놓은 물뿐이었다.

"이름이 왜 굴보랑가?"

입가에 흐른 물을 소매로 닦으며 니나가 물었다.

"바닷가 출신인디 굴을 그렇게 잘 까고 잘 먹는다고 굴보라잖애. 굴만 먹고 산다는 소문도 있던디 굴이 그렇게 싸당가, 어디."

하지만 재단사 월급이 꽤 많은가 싶었다. 이렇게 혼자만의 공간을 갖고 있는 사람을 미자는 본 적이 없었다.

"여그는 벌집촌이 아닌가보네이."

니나도 같은 생각을 했는지 미자에게 물었다.

"벌집촌보다 더 올라온 데여. 산동네지. 저그 아래 계단이 엄청난디 어젯밤에 널 업고 쩌그 계단을 다 올랐잖여, 굴보 아재가."

니나는 기억이 나지 않았지만 나중에 보게 되면 사례해야겠다고 생각했다. 세상에 공짜는 없는 법이니.

"인자 일하러 갈까?"

니나가 자리에서 일어나며 말했다.

"뭐여? 병원을 가도 모지랄 판에 일을 하러 간다고라? 니, 혹시?"

미자는 니나의 머리를 이리저리 돌려보았다. 머리를 다쳤나 싶었던 것이다. 그렇지 않고서는 그런 일을 당하고 일하러 가겠다니. 제정신인가.

"많이 좋아졌어야."

니나는 한결 가벼워진 몸을 일으켰다. 이 집의 터가 좋아서 회복이 빨랐다. 보다 정확히 말하자면 남동향으로 난 커다란 창 때문이었다. 벌집촌의 집들은 창이 손바닥만 한 데다 다닥다닥 붙어 있는 통에 해가 전혀 들지 않았다. 니나는 지구에 도착한 이래로 주 에너지원인 광합성을 이렇게 폭식한 적은 처음이었다. 호랑이 기운까지는 아니었지만 비교적 상쾌한 컨디션이 되었다.

하지만 미자가 보기엔 그렇지 않았다. 우선 한 달 동안 물을 제외하고 니나는 거의 아무것도 먹지 않았다. 안 보이는 곳에서 혼자 몰래 먹었으면 모르겠지만 그런 것도 아니었다. 왜냐하면 잠자는 시간을 제외하고 공장과 집에서 거의 이십사 시간을 함께 있는데 뭔가를 섭취하는 걸 본 적이 없다. 점점 야위는 게 눈에 보였다. 섭식 장애가 있나. 저 마른 몸으로 이 겨울에 심지어 반팔을 입고 해바라기를 한다. 그런 기행은 사람들로 하여금 의아함을 넘어 걱정과 호기심을 불러일으켰다. 미자는 일어선 니나의 손을 냉큼 잡았다.

"니, 나랑 갈 곳이 있다."

니나의 손을 잡고 미자가 향한 곳은 시장이었다. 미자는 단골 집의 문을 열었다. 순대와 떡볶이를 시켜놓고 니나의 손에 젓가락을 들렸다. 미자는 단무지를 씹으며 말했다.

"묵어봐. 이 집이 이 시장에서 떡볶이 젤로다가 맛나게 허는데여."

비상금을 털었다는 얘기까지는 하지 않았다. 니나는 붉은색과 검정색에 가까운 음식을 두고 뭘 먹어야 할지 망설였다. 아니, 이걸 입에 넣어야 할지를 망설였다. 니나의 고향 행성, 우르알오아이오해의 주 에너지원은 빛이었다. 피부로 흡수해서 대사를 했기 때문에 물리적으로 뭔가를 체내에 주입한 적은 없었다. 하지만 니나의 몸은 니나의 생각과 다르게 반응했다. 몸이 탄수화물을 강렬하게 원하고 있었다. 단백질, 지방, 비타민을 원하고 있었다. 지구에 온 이상 지구의 법칙을 따라야 한다. 인간의 신체가 빛을 통해 얻을 수 있는 건 비타민 D뿐이니까.

"묵어보라니께. 한 번도 안 묵어분 사람은 있어도 한 번만 묵은 사람은 없는 게 이 떡볶이라는 음식이랑께. 실은 없어서 못 묵제."

미자가 김이 모락모락 나는 떡을 하나 집어서 자신의 입으로 가져갔다. 미자는 세상 행복한 표정으로 눈을 감고 떡을 씹었다. 시장이 반찬이라는 말도 있었지만 시장하지 않아도 맛있는 게 떡볶이 아니던가. 니나는 떡볶이를 하나 집어 들었다. 냄새가 자극적이었다. 미자가 어서 입으로 가져가 씹으라는 독촉의 눈빛을 보냈다. 애는 도대체 어디서 왔길래 떡볶이를 처음 보는 걸까. 미자는 니나를 보며 전쟁이 났는지도 몰랐다는 깊은 산속 골짜기 이야기를 떠올렸다. 그게 아니라면 외계인이라도 된단 말인가.

"더 달라 소리나 허지 마라잉. 이거 비싸서 월급날만 묵을 수 있는 거라니께."

이렇게까지 강권하는데 먹지 않는다면 관계가 어긋난다. 미자는 더 이상 나를 돕지 않을 것이다. 나는 하나뿐인 조력자를 잃게 된다. 지구에서의 생활은 더 어려워진다. 생존 확률이 떨어진다. 고향 행성으로 돌아갈 수 없게 된다. 궁극적으로, 목표를 상실하게 된다. 니나의 행성에서 목표를 잃는다는 것은 존재의 의미가 없다는 것의 동의어다. 니나는 떡볶이 하나를 입에 넣었다. 매콤한 양념 맛에 말캉한 식감까지, 눈이 번쩍 뜨이는 맛이었다. 그후 떡볶이는 니나의 소울푸드 중 하나가 되었다.

다음 날 출근을 하자 모두의 시선이 니나를 향했다. 니나의 몰골이 얼마나 형편없어졌는지를 구경했다는 표현이 맞았다. 비록 몸 여기저기에 타박상을 입고 얼굴에는 피멍이 들었지만 니나의 표정은 평온했다. 분노와 수치, 억울함 등이 없었다. 마치 이승의 고난에 초연한 수도승의 그것처럼. 그 모습을 보고 사람들은 숙

연해졌으나 이런 모습을 수상하게 생각하는 사람이 한 명 있었으니 그의 이름은 나성이었다.

그는 그동안 니나를 지켜보며 사람이 어떻게 저럴 수 있을까 궁금해했다. 니나는 관찰의 대상이었다. 수상한 점이 한둘이 아니었다. 첫 번째, 익히 알려진 대로 점심시간에 남들처럼 식당으로 달려가지 않았다. 양지바른 곳에 눈을 감고 얌전히 앉아 해바라기를 한다. 마치 식물처럼. 두 번째, 누군가를 뚫어지게 쳐다본다. 일반적인 사람들은 그렇게 노골적으로 쳐다보지 않는다. 예의가 아니기 때문이다. 특히 작업하는 모습을 유심히 본다. 세 번째, 말이 없다. 원래 여자들은 거울을 보면서도 거울 속의 나와 대화를 하는 사람들인데 이것도 정말 이상했다. 네 번째, 일을 기계적으로 한다. 성의 없이 한다는 뜻이 아니다. 정말 기계처럼 했다. 인간이라면 모름지기 때론 흥이 나서 콧노래를 부르고, 때론 지겨워 마지못해 일을 하는데, 니나는 아침부터 저녁까지 똑같이 일관된 모습으로 일했다. 사람이 저럴 수 있나.

니나를 이렇게까지 관찰할 수 있었던 것은 그가 니나의 재단 보조였기 때문이다. 또 있다. 다섯 번째, 화를 내지 않는다. 실수를 해도 욕을 하지 않았다! 이것이 전 재단사인 이씨와 가장 큰 차이였다. 이씨는 심지어 머리에 주먹을 날릴 때도 잦았다. 일주일간 관찰한 후 나성은 결론을 내렸다.

"누나."

"응?"

집중하고 있던 니나는 고개를 돌리지 않고 대답했다.

"누나, 사람 아이죠?"

원단에 본을 그리던 니나의 손이 움찔하는 것을 나성은 놓치지 않았다.

"맞네, 누나 지구인 아니라카이."

니나의 곁에서 나성은 다른 사람들의 눈치를 보며 속삭이듯 말했다.

"나, 외계인 아닌데."

니나가 나성을 돌아보며 말했다. 나성은 이런 니나의 반응을 보며 확신했다. 아, 정말 지구인이 아니구나. 사람이라면, 그중에서도 한국 사람이라면 이 상황에서 정답은 '개소리 집어치고 일이나 해'였다. 게다가 지구인이 아니라고 했지, 외계인이냐고 물은 적이 없는데 스스로 외계인임을 부인하고 있었다. 수상하다, 수상해.

가장 이상한 점은 니나에게 감정이 없다는 것이었다. 그리고 소셜스킬이라 할 만한 사회성이 부재했다. 사람이 저렇게 눈치가 없을 수 있나. 어느 날 하늘에서 뚝 떨어지지 않고서는 저 나이에 저럴 수 있나. 그렇다고 지능이 떨어지는 것도 아니었다. 한 번 본 것은 그대로 따라 하는 비상한 능력이 있었다. 나성은 니나가 미싱 자리에 앉아 재단사 이씨가 재단하는 모습을 지켜보고 있었던 것을 보았다. 아무 생각 없이 보던 게 아니었다. 머릿속으로 입력하고 있었다. 이씨의 손동작 하나하나를 좇던 눈동자를 보면 알 수 있었다.

이렇듯 나성의 강점은 '눈치'였다. 눈치가 어마무시하게 빨랐다. 소셜스킬의 천재가 있다면 바로 나성이었다. 그래서 작고 왜소한 몸피라는 단점을 극복하고 재단 보조로 발탁될 수 있었다. 눈치껏 일을 잘했고 무엇보다 직원 중 시아게사 정씨를 제외하고는 청일점으로 분위기 메이커였다.

"누나, 혹시 소머즈 아니라예?"

나성은 니나의 옆을 지나치면서 슬쩍 말을 흘렸다. 누가 보면 스파이끼리 접선하는 것으로 생각할 만한 광경이었다. 열일곱 살 나성은 당시 인기리에 방영 중인 외화 〈소머즈〉를 즐겨보았다. 청순한 외모와는 달리 기계 팔다리의 괴력에 뛰어난 청력을 가진 특수 공작원 소머즈는 청소년들에게 연모의 대상이었다. 특히 미국에 대한 동경을 가진 나성은 〈소머즈〉를 한 회도 빼놓지 않고 챙겨보았다. 언젠가 미국에 가서 린제이 와그너를 만나는 게 나성의 꿈이었다. 실은 이름도 나성이 아니었다. 대부분 보조들은 이름으로 불리지 않지만 나성이라는 애칭이 붙은 이유는 노래 때문이었다.

나성에 가면 편지를 띄우세요

사랑의 이야기 담뿍 담은 편지

나성에 가면 소식을 전해줘요

하늘이 푸른지 마음이 밝은지

당시로서는 신선했던 보사노바 스타일의 노래 〈나성에 가면〉
은 나성의 18번이었다. 언젠가 미국 LA에 갈 거라고. 거기서 편
지를 쓰겠다고. 라디오에서 그 노래가 나오면 나성은 신이 나서
자를 마이크 삼아 불러 젖혔고 그 모습에 미싱사들과 시다들은
잠시 일손을 놓고 웃을 수 있었다. 빡빡하던 재단사 이씨조차도
피식 웃을 정도였다.

어쨌든, 소머즈가 바이오닉 우먼을 말하는 줄 몰랐던 니나는
고개를 들어 나성을 그냥 쳐다보기만 했다. 한 손에는 가위를 들
고 있었다. 나성은 움찔했다. 원래 일반적인 한국인이라면 이 시
점에서 '닥치고 일이나 해'라는 메시지를 주어야 한다. 하지만 니
나의 눈빛과 표정은 담담했다. 긍정적으로 말하면 순진무구의 표
정, 부정적으로 말하면 백치의 눈빛이었다. 그 눈빛과 표정에서
나성은 린제이 와그너를 보았다. 청순함, 가련함. 재단칼의 전원
을 올리고 수백 장의 원단을 자르는 니나에게서는 강인함을 느
꼈다. 그때 나성은 결심했다. 이 여자, 소머즈인지 외계인인지 알
수 없는 이 존재를 돕고 싶다고. 야만적인 지구인들로부터 지켜
주고 싶다고.

나성의 소셜스킬 강습 및 훈련은 그날부터 시작되었다.

"자, 지구인에게는 오욕칠정이 있습니더."

나성이 자신의 눈 코 입 귀를 가리키며 말했다.

"오욕은 다섯 가지 욕망이라는 뜻이라예."

입에서 하얗게 김이 나왔다. 니나가 주로 앉아 있는 공장 뒷마당의 담벼락 아래였다. 점심으로 주먹밥을 하나씩 쥐고 니나와 나성은 마주 보고 있었다.

"칠정은 일곱 가지 감정을 말하니더. 지구인의 감정은 웬만하면 다 여기에 속한다카이. 첫째 기쁨, 둘째 분노, 셋째 슬픔, 넷째 즐거움, 다섯째 미움, 여섯째 욕망, 일곱째 사랑. 이제 제일 쉬운 거부터 해보입시더. 자, 이 주먹밥 어때예?"

나성은 자신의 손바닥에 놓인 보리주먹밥을 가리키며 말했다. 간이라고는 소금과 향이 날 듯 말 듯한 참기름이 다였지만 시장이 반찬이라고 이 또한 게 눈 감추듯 먹게 되는 바로 그 주먹밥이었다.

"맛있어."

니나가 한입을 깨물어 오물거리며 말했다. 어금니로 저작 활동을 하면 할수록 느껴지는 탄수화물의 단맛과 짭조름한 나트륨의 맛이 섞이면서 입속의 미뢰들이 손을 모두 치켜들고 〈위 아더 월드〉를 부르는 맛이었다. 미자가 사준 떡볶이를 시작으로 위장 활동을 시작한 니나의 내장이 환호의 연동운동을 하며 주먹밥을 받아들였다.

"고된 노동 후엔 씨래기죽도 맛있는 법이니까네. 어떤 기분이 듭니꺼?"

나성이 니나에게 얼굴을 들이밀며 물었다. 기분이라.

"긍정적인 느낌? 따땃헌 햇살을 받고 있을 때의 만족감?"

이런 걸 말하는 것인가.

"맞심니더. 만족감. 그게 바로 기쁨인 기라. 즐거움이라카이. 별거 없다 아닌교. 인간은 이 작은 주먹밥 하나에도 해피, 그러니까 행복감을 느끼는 존재라예."

열일곱 살 나성은 중학교 졸업자로 대부분 국졸이나 국민학교 중퇴인 다른 직원들에 비해 학력이 높은 편이었다. 그리고 꾸준히 노동 교실에 나가 대학생 선생님들에게 영어를 배웠다. 미국에 가서 린제이 와그너를 만나 대화를 하려면 영어는 필수였다.

"이번에는 부정적인 감정이라예."

나성이 니나가 먹고 있던 주먹밥을 툭 쳐서 바닥에 떨어뜨렸다. 얼마 전 눈이 내려 진창이 된 바닥에 떨어진 주먹밥에 진흙물이 들었다.

"지금 감정이 어떱니꺼?"

"솔찮이 비효율적이다?"

"그건 아인데."

"허벌나게 비생산적이다?"

"화가 나야지예. 맛있게 먹고 있던 걸 누가 채틀문 분노가 일어야 된다 아입니꺼. 저 새끼를 콱, 죽이삐까? 이런 감정예."

"어째, 주먹밥 땜시 죽인당가."

"아니, 말이 그렇다는 거지예. 그 정도로 화가 나야 된다카이. 개도 자기 밥그릇 빼틀면 물어뻽니더."

나성은 일어나서 진창에 떨어진 주먹밥을 발로 꾹 밟았다. 구정물에 만 밥이 된 형색으로 밥맛이 뚝 떨어지는 모습이었다. 니나의 미뢰들이 치켜든 손을 내리고 시무룩해졌다. 리드미컬한 연동운동도 부르릉 쿨럭, 시동이 꺼졌다.

"해가 없어진 기분이네. 에너지원이 없어져뿌렀어야."

"그건 슬픈 감정입니더. 내 것이 없어졌다는 데서 오는 상실감 같은 거라예."

상실감. 처음 듣는 단어였다. 이런 고급스러운 단어를 알고 있구나, 이 아이는. 니나는 나성을 다시 보았다. 눈은 큰 편이었으나 눈매가 처져서 순해 보였다. 하관이 뾰족하고 마른 얼굴에는 주근깨가 코를 중심으로 흩어져 있었다. 콧잔등을 찡그리며 웃는 게 나성의 트레이드마크였다. 그럴 때면 주근깨가 코를 중심으로 모였다가 확 흩어졌는데 그게 또 그렇게 경쾌해 보였다. 하는 행동은 싹싹하고 상냥해 공장에서 나성에게 얼굴을 찡그리는 사람을 본 적이 없었다. 니나는 그런 나성의 얼굴을 가만 들여다보았다. 두 사람의 눈빛이 마주쳤다. 짧은 정적이 흘렀다. 그 틈에 니나는 나성의 손에 들린 주먹밥을 빼앗았다. 전광석화 같은 속도였다. 나성이 어어 하는 사이에 벌어진 일이었다.

"부정적인 감정은 대부분 같이 움직입니다. 주먹밥을 빼앗긴 내는 지금 화가 나예. 오늘 점심은 굶게 생겼다는 사실에 슬픕니더. 그라고 내한테 허기를 준 누나가 밉다 아입니꺼."

나성은 훌륭한 스승이었다. 이 와중에도 이성의 끈을 놓지 않고 예시를 들어 설명했다. 문제는 니나였다. 모든 프로세스가 생산성과 효율성으로만 돌아가는 니나에게 감정은 어려운 문제였다.

"미워?"

"하모요. 내를 아프고 힘들게 하는 사람들은 좋은 사람들이 아니거든예."

나성은 니나에게 폭력을 행사한 사람들에게 화가 나야 한다고 했다. 그들을 미워해야 한다고 했다. 그리고 이런 현실에 슬퍼해야 한다고 가르쳤다.

"엣취!"

나성이 몸을 부르르 떨었다. 겨울의 끝자락이었다. 쌓인 눈이 해가 드는 양지와 들지 않는 음지를 명확하게 구분했다. 니나는 나성과 눈이 녹아 있는 양지에 벽돌 한 장씩을 깔고 나란히 앉아 있었다. 바닥은 질척거렸지만 빛이 따뜻했다. 니나는 주먹밥 반을 쪼개서 나성에게 건넸다.

"이제 쫌 행복합니더."

나성이 밥을 받으며 말했다. 콧잔등의 주근깨들이 일사불란하게 모였다 흩어졌다. 두 사람은 담벼락에 나란히 앉아 주먹밥 반쪽씩을 나눠 먹었다. 그들의 머리 위로 따듯한 햇살이 내려앉았다.

월급날이었다. 봉투를 받아 든 1번 시다가 공장장을 찾아갔고 이내 울음을 터뜨렸다. 시다 월급 육천 원에서 오천 원을 제한 천 원이 들어 있었던 것이다. 그 광경을 지켜보던 니나가 옆에 있던 나성에게 물었다.

"쟤는 왜 운당가?"

"와, 보름 전에 있었던 일 있잖습니꺼."

보름 전? 주위의 일에 신경이 무딘 니나는 나성이 기억을 상기시키자 그제야 아, 하고 떠올렸다. 성질 더러운 1번 오야가 자신의 시다에게 신경질을 부린 일이 있었다. 자신의 시다였던 니나가 미싱사를 거쳐 재단사가 되자 1번 오야의 변덕과 괴팍함은 극에 달했다. 새로 들어온 시다는 영문도 모르고 1번 오야에게 구박과 핍박을 받았는데 이 아이도 사정이 딱해 갈 곳이 없는 모양인지 그 구박 속에서도 꿋꿋이 버티고 있었다.

그러던 어느 날 박음질이 잘못되었다고 시아게사 정씨가 1번 오야의 옷을 돌려보냈다. 다시 고쳐 오라는 주문을 받은 1번 시다는 오야에게 조심스레 가져갔다. 자존심이 상했던 오야는 잘못된 거 없다며 다시 가져가라고 했다. 도로 가져올 게 뻔한 상황이 난처하고 귀찮았던 1번 시다는 오야에게 다시 해주면 안 되느냐고 건의했고 그 말을 들은 오야는 미싱을 멈췄다. 다른 시다들이 쟤 미친 거 아니야, 왜 저래, 하며 주고받는 눈짓을 1번 시다는 보지 못했다. 입사 한 달만 되었어도 오야에게 감히 저런 말을 하지 않았을 텐데. 순진한 1번 시다는 말을 마치고 자기 자리로 돌아갔다.

"야!"

오야의 날카로운 부름에 깜짝 놀란 1번 시다가 뒤로 도는 순간이었다. 오야가 던진 쪽가위가 시다의 허벅지에 박혔다.

"이 가시나가 뵈는 게 없나, 니 죽을래?"

오야의 날선 목소리에 기가 죽은 시다는 울먹이다가 뛰쳐나갔다. 자신의 다리에 쪽가위가 박힌 줄도 모르고. 1번 오야의 기는 그 정도로 셌다. 공장장, 아니 사장도 그 앞에서는 말을 가려 할 정도였다. 그러니 시다들은 눈도 못 마주쳤다. 사장도 눈치를 본다니 이상하겠지만 인간관계에서 한번 자리 잡힌 이미지를 바꾸기가 어디 그렇게 쉽던가. 유일하게 그 아우라에 영향받지 않는 인물은 니나였다. 알다시피 니나는 지구인이 아니니까. 눈치가 없으니까. 소셜스킬이 부재하니까. 오야도 니나에게만큼은 자신의 이미지가 먹히지 않는다는 게 이상하면서도 불쾌했다.

어쨌든, 뛰쳐나갔던 시다가 얼굴이 하얗게 되어서 들어온 건 얼마 후였다. 화장실에 가서 실컷 울려고 했던 시다는 자신의 다리에 박혀 있는 쪽가위를 발견했다. 바지를 벗자 가위가 살점과 함께 툭 떨어졌다. 상처는 생각보다 깊었다. 다리를 절뚝이며 들어온 시다를 제일 먼저 발견한 것은 시아게사 정씨였다. 시다가 걸음을 옮길 때마다 붉은색 발자국이 찍히는 것을 보고 정씨가 물었다.

"1번아, 너 괜찮은 겨?"

시다는 그를 향해 고개를 돌리다 쓰러지고 말았다. 정씨는 시다를 들쳐 업었다. 하지만 병원으로 가려다 다시 돌아왔다. 돈이 없었던 것이다. 병원은 돈 없는 자를 받아주지 않는다. 사장에게 돈을 달라고 하자 사장은 마지못해 오천 원을 내주었다. 그게 보름 전 일이었다.

"그 오천 원이 지 월급에서 가불한 거라는 걸 알게 된 거라예."

월급 봉투에 천 원만 들어 있는 이유를 공장장에게 물어 알게 된 시다는 억울함에 흐느껴 울었으나 누구도 그 아이를 달래주지 않았다. 아직도 1번 시다가 허벅지에 통증이 있어서 다리를 절뚝이며 다닌다는 걸 모두 알고 있었다. 1번 오야는 시다 쪽으로 눈길도 주지 않은 채 고개를 파묻고 미싱을 타고 있었다. 보다 못한 시아게사 정씨가 자리에서 일어났다. 시다는 열세 살이었다. 그는 병원에서 마취도 하지 못한 채 부들부들 떨면서 열 바늘을 꿰매던 시다의 표정을 기억했다. 잠시 후 사장의 자리에서 큰소리가 오고 가는 게 들렸다. 정씨의 별명은 물불이었다. 평상시엔 순한데 한번 눈이 뒤집히면 물불을 가리지 않았기 때문이다. 자기 때문이라는 걸 안 시다는 울음을 멈추고 겁에 질린 얼굴이 되었다.

니나는 이런 상황을 이해할 수 없었다. 니나가 가장 견딜 수 없는 것은 비위생적인 작업환경도, 살인적인 잔업 시간도 아니었다. 바로 이 비효율성이었다. 월급은 사장이 공장장에게 준다. 공장장은 미싱사에게 준다. 미싱사는 자신의 담당 미싱 보조와 시다에게 나눠준다. 자신의 몫에서 떼어준다는 느낌 때문에 아깝지만 선심 쓴다는 태도로 준다. 게다가 금액도 그때그때 다르다. 미싱 보조와 시다는 정당한 노동의 대가를 받으면서도 눈치와 굴욕감을 덤으로 받아야 한다.

사장은 사측의 장 아닌가. 월급은 고용주인 그가 고용인에게 주는 것이 맞다. 지구인들은 왜 이런 비효율적 구조를 고치지 않는 것일까. 나성은 알고 있을까. 나성에게 고개를 돌리자 그가 눈치껏 일을 하면서도 사장과 정씨 사이에서 들려오는 소리에 귀를 쫑긋 세우고 있는 게 보였다.

"그게 너랑 무슨 상관인데 이래라 저래라야?"

사장이 벌떡 일어나 정씨에게 삿대질을 했다.

"그게 위째서 쟈 잘못이래유. 공장이서 일허다 다쳤는디 그 치료비를 본인이 부담하면 누가 일을 혀유. 노동법에두 산재라는 게 떡허니 있는디유."

정씨도 허리춤에 양손을 얹고 목소리를 높였다.

"산재? 산재 좋아하시네. 지들끼리 싸우다 다친 게 왜 산재야? 내가 무슨 자선사업가냐? 이래저래 다 떼주고 난 뭐 먹고 사냐? 응?"

"사장님, 그려두 그렇지 천 원으로다 한 달을 워뜨케 살어유?"

정씨가 사장을 달래듯 읍소했다.

"내 알 바 아니지. 그거까지 내가 신경 써야 하나?"

사장이 나 몰라라 하며 자리에 앉아 나가라는 신호를 보냈다. 한참을 노려보던 정씨가 입을 열었다.

"예라이, 쫌생아. 시다 월급 오천 원 떼먹고 부자 되쇼!"

드디어 정씨의 성질이 나왔다. 다들 얼마 전 그가 득남한 사실을 알고 있었다. 그래서 마음이 더 조마조마했다.

"뭐 이 자식아? 나가! 그만둬! 사방에 널린 게 사람이야."

"내가 드러워서 그만둔다, 쌍!"

정씨가 에이 퉤, 하고 침을 뱉은 후 저벅저벅 걸어서 공장 문을 벌컥 열고 나가버렸다. 순식간에 벌어진 일이었다.

"저 새끼가 미쳤나. 너 청계천에 다시는 발도 못 붙일 줄 알아, 이 자식아!"

분이 풀리지 않은 사장이 씩씩대며 그가 나간 문에 대고 온갖 막말을 퍼부었다. 그럴수록 여공들은 열심히 미싱을 돌렸고 시다들은 가위질에 몰두했다. 니나만이 이 참담한 광경에서 눈을 못 뗐는데 나성이 그런 니나의 옆구리를 쿡 찔렀다. 눈치 좀 챙기라는 신호였다. 그렇게 시아게사 정씨는 시다를 대신해 항의했다가 해고당했다.

다음 날 아침, 니나는 1번 시다에게 다가갔다. 밤새 울었는지 퉁퉁 부은 얼굴을 한 시다가 고개를 들었다. 니나는 봉투를 내밀었다.

"니, 이거 가져."

봉투에는 니나가 받은 월급에서 월세와 식비를 제외한 금액이 고스란히 들어 있었다. 시다가 눈을 동그랗게 떴다. 자신을 놀리는 건가 싶어 니나의 얼굴을 살폈지만 그런 기색을 찾을 수 없었던 시다는 또 울었다. 어제는 인생의 쓴맛을 본 눈물이었다면 오늘은 그것을 상쇄하는 감동의 눈물이었다.

점심시간이 끝날 무렵 시다가 니나에게 꾸러미 하나를 안겼다. 안에서 따뜻하고 달콤한 냄새가 풍겨왔다. 들여다보니 풀빵이 한가득이었다. 니나가 준 돈을 그대로 받을 수 없다고 생각했는지 시다가 시장에서 풀빵을 사 갖고 온 것이었다. 니나는 그 풀빵을 한입 베어 물었다. 입안 가득 밀가루의 고소함과 단팥의 달

달함이 하모니를 이루며 혓바닥을 에워쌌다. 공장 사람들에게 하나씩 돌려도 될 정도로 넉넉한 양이었다. 나성이 대신해서 직원들에게 풀빵을 돌렸다. 다들 니나에게 고마워하며 맛있게 먹었다. 단 한 사람을 제외하고. 1번 오야는 나성을 쏘아보며 말했다.

"니나 처무라."

움찔한 나성이 풀빵을 물리는데 혼잣말처럼 웅얼거리는 오야의 말이 귀에 들어왔다.

"지랄 염병허고 자빠졌네."

멸시로 가득 찬 목소리였다. 나성은 항간에 도는 1번 오야에 관한 소문 중 어떤 게 진실일까 생각했다. 전쟁을 대비해 정부에서 비밀리에 만든 인간 병기인데 전두엽을 제거해 두려움도 없고 공감력도 없다는 설. 지구의 정보를 빼가기 위해 다른 행성에서 몰래 침투한 외계인설. 어느 미친 과학자가 만들다가 죽는 바람에 외부로 유출된 로봇 인간설. 나성은 머리를 절레절레 가로저었다. 인간 병기, 외계인, 로봇 인간은 오히려 니나에 가까웠다. 인간의 감정이 없다는 것이 그렇다. 오야의 경우는 악감정만 있었다. 그렇다면 그냥 악마 아닌가.

사실 이것은 오야만의 문제는 아니었다. 구조가 곧 악마였다. 미싱사는 정해진 월급제가 아닌 하루에 만드는 옷의 양에 따른 도급제로 임금을 받았다. 그러니 다들 한 장이라도 더 만들기 위해 사투를 벌인다. 경쟁과 시기가 필연적으로 따른다. 여기에는 시다의 역할이 큰 비중을 차지한다. 옷의 제작 공정상 난이도가 비교적 쉬운 부분과 어려운 부분이 있는데, 쉬운 부분의 일감을 따오는 것이 시다의 능력이었던 것이다. 그러기 위해서는 재단사나 공장장에게 잘 보여야 했다. 그들은 개인적으로 미운 시다나 미싱사에게는 어려운 일감을 몰아줬다. 그러면 그런 일감을 받아온 시다는 미싱사에게 욕을 먹고, 일은 시간이 걸려서 늦게 끝나고, 그러면 다음 일감도 다른 사람들이 안 가져가는 어려운 것만 남고… 악순환에 빠지는 것이다. 결과적으로 일은 일대로 하고 돈을 못 번다. 니나가 재단사가 된 후 미싱사와 시다들은 니나의 눈치를 보았다. 하지만 니나는 재단이 나오는 순서대로 일감을 배분했다. 사람을 가리거나 하지 않았다.

나성은 공장 사람들이 풀빵을 먹는 모습을 지켜보고 있는 니나를 멀리서 바라보았다. 입가에 미소가 걸릴 듯 말 듯 입꼬리가 살짝 올라간 표정이었다. 나성은 니나가 조금씩 인간이 되어가고 있다고 생각했다. 그것도 선한 인간이.

위장

잔업이 열 시까지 이어지는 날이면 저녁 여덟 시쯤 백 원짜리 보름달빵 하나와 요구르트 한 개가 간식으로 나왔다. 짠돌이 사장은 간식비를 아끼기 위해 어떤 날은 일을 아홉 시 삼십 분에 끝내버렸다. 하지만 직원들은 정리를 하다보면 열 시가 훌쩍 넘어 퇴근했는데, 그나마 미싱사들이나 그렇고 시다들은 열한 시가 넘도록 주린 배를 안고 실밥을 땄다. 오늘이 바로 그런 날이었다.

뒷마무리와 다림질 담당인 시아게와 재단은 작업의 특성상 야근이 많았다. 니나는 재단사가 된 이후로 퇴근이 더 늦어졌다. 때로는 미자가 기다려주기도 했지만 잔업이 있는 날은 미자도 끝나자마자 퇴근했다. 조금이라도 더 쉬어야 했기 때문이다. 일을 끝낸 시다들이 늦은 저녁이라고 하기에도 애매한 식사 준비를 하고 있었다. 잠의 무게 때문에 눈꺼풀이 쏟아져내리지만 배가 너무 고프면 숙면을 취할 수가 없었다.

니나는 공장의 문을 닫고 나왔다. 공기 사이로 훈풍이 느껴졌다. 봄의 시작을 알리는 신호였다. 지구처럼 이렇게 명확하지는 않았으나 니나의 고향 행성에도 사계절이 있었다. 그중 니나는 봄을 가장 좋아했다. 보드라운 초록색을 볼 수 있었으니까. 니나는 초록색을 좋아했다. 가장 고요하면서도 가장 역동적인 색이었다.

하루 종일 매캐한 먼지 구덩이에서 일하다가 밖을 나오니 그렇게 상쾌할 수가 없었다. 니나는 숨을 깊이 들이마셨다. 폐의 허파꽈리까지 이 신선함이 도달하도록. 먼지가 씻겨나가도록.

"공기는 공짜니까 많이 마셔."

고개를 돌리니 목소리의 주인공 혜란이 웃으며 서 있었다. 혜란은 미자와 차순과 함께 같은 방을 쓰는 7번 미싱사 언니였다. 워낙 조용한 성격이라 공장에서도 말이 별로 없었다. 미싱사이긴 하지만 실력이 좋지 않아 늘 시다와 함께 늦게까지 일했다. 그리고 약속도 많아 집에 붙어 있는 날이 없었다. 차순은 일하는 시간대가 달랐고 혜란도 이런 상황이니 집에 있는 건 미자와 니나뿐이었다.

"방 넓게 쓰고 좋지 뭐."

미자는 이렇게 말하면서도 혜란을 궁금해했다. 그 언니는 말

72

도 없고 조용한데 무슨 약속이 그렇게 많으냐면서.

"소문이 사실일랑가?"

미자는 누워서 혼잣말을 했다. 무슨 소문?, 하고 상대가 묻기를 바라는 투였지만 우리의 니나가 누구인가. 자기와 직접적으로 관련된 일 아니고서는 웬만해서 관심이 없었다. 미자 옆에서 스르륵 잠이 들거나 자는 척했다. 그게 효율이라고 생각했다.

"나 지둘린 거예요?"

니나가 혜란을 보며 물었다. 코가 빨간 것을 보니 밖에 오래 있었던 것 같았다. 외꺼풀의 눈두덩이가 도톰한 혜란은 스물두 살로 키가 작았다. 아담한 체격이었지만 뭔가 곧은 인상이었다. 다들 미싱을 오래 해서 허리가 굽고 거북목이었는데 그녀는 좀 달랐다. 척추도 곧고 사람도 곧았다. 여느 미싱사들이 그런 것처럼 시다에게 함부로 하지도 않았다. 누구에게나 예의를 갖췄고, 그래서인지 거리가 느껴졌다. 그렇지만 손이 여물지 못해 항상 실수투성이라 담당 시다는 늘 한숨을 쉬며 생각했다. 이 언니는 심부름도 안 시키고 다 좋은데 일을 너무 못해.

아닌게 아니라 미싱사의 심부름거리는 정말 가지가지였다. 약사와, 라면 끓여와, 껌 사와, 하다못해 생리대 심부름까지. 이런 상황에서도 그들은 시다들에게 "너희들은 좋은 줄 알아라" 하며 잔소리를 늘어놓았다.

"옛날엔 미싱사들이 양철로 된 실깍지를 시다한테 막 던져삘고 욕지거리도 하고 그랬다 아이가? 시방은 세상 마이 좋아졌지로. 노동 교실에서 공부도 배우고 말이다. 이게 다 누구 덕인 줄 아나?"

시다들은 내가 어찌 알겠나, 하는 시큰둥한 표정이었다.

"전태일이라는 분이 죽었기 때문이라꼬."

"그게 누구여라?"

호기심 많은 시다 하나가 미싱사에게 물었다. 하지만 누구 하나 똑부러지게 말하는 이가 없었다. 우리를 위해 목숨을 바쳤다고 전해지나 누구도 그를 본 적도 없고, 알지도 못했다. 시다들은 그럼 예수님인가보다, 청계천에 떠도는 유령이 있다고 하던데 그게 그분인가봐, 하며 자기들끼리 수군거렸다.

"누구긴 누기야, 질 나쁜 깡패 새끼지. 재단사 놈이 누가 써주지도 않고 하니까네 지 승질에 못 이겨가 자살해뿐 거지."

지나가던 공장장이 시다들에게 겁주듯 말했다. 이렇게 음해하는 세력이 있는 걸 보니 예수님이 맞는 모양이라고 시다들은 자기들끼리 고개를 끄덕였다.

"같이 라면 먹고 갈래?"

혜란이 미소를 지으며 말했다. 웃으니까 눈이 더 작아져서 바늘귀처럼 보였다. 마침 배도 고프고 어느덧 라면은 떡볶이와 더

불어 자신의 소울푸드가 되어버린지라 니나는 거절할 수가 없었다. 시간을 보니 잽싸게 먹으면 얼추 막차를 탈 수 있을 거 같았다. 니나와 혜란은 시장까지 뛰었다.

통행금지 시간이 한 시간 남짓밖에 남지 않았는데도 시장은 북적였다. 여기저기서 흘러나오는 은은한 백열등 빛이 따스하게 느껴졌다. 니나와 혜란은 모세혈관처럼 얽인 골목 중 하나로 들어가 그중 하나의 세포 같은 작은 점포에 앉았다. 미자가 처음 니나를 데리고 와 떡볶이를 사주었던 바로 그 집이었다. 가게의 이름은 이모네였다.

사실 이 시장통에 이모네라는 이름은 수십 군데쯤 된다. 하지만 '고모네'를 본 적은 없는 거 같다고 시장을 다니는 사람의 팔할은 생각했다. 니나를 포함한 나머지 이 할은 아무 생각이 없었는데, 니나의 경우로 말할 거 같으면 이모도 없지만 고모도 없기 때문이다. 니나의 행성에는 가족이란 개념이 없다. 모두 인공 자궁에서 태어나 같은 기관에서 성장하기 때문이다. 가장 효율적인 시스템이었다.

어쨌든, 이 이모네의 주력 상품은 떡볶이였지만 히든 메뉴가 있었으니 바로 라면이었다. 그냥 라면이 있고, 달걀을 하나 푼 계란 라면이 있었다. 하지만 특별한 날이 아니고서는 다들 그냥 라면을 먹었으므로 "이모 여기 라면 하나요."라고 주문하면 알아서 그냥 라면이 나왔다.

"이모, 여기 계란 라면 두 개요."

혜란이 고개를 쭉 내밀고 주방을 향해 주문했다. 그냥 라면이 아닌 계란 라면을 시킨 것에 놀라 니나가 혜란을 쳐다보았다.

"내가 사는 거야."

혜란의 그 말에 니나가 다시 한 번 놀라 눈이 커졌다. 그 눈은 왜?, 라고 묻고 있었다. 공짜 점심은 없다, 라는 말은 니나의 행성에서도 통용되는 오래된 아포리즘이었다. 이런 니나의 표정을 읽은 혜란이 입을 열었다.

"너는 시다한테 돈도 그냥 주면서 라면 하나 얻어먹는 건 걸리니?"

혜란이 웃을 듯 말 듯 진지한 표정으로 말했다. 이상한 사람이었다. 공장 사람들과는 뭔가 다른 느낌의 말투와 눈빛. 그때 미자에게 물어볼 걸 그랬다고 니나는 생각했다. 그 소문의 진상을. 하지만 길게 생각은 못했다.

눈앞에 주문한 라면이 나왔기 때문이다. 그것도 그냥 라면이 아닌 계란 라면이. 점심 이후 아무것도 먹은 게 없었기 때문에 두 사람은 "이모, 여기 김치 좀 더 주세요" 할 때 외에는 아무 말도 없이 허겁지겁 입에 넣기에 바빴다. 국물만 남았을 때 인심 좋은 주인이 남은 밥이라며 보리밥 한 덩이를 가져다주었다. 니나와 혜란은 사이좋게 반씩 수저로 퍼서 국물에 말았다. 그리고 마지막 한 방울까지 깨끗이 비웠다. 니나는 머릿속으로 보고서를 썼다.

지구에는 라면이라고 하는 음식이 있는데 좋아하지 않는 사람을 본 적이 없다. 마력을 가진 음식이다.

그 마력의 비밀이 MSG였음을 니나는 훗날 알게 되었다. 뜨겁고 매운 국물을 마셨더니 콧물이 나왔다. 이 집 라면의 비결 중 하나는 땡초를 넣어 얼큰한 국물이었다. 1970년대 후반, 격동의 시절을 살고 있는 이 나라 국민 중 스트레스 없는 사람이 어디 있으랴. 주인 이모는 매운 거 먹고 스트레스 풀라고 전라북도 순창에서 공수한 땡초를 아낌없이 넣었다.

막차 시간이 아슬아슬했다. 두 사람은 뛰었다. 밤공기를 가득 먹은 폐가 시렸다. 멀리서 버스가 마지막 승객을 태우고 있었다.

"어, 저기 버스 간다."

버스를 발견한 니나가 중얼거렸다.

"언니! 잠깐, 만요!"

혜란은 숨을 헐떡이며 버스 안내양을 향해 손을 흔들었다. 전력 질주를 했지만 과식한 후라 옆구리가 쑤셔서 오래 뛰지 못했다. 그사이 야속하게도 버스는 떠나버렸다. 두 사람은 버스가 떠난 자리에 황망히 서 있었다. 이제 어쩐담. 집까지는 다섯 정거장이고, 걷는 도중 통행금지 사이렌이 울릴 것이고, 단속하는 방범대원에게 걸려 통행금지가 풀리는 네 시까지 파출소에 잡혀 있

어야 하며, 벌금을 물고 나와 차가운 새벽공기를 마시며 또 걸어
야 할 것이다. 라면 하나의 유혹에 이렇게 혹독한 대가를 치러야
하다니. 혜란은 미안해했지만 니나는 공짜 라면을 먹었기에 크게
개의치 않았다. 걷기로 했다. 봄밤이니까. 배 속이 든든해서 그런
지 추위가 느껴지지 않았다. 니나와 혜란은 묵묵히 걸었다.

"너 학출이 뭔 줄 아니?"

걸음을 늦추지 않고 혜란이 말했다.

"몰라라."

니나가 대답했다. 니나는 자기가 모르는 게 참 많다고 생각했
다. 하긴 두어 달 전만 해도 지구라는 행성의 대한민국이라는 국
가가 있는 줄도 몰랐으니까. 자신의 무지를 깨달았으니 이제 뭘
좀 알게 된 것인가. 하지만 혜란이 말하는 학출, 먹물, 공활 같은
단어는 생소한 것이었다. 공장 용어라면 이제 웬만한 건 다 아는
데.

"공장에서는 나를 먹물이라고 불러."

혜란은 고개를 떨어뜨리고 걸었다. 혜란은 7번 미싱사였다. 니
나는 공장에서 그녀를 먹물이라고 부르는 걸 듣지 못했다. 이게
미자가 말했던 소문이라는 것인가.

"그런데 내 친구들은 나보고 변절자래. 웃기지?"

니나는 어떤 지점에서 웃어야 하는지 몰라 가만히 있었다.

"난 아무것도 아니야. 아니, 그 어느 것도 되지 못할 거 같아."

잘은 모르겠으나 자신처럼 신분을 위장하고 있다는 느낌이 들었다. 그리고 자신에게 비밀을 털어놓고 있다는 생각도. 혜란도 지구인이 아닌 건가.

"혹시, 다른 행성에서 왔어라?"

"뭐?"

"언니한테만 야그허는 건디, 실은 나도 지구인이 아녀라."

갑작스런 고백에 니나는 스스로 놀랐다. 그동안 외로웠던 것인가. 외로움이라는 것은 굉장히 비효율적인 인간의 감정인데.

"너 참 재밌는 애구나. 마음에 들어. 난 유머 있는 사람이 좋거든."

혜란이 허리를 꺾고 깔깔깔 웃어댔다. 저렇게 쾌활하게 웃는 모습은 처음 보았다. 니나는 이번에도 어느 지점에서 웃어야 할지 몰랐지만 그냥 덩달아 같이 웃었다. 텅 빈 골목에 두 사람의 웃음소리가 울려 퍼졌다.

오랜만에 웃는 거 같았다. 혜란은 찔끔 나온 눈물을 소매로 닦으며 니나에게 고마움을 느꼈다. 혜란은 공부보다 공장 일이 훨씬 어렵고 힘들었다. 졸업 후 교사가 될 줄 알았던 딸이 공장에 들어가자 부모님은 자리에 누웠다. 자신의 가난한 집을 위해 일을 열심히 해서 월급을 받자니 다른 일을 할 여유도 시간도 없었다. 뜨거운 동지들은 이런 자신을 미지근하다, 식었다고 말했지만, 혜란은 모든 게 힘에 부칠 뿐이었다. 신념을 버리지 않으면서 돈도 벌 수 있는 다른 방법은 없을까. 지구가 아닌 행성으로 갈 수 있다면 지금 당장이라도 떠나고 싶었다.

갑자기 날카로운 사이렌 소리가 들렸다. 통행금지 시간이었다. 혜란이 니나를 좀 더 어두운 뒷골목으로 잡아끌었다. 방범대원에게 잡히지 않기 위해서였다. 가로등 하나 없는 좁고 어두운 골목을 걷고 있는데 갑자기 튀어나온 목소리에 두 사람은 화들짝 놀랐다.

"아야, 잠잘 데 필요하나?"

중성적인 목소리의 노파였다.

"아니요, 괜찮아요."

혜란이 니나의 팔짱을 끼며 대답했다.

"아니긴 뭐가 아니고. 통행금지 걸렸구마는. 좀 있음 방범 뜰 거래이. 파출소 의자에서 쪼그리고 자는 거보단 낫제. 여가 우리 집이라. 빈방 많으니까네 한숨 자다 가라카이."

노파는 자신의 뒤에 있는 허름한 건물을 가리키며 말했다. 혜란이 망설이다 니나를 보았다. 니나는 지금 잠을 자두는 게 오늘 하루를 위해 효율적이다, 라는 계산이 이미 나온 상태였기 때문에 혜란에게 긍정적인 사인을 보냈다.

"내 손녀들 같아가 그란다. 한숨 푹 자고 아침에 일어나서들 가라카이."

노파가 앞장서며 말했다.

"감사합니다, 할머니."

혜란이 예의 바르게 인사했다. 니나도 덩달아 고개를 숙였다.

"어린 나이에 얼매나 고생이 많노."

노파가 안내한 방은 좁고 더럽고 퀴퀴한 냄새까지 났으나 적어도 이불 한 채와 주전자에 자리끼까지 있었다. 그리고 바닥이 따듯했다. 노파는 내 집처럼 편히 쉬라는 말을 남기고 어둠 속으로 사라졌다. 이불을 깔기는 했지만 찝찝하다며 혜란은 옷을 입은 채 그대로 누웠다. 목도리도 풀지 않았다. 니나도 그 옆에 나란히 누웠다. 드디어 오늘 하루 육신을 누이는구나. 피로에 전한숨이 흘러나왔다. 지구인들은 체력이 정말 좋다고 생각했다.

"사실 내 이름은 김혜란이 아니야."

혜란이 목도리에 턱을 묻은 채 말했다. 고해성사 시간인가. 낯선 공간과 어둠이 용기를 주었다.

"나도 0번이 아녀라."

니나도 말했다. 두 사람은 똑바로 누워 천장을 보고 있었다.

"사장은 널 여전히 0번이라고 부르던데. 넌 재단사로서 정당한 대우를 받아야 해."

"정당한 대우?"

니나는 처음 듣는 이야기였다.

"노동한 만큼의 정당한 대가. 다른 재단사들의 임금이 얼마인지, 어떤 대우를 받는지 잘 알아봐."

누구도 니나에게 이런 말을 해주지 않았다. 니나가 막 질문을 하려던 순간이었다. 옆방에서 소리가 들려왔다. 어디가 불편한지 끙끙거리는 신음 소리였다. 두 사람은 절로 숨을 죽일 수밖에 없었다. 소리는 스타카토처럼 분절되며 점점 커졌다.

"누가 아픈갑네."

니나가 말했다.

"그게 아닌 거 같은데."

혜란이 말했다.

"도와줘야 쓸 것 같은디?"

"우리 도움은 필요 없을 거야."

소리는 잦아들었다가 다시 몰아부치듯 커지는 게 마치 밀물과 썰물 같았다. 니나가 입을 떼려고 하는 순간 혜란이 말했다.

"그만 자자."

혜란은 니나에게 등을 보이고 돌아누웠다. 저 사람들 정말 괜찮은 걸까. 니나는 걱정이 되었다. 그날 밤의 진실에 대해 니나는 훗날 알게 되었다. 그것이 남녀가 섹스할 때 나는 소리라는 것을.

니나의 행성에서는 섹스를 하지 않는다. 2세를 만드는 것은 인공 수정과 인공 자궁이 대신한다. 쾌락을 위해서라면 전기 자극으로 인한 자위면 충분하다. 두 개의 개체가 성적으로 직접 접촉할 이유가 없다. 위생적이지 않다. 비위생은 비효율이다. 하지만 니나도 시간이 흘러 지구인의 사랑을 알게 되고 두 개의 인체가 만나 일어나는 그 마법 같은 일을 겪는다. 그리고 생각이 바뀐다. 비효율은 개뿔.

"일어나."

혜란이 어깨를 흔들어 깨우는 바람에 니나는 눈을 떴다. 아직 해가 뜨기 전인 듯 어둠이 채 가시지 않은 새벽이었다. 혜란은 목도리를 두른 그대로였다.

"통행금지 풀렸어. 이제 나가자."

방에 걸린 시계를 보니 네 시가 막 넘은 시간이었다. 아주 짧은 시간 눈을 감고 있었던 거 같은데 세 시간이 지났다. 니나는 몸을 일으켰다.

"여기 좀 이상해. 빨리 나가자."

혜란이 재촉했다. 니나는 그 아픈 사람들은 어떻게 되었을까 생각했다. 잠시 귀 기울여보았지만 이제 아무 소리도 들리지 않았다. 혜란이 소리가 나지 않게 조심스레 문을 열었다. 니나가 그 뒤를 따라 나갔다. 매우 어두웠다. 두 사람은 창밖의 달빛에 의지해 몸을 움직였다. 발을 디딜 때마다 마룻바닥의 삐그덕 소리가 신경 쓰였다. 아직 남아 있는 적산가옥인지 나무로 만든 집 특유의 냄새와 소리가 났다. 들어올 때는 몰랐는데 생각해보니 이상한 집이었다. 노파의 집에는 왜 빈방이 많은 걸까. 저 방에는 왜 살림살이가 이불 한 채와 주전자뿐인 걸까.

"벌써 갈라카나?"

노파의 낮고 허스키한 목소리가 어둠을 뚫고 나왔다. 심장이 떨어지는 줄 알았다.

"출근해야 해서요."

혜란이 침착하게 대답했다. 그러자 전등을 켜는 소리가 들리고 백열등이 번쩍하고 들어왔다. 밤새 깨어 있었는지 노파의 얼굴에는 잠의 흔적이 보이지 않았다. 불빛 아래 선 노파는 굵은 주름 아래 음영이 드리운 게 꼭 연극배우 같았다. 하나로 쪽진 머리는 백발이었지만 이상하게 허리는 꼿꼿했다. 환갑은 넘었고 일흔도 넘은 듯했다.

"맨날 천날 밤이슬 맞아가매 출퇴근하는 거 힘들겠구마는."

노파가 딱하다는 눈빛으로 혜란과 니나를 훑었다.

"나이도 어린 아가씨들이 빛도 안 들어오는 공장에서 을매나 힘이 들꼬."

우리가 여공이라는 걸 어떻게 알았을까. 니나는 노파를 신기하게 쳐다보았다. 하지만 옷에 군데군데 묻어 있는 실밥을 본다면 누구라도 그들을 여공이라고 생각할 것이었다. 여공 중에서는 그게 싫어서 옷을 갈아입고 출퇴근하는 이도 있었다. 하지만 아무 데서나 코를 자주 파는 사람들은 모두 공장 노동자라는 말이 있을 정도로 누구나 알아보는 직업이었다.

한번은 미자와 퇴근하는 길에 마주친 학생복을 입은 남자아이

들이 "야, 공순아. 이제 퇴근하니?" 하고 놀린 적이 있었다. 물론 니나는 공순이가 자신들을 부르는 말인 줄도, 그게 놀리는 건 줄도 몰랐다. 미자가 얼굴을 붉히며 그들을 향해 욕하는 걸 보면서 알게 되었다. 머릿속으로 이런 등식이 그려졌다.

여공 = 공순이 = 부끄러운 직업.

어떤 여공은 출퇴근할 때 두꺼운 책을 한쪽 가슴에 안고 다니기도 했다. 공장에서 일하는 것이 도덕적으로 문제가 있는 일인가. 니나는 의문이 들었다. 비도덕은 궁극적으로 비효율을 발생시켰다.

"젊어가 억수로 고생하마 빨리 늙어뿐다. 내 봐라, 내 몇 살인 줄 아나?"

노파가 얼굴을 가까이 들이밀었다. 누군가 칼로 그어놓은 것처럼 깊은 골들이 움푹한 얼굴이었다. 음산한 목소리와 그 얼굴에 혜란은 소름이 끼쳤다.

"내 육십도 안 됐다. 안 믿기제? 아가씨들은 내처럼 되지 마라. 편하게 살라카이."

"재워주셔서 감사해요. 그럼 가볼게요."

혜란은 떨리는 목소리를 숨기며 뒤돌았다. 니나를 잡아끌며 막 나가려고 하는 찰나, 노파가 혜란의 팔목을 덥석 잡아챘다. 아귀의 힘을 보니 정말 일흔 노파가 아니었다.

"잠깐 보래이, 내가 편히 돈 버는 법을 알려주꾸마."

"괜찮아요."

혜란은 잡힌 손을 빼려고 했지만 어찌나 아귀힘이 강한지 빠지질 않았다. 오히려 노파에게 끌려가고 있었다. 니나가 혜란의 허리를 부둥켜안으며 버텼다.

"그냥 누워만 있으면 되는 기라."

노파는 혜란의 다른 손도 마주 잡고 끌어당겼다. 발이 질질 끌려가는 바람에 노파가 등지고 있는 어둠의 입으로 혜란이 점점 먹히는 것처럼 보였다.

"별거 아니라, 그냥 누워가… 악!"

니나가 노파의 팔을 물었다. 노파는 뒤로 벌렁 넘어졌고 그 틈에 손목이 빠져나온 혜란은 니나와 함께 출입문을 향해 뛰었다.

"저 가시나들 잡아라!"

노파가 어둠 속에서 소리치는 게 들렸다.

어젯밤 어둠 속에서 혜란은 말했다. 자신은 원래 대학생이었다고. 혜란은 여공들이 되고 싶어 하는 대학생을 왜 그만두고 공장에 들어온 걸까. 만약 니나가 지구에 도착해 처음 본 인간이 여공이 아닌 여대생들이었다면 어땠을까. 지금쯤 장학금을 받으며 도서관에서 책을 보고 팝송이 흐르는 음악다방에 앉아 미팅을 하고 있었을까. 부끄러운 일과 부끄러워하는 일은 어떤 차이가 있는 걸까.

그들은 한참을 뛰어 버스 정류장에 도착했다. 노파가 쫓아오지 않는다는 걸 알면서도 뛰었다. 그 제안과 스스로 멀어지기 위해서. 두 사람은 허리를 숙이고 숨을 크게 몰아쉬었다. 하얀 입김이 허공중에 부서졌다. 눈물과 콧물로 범벅이 된 혜란이 숨을 헐떡이며 말했다.

"노동자는, 부끄러운 직업이, 아니야. 땀 흘리는 일은 자랑스러운 거야. 땀 흘리는 일은······."

니나는 혜란이 힘겹게 쏟아내는 말을 듣고 있었다. 멀리서 첫차가 달려왔다.

이름

드디어 니나의 이름에 대해 말할 시간이 왔다. 니나가 이름의 필요성을 느낀 장소는 의외로 교실이었다. 혜란을 통해 대학생이라는 존재를 알고 나성이 노동 교실에서 대학생 선생님들에게 지식을 배운다는 말을 듣고 호기심이 생긴 니나는 노동 교실의 문을 열었다. 물론 가기 쉽지 않았다. 수업은 여덟 시부터 시작하는데 퇴근은 번번이 아홉 시를 넘겼기 때문이다. 교실에 가자마자 니나는 난관에 부딪쳤다.

"이름이 뭐예요?"

공장에서는 아무도 자신의 이름을 묻지 않았다. 물론 부르는 호칭은 있었다. 0번 시다. 2번 미싱사, 0번이, 영자. 필요에 의한 이 발화들을 이름이라 할 수 있을까.

"여기 이름 쓰세요."

노동 교실 직원이 서류의 성명란을 가리키며 말했다. 니나는 펜을 들고 망설였다. 지구에서 불릴 이름의 필요성이 비로소 생긴 것이다. 그동안은 상대가 부르고 싶은 대로 불렸지만 이젠 자신이 불리고 싶은 대로 부르게 하겠다는 생각이 싹텄다. 니나가 망설이는 것을 본 직원은 아차, 하는 표정이 되어 말했다.

"말씀해주시면 제가 쓸까요?"

혹시나 한글을 모르나 싶어서였다. 하지만 니나는 여공들의 지능과 지적 수준의 표준값을 대변했기에 기본적인 연산과 한글은 알고 있었다.

"지가 이름이 허벌나게 많애요. 쪼매 고르는 중이어라."

니나의 대답에 직원은 알겠다는 표정을 짓다가 어? 무슨 말이지?, 싶은 표정으로 바뀌었다가 이내 알아서 하라는 표정이 되어 다른 업무를 보기 시작했다. 니나는 그동안 사람들이 자신에게 했던 긍정적인 말들을 떠올렸다. 미싱 천재, 재단 천재. 이건 좋은 말이다. 하지만 이름이 천재면 너무 튄다.

그다음으로 들었던 말은 니나 잘해, 니나 해라, 니나 많이 먹어. 1번 오야가 주로 했던 말이다. 니나는 좋은 말 아닐까. 니나는 잘해, 니나는 해라, 니나는 많이 먹어. 니나! 긍정의 에너지를 주는 말 같았다. 니나는 정성 들여 이름을 적었다. 니나. 이를 본 직원이 놀라서 물었다.

"이름이 니나예요?"

당시로서는 보기 드문 이국적인 이름이었다.

"네."

"성은요?"

성…은 생각해보지 않았는데. 미자는 이씨다. 혜란은 김씨다. 나성은 박씨다. 대부분의 한국인은 김씨 아니면 이씨였고 그도 아니면 박씨였다. 김니나, 이니나, 박니나. 고민하는 니나를 보고 마침 직원이 놀리듯 말했다.

"혹시 노씨는 아니죠?"

노니나? 오. 좋은데.

"맞어라."

니나가 기뻐하며 말했다.

"정말요?"

이번엔 직원이 니나가 자신을 놀리는 건가, 의심쩍은 눈빛으로 물었다.

"장난치는 거 아니죠?"

"지 이름으로다 장난치는 사람도 있어라?"

니나가 진지한 표정으로 물었다. 그러자 외려 멋쩍어진 직원이 일어나 교실을 안내해주었다.

정원은 서른 명 안팎이었지만 출석하는 것은 열 명에서 열다섯 명 사이였다. 결석한 학생들은 영혼이 와서 앉아 있다고 석은 생각했다. 그들의 배움에 대한 열망을 잘 알고 있었기 때문이다. 툭 하면 사장이 야근을 시켰다. 어떤 학생은 수업 끝나기 십 분 전에 헐레벌떡 뛰어오기도 했다. 얼마나 뛰었는지 심장이 안정을 찾고 숨을 고를 즈음이면 수업이 끝났다.

석이 야학 선생이 된 지 일 년이 되어갔다. 처음엔 방학 때 선배를 따라와 얼결에 출석을 불렀지만 개강을 해서도 이곳이 생각났다. 여공들의 반짝이는 눈빛과 지식에 대한 갈망, 자신을 향한 동경. 그 마음들이 자신을 이 교실로 다시 소환했다. 결국 휴학을 하고 본격적으로 초짜 선생이 되었다. 낮에는 가정교사를 뛰고 밤에는 야학 교사를 했다.

대부분의 여공들은 국민학교를 졸업했거나 삼사 년을 다니고 중퇴한 학력이 전부였다. 글을 읽을 줄은 알았으나 문해력이 부족했고, 시장에 갈 정도의 기본적인 연산은 가능했으나 세일가가 정가의 몇 퍼센트인지까지 가면 미간을 찌푸렸다. 한자를 모르기에 신문을 볼 줄 몰랐고, 그래서 시사에 어두웠으며, 그래서인지 자신의 권리 위에서 잠을 자기 일쑤였다. 법학도인 석은 한자를 가르쳐야 할 필요성을 느꼈다. 세종대왕님이 백성들을 어여삐 여겨 한글을 창제하셨건만 아직 모든 글이 한글 반 한자 반이었다. 기본적인 생활을 위해서 한자는 필수였다.

"은행에 다녀왔나요?"

석이 학생들을 향해 웃으며 말했다. 그는 모르고 있었지만 웃을 때 드러나는 가지런한 치아는 여공들의 마음을 설레게 했다.

"네!"

설레는 마음을 눌러가며 학생들이 크게 대답했다. 대학생 선생님은 선망의 대상이었지만 그중에서도 석은 특별했다. 큰 키와 호리호리한 몸매, 외꺼풀의 큰 눈과 오뚝한 콧날. 그런 귀공자 같은 외모에 법대생이라는 후광까지 있었다. 당시 여공과 사법 고시생의 사랑은 삼류소설이나 잡지의 가십거리로 자주 등장하는 레퍼토리였다. 슬프게도 해피엔딩으로 끝나는 경우는 드물었다. 하지만 묘하게 서로의 환상을 충족시켰기에 소문으로도 회자되는 주제였다. 그렇게 석은 여공들 환상 속의 남주가 되었다.

학생들은 가방에서 통장을 하나씩 꺼냈다. 은행에 가서 계좌를 만들고 십 원 저금하기가 지난주 숙제였고, 어제는 그 돈을 다시 찾아오기가 숙제였다. 통장을 만들기 위해서는 자신의 이름을 쓰고 일금 십 원을 한자로 써야 했다. 배운 한자를 실용적으로 써보는 것이 이 과제의 취지였지만 세상을 향해 한 발 나아가는 자신감과 성취감은 더 큰 성과였다. 한자를 몰라 부끄러워 은행을 가지 못했던 여공들은 월급을 받아도 돈을 둘 데가 없어서 도시락에 넣어 가지고 다녔다. 뛸 때마다 찔렁거리는 동전 소리는 배우지 못한 부끄러움을 환기시켰다. 하지만 이제는 그럴 필요가 없었다. 숙제를 위해 여공들은 점심시간을 알리는 벨이 울리자마자 신명나게 은행으로 뛰었다. 그리고 적은 돈이어도 늘 은행에 맡겼다.

지난 시간은 한자로 숫자를 익혔다면 오늘은 자신의 이름을 한자로 써보기였다. 자신의 이름 한자를 모르는 사람이 많았다. 석은 부수와 획수로 한자 사전 찾는 방법을 알려주고 상형문자와 표음문자에 대한 차이를 설명했다. 그사이 앞자리에서 자전을 뒤적이던 니나가 자전을 덮고 노트에 한 자씩 쓰기 시작했다. 처음 보는 학생이었다. 뭘 쓰나 가만 보니 자전에 나와 있는 한자였다. 학생들을 한 명씩 지도해주고 다시 와서 니나를 본 석은 깜짝 놀랐다. 페이지 순서대로 정확히 한자를 쓰고 있었기 때문이다. 한 장이 찢어졌는데 그 페이지의 한자가 없었다. 한 번 보고 저걸 다 외웠다고? 심지어 필체도 좋았다. 거의 프린트를 해놓은 수준이었다.

"니나 학생, 한자를 배운 적이 있어요?"

"아녀라. 오늘 처음 봤어라. 솔찮이 재미진 문자네요잉."

니나는 한자가 표음문자에 비해 비효율적이라는 생각은 들었으나 생성 원리가 흥미로웠다. 자신의 행성에서는 코드화된 문자를 사용했다. 그래서 상형이든 표음이든 지구의 문자는 한 자, 한 자가 유려하게 느껴졌다.

"지금 이걸 다 외워서 쓴 거예요?"

"네."

석은 미심쩍었지만 눈앞에서 실제로 쓰고 있는 걸 보니 믿지 않을 수가 없었다. 이런 천재가 왜 공장에 있는 걸까. 물론 자신이 가르치는 여공들은 영리했다. 배우고자 하는 그들의 열정이 지능을 견인하는 화력이 되었다. 다만 그들은 환경과 시기가 안 맞아 못 배운 것뿐이었다. 하지만 학습 능력이 이렇게 뛰어난 사람은 처음 보았다. 생전 처음이었다. 지금 자신이 가정교사로 가르치고 있는 고등학생보다도 머리가 좋을 것 같았다.

석은 수업이 끝난 후 개인적인 호기심에 니나의 연산 능력도 시험해보았다. 기본적인 암산 정도가 가능했다. 석은 가방에서 고등학교 수학 교과서를 꺼내어 폈다. 미분 적분을 설명해주었다. 설명을 차분히 들은 니나가 물었다.

"이걸 지가 뭣 땀시 알아야 한당께요?"

"미적분은 수학의 꽃이거든요. 몰라도 일상생활하는 데 전혀 지장은 없어요. 하지만 알면 학문의 기쁨을 느끼게 되죠. 꽃은 입으로 먹는 게 아니라 눈으로 즐기는 거잖아요."

이상한 논리였지만 묘하게 설득력이 있었다. 니나는 책으로 고개를 돌려 문제 풀이 과정을 눈으로 훑었다. 그리고 약 삼십 분 후 미적분을 마스터했다! 어떤 문제를 주어도 정답을 맞혔다. 어떻게 이런 일이 있을 수 있나. 니나는 천재였다. 석은 이 미스터리한 여인이 놀랍고도 안타까웠다. 이 머리를 두고 왜? 니나는 본인에게 이런 능력이 있다는 걸 모르는 게 분명했다. 석은 서둘러 다른 페이지를 펼쳤다. 함수를 알려줘도, 방정식을 알려줘도 니나는 원리를 금방 깨쳤다. 다만, 특이한 건 이걸 자신이 왜 알아야 하는지 궁금해한다는 것이었다. 실용적인 이유가 있어야만 배우겠다는 취지였다. 이런 태도조차 천재의 여유처럼 느껴져서 석은 전율이 일었다. 팔뚝을 쓸며 석이 말했다.

"왜 공장에서 일하는 거예요?"

"공장이 어때서라?"

니나는 석의 의도를 알아차리지 못했다. 지구에 도착해 처음 들어간 곳이었고 다른 일을 한다는 생각을 해본 적이 없었다.

"니나 씨의 이런 머리면 얼마든지 다른 일을 할 수 있어요."

석은 니나가 자신의 말을 이해하길 바라며 작은 목소리로 말을 건넸다. 이런 석을 가만히 쳐다보던 니나가 입을 열었다.

"노동자는 부끄러운 직업이 아녀라. 땀 흘리는 일은 자랑스러운 것이지요잉."

그 말에 석의 얼굴이 대번에 벌게졌다. 노동의 신성함에 대한 일갈이라니. 처음엔 이런 곳에 이런 인재가?, 하는 신기함, 그다음엔 천재에 대한 동경이었다면 지금은 경외심이 일었다. 자신이 한없이 부끄러워졌다. 그러면서 이상한 일이 벌어졌다. 이 미스터리한 여성에 대한 연모의 감정이 12배속으로 싹튼 것이다. 누군가 자신의 마음을 초고속 촬영을 했다면 사랑이라는 감정이 육안으로 보일 정도로 빠르게 핀 것을 알 수 있었을 것이다. 이런 경우는 태어나서 처음이었다.

"니나 씨, 크리스마스 때 뭐 해요?"

석은 자신이 말하고 나서도 놀랐다. 이건 데이트 신청 아닌가. 자신이 가르치는 학생한테 이래도 되는 건가 싶었던 것이다. 반면, 니나는 크리스마스가 언제인지, 무슨 날인지 몰랐다. 그동안 지구에서 깨달은 건 모르면 가만히 있으면 된다는 것이다. 그럼 상대가 알아서 생각했다. 역시나 석은 자신이 너무 성급했다고 생각하곤 서둘러 말을 이었다.

"내일도 나올 거죠?"

석의 열망이 담긴 수줍은 눈빛을 멀뚱히 바라보던 니나가 대답했다.

"글쎄요."

실은 이 시간에 잠을 자는 게 더 효율적이지 않을까 니나는 생각하고 있었다. 당장에 이런 미적분이며 함수가 나에게 무엇을 준단 말인가. 이름을 얻은 것만으로도 수확은 있었다. 니나는 하품을 했다.

이런 애매한 대답은 석의 불붙은 마음에 기름과 산소를 공급하는 꼴이었다. 그는 모든 여공들이 자신에게 잘 보이려고 애쓰는 마음을 알고 있었다. 그런 모습이 귀엽기도, 애틋하기도 했지만 이성으로 느껴진 적은 없었다. 그런데 니나는 달랐다. 어디 하나 눈에 띄는 부분 없이 평범한 외모의 그녀가 너무나도 특별하게 느껴졌다. 미적분을 이렇게 잘하는 여자는 처음이어서? 범상치 않은 학습 능력에 압도되어? 노동에 대한 신선한 시각 때문에? 이 감정에 이유를 달 수 있는 시기는 이미 지났다. 그냥 마음이 달리고 있었다. 그녀를 향해.

"그럼 제가 갈게요. 니나 씨가 있는 곳으로."

"왜라우?"

"그냥 그러고 싶어서요."

잠시 석을 쳐다보던 니나가 일어났다. 막차 시간은 아직 남았지만 너무 졸렸다.

"맘대루 허요."

긍정의 대답이라고 생각한 석은 표정이 밝아졌다. 그녀의 마음이 당장 자신과 같지 않아도 좋았다. 자신이 천천히 그녀에게 다가가면 된다고 생각했다. 어쩌다 천하의 석이 한순간에 사랑의 노예가 되었을까. 그동안 받았던 고백들이 하나도 기억나지 않았다.

한편 니나는 이 순간이 앞으로 지구에서 보낼 나날에 어떤 의미가 될지 알지 못했다. 그저 라면이나 하나 먹고 갈까를 고민하며 자리에서 일어섰다. 어떤 인생이 기다리고 있는지도 모르고.

2부

1979년

만남

석의 말은 빈말이 아니었다. 니나가 노동 교실에 나오지 않자 석이 니나의 공장 앞으로 왔다. 와서 뭘 하는 건 아니었고 그냥 얼굴도장만 찍고 가는 날이 많았다. 니나의 손에 사탕이나 초콜릿 같은 주전부리를 안겨주기도 했다. 모범생 타입의 석은 성실함의 힘을 믿었다. 그렇게 꾸준히 얼굴을 익히면 언젠가 니나도 자신에게 마음을 열 거라고 생각했다. 공장 사람들은 작은 변화와 가십도 놓치지 않았는데 그러지 않으면 매일 반복되는 지루한 일상을 견디기 힘들었다. 석의 등장으로 니나는 수군거림과 놀림의 대상이 되었지만 정작 당사자는 개의치 않았다. 다만, 사람들의 너무 많은 관심과 집중은 정체를 숨기는 데 부담이 되므로 석의 방문이 달갑지 않았다. 그래도 석은 매일같이 웃는 낯을 들이

댔고 니나는 저 사람은 참 한가하구나, 하고 생각했다. 그렇게 얼굴을 비추던 어느 날 석이 니나를 초대했다.

"야유회요?"

노동 교실에서 야유회를 간다고 했다. 그날은 공장이 쉬는 날이긴 했으나 휴일이라고 한가한 것은 아니었다. 밀린 빨래를 해야 하고 밀린 잠도 자야 했다. 그래도 니나는 다른 여공들에 비해 한가한 편이었다. 미자는 문화생활을 좋아해 극장이나 음악 감상실을 기웃거렸다. 비싼 극장표는 엄두가 안 나 자주 볼 수는 없다. 성격이 화끈한 차순은 춤추는 걸 좋아했다. 쉬는 날이면 안내양 친구들과 함께 나팔바지를 펄럭이며 고고장으로 몰려갔다. 미자를 따라 극장도 가보고 차순과 고고장도 가봤지만 니나는 어디에도 취미를 붙이지 못했다. 무엇보다 고고장은 너무 시끄러웠다. 그렇기에 야유회도 회의적이었다. 그 시간에 잠을 자는 게 효율적이지 않을까, 고민하는 찰나, 옆에서 듣던 미자가 꼬셨다. 가면 맛있는 걸 많이 준다는 말을 들었다고. 한창 미식에 눈을 떠가던 니나는 음식에 대한 호기심 때문에 석의 초대를 받아들였다.

그날은 아침부터 날이 흐렸다. 그러더니 부슬부슬 비가 내리기 시작했다. 봄비였다. 니나와 미자는 우산도 없이 비를 맞으며 유원지에 도착했다. 이미 이십여 명의 사람들이 모여서 점심식사 준비로 바빴다. 커다란 들통 두 개를 놓고 뭔가를 삶고 있었다. 된장을 풀었는지 구수한 냄새가 풍겼다. 다가가서 보니 커다란

다리 두 개가 국물 위로 삐죽 튀어나와 있었다. 닭이라기엔 컸고 돼지라기엔 족이 없었다.

"개야."

니나가 유심히 쳐다보자 한 여공이 통에 마늘을 듬뿍 넣으며 말했다. 그리고 한 그릇씩 국자로 떴다. 그 위로 쭉쭉 찢은 고기를 담았다. 개도 먹는다는 사실을 그때 처음 알았다. 사람들이 동그랗게 둘러앉았다. 뜨거운 국물을 후후 불어서 먹고 있는데 부슬부슬 내리던 빗줄기가 굵어지기 시작했다. 허허벌판에서 가려 줄 것도 없이 사람들은 속수무책으로 비를 맞았다. 먹어도 먹어도 국물이 줄지 않았다. 그런데도 이상하게 맛있었다. 다들 비를 쫄딱 맞은 서로를 바라보며 깔깔대고 웃었다. 그때, 미자가 옆구리를 쿡 찔렀다. 니나가 쳐다보니 미자가 턱으로 앞을 가리켰다. 시선이 향한 곳에 낯익은 얼굴이 있었다. 세상에, 1번 오야였다. 오야가 다른 여공들처럼 웃고 있었다. 저렇게 활짝 웃는 모습은 처음이었다.

"옴마, 여그 와서 참말로 별꼴을 다 봐분다."

미자는 처음 먹는 개고기 못지않게 오야의 웃는 얼굴에도 충격을 받았다. 그 모습은 여느 이십대 초반의 발랄한 아가씨와 같았다. 오야는 웃다가 니나와 눈이 마주치자 어색하게 시선을 피했다. 비는 멈출 거 같지 않았다. 그때 석이 일어나 통기타를 들었다. 여공들이 좋아서 입을 가리고 수줍게 웃었다. 석이 기타 줄을 튕기자 맑은 현악기 소리가 공기를 울렸다.

"제가 좋아하는 노래인데 아는 분들은 같이 불러주세요."

석이 예의 선한 미소를 지으며 노래를 시작했다.

사노라면 언젠가는 좋은 때도 올 테지
흐린 날도 날이 새면 행복하지 않던가
새파랗게 젊다는 게 한밑천인데
쩨쩨하게 굴지 말고 가슴을 쭉 펴라
내일은 해가 뜬다 내일은 해가 뜬다

석의 목소리로 시작한 노래는 합창으로 끝이 났다. 그날 비는
멈추지 않았고 국물도 줄어들지 않았다. 그리고 웃음과 노래도
끊이지 않았다.

미자가 고향으로 내려가게 되었다. 건강이 좋지 않았다. 잔기
침을 오래 하더니 폐까지 나빠져 요양이 필요하다고 했다. 요양
이라니 어딘지 사치스러운 단어였지만 휴식이 필요한 것은 사실
이었다.

"머리부터 발끝꺼정 안 아파분 디가 없어야."

미자가 힘없이 말했다. 타고나길 약골인 데다, 청계천에서 삼
년 일하면 고물 된다고 입버릇처럼 말하더니 정말 그렇게 되었

다. 늘 미열이 우울처럼 미자 곁을 감돌았다. 어쩔 수 없이 고향으로 내려가야 하는 상황이라 미자는 사장에게 한 달 전에 퇴사를 밝혔다. 사장은 미간을 찡그렸다. 미자는 퇴직금을 받지 못할까봐 한 달 동안 군말 없이 잔업이며 야근이며 닥치는 대로 일했고 그 결과 건강은 더 악화되었다. 하지만 막상 마지막 근무일에 사장은 늘 그렇듯 이렇게 말했다.

"다음에 와, 다음에. 지금은 돈 없어."

하지만 진짜 다음에 오면 사장은 어떻게 알고 잽싸게 자리를 피했다. 그럴까봐 아침 일찍 오면 아침부터 재수 없게 돈 받으러 왔다고 욕을 해댔다. 돈을 받는 사람이 오히려 눈치를 봐야 하는 상황이었다. 점심시간을 쪼개서 와도 사장은 밥 먹으러 간다고 나가서 돌아오지 않았다. 퇴근 후에 찾아오면 먼저 퇴근하고 없었다. 이런 식으로 진을 쪽 빼놓았다. 결국 퇴사자는 퇴직금을 포기하곤 했다. 찾아가는 것 자체가 기회비용이고 부담이었다. 이런 지난한 과정을 알기에 미자는 마음이 초조했다. 당분간 일도 못하는데 고향에 돌아가서 식구들에게 부담을 줄 순 없었다. 우연히 석이 이 사실을 알았다. 자주 얼굴을 보는 사이다보니 니나 주변 사람들 소식도 자연히 접하게 된 것이다.

"노조에서 도와줄 거예요."

"노조요?"

"노동조합요."

"지는 가입도 안 혔는디요."

"모든 노동자들을 위한 곳이죠."

되묻는 미자를 위해 석은 친절하게 설명해주었다. 니나에게
잘 보이고 싶은 마음도 있었지만 실은 이런 일이 처음도 아니었
다. 퇴직금을 받지 못해 우는 노동 교실 학생들을 노조에 소개시
켜주다보니 그도 이제 그곳 사람들과 꽤 친해졌다.

모처럼 잔업이 없는 날, 일이 끝나자마자 세 사람은 사무실로
향했다. 노조 사무실은 니나의 공장에서 몇 블럭 떨어진 시장 건
물 맨 위층 허름한 공간에 있었다. 낡은 문을 열자 삐걱하는 소리
가 노크를 대신했다.

"오! 석이 왔구면."

한 남자가 책상에 앉아 서류를 보다 고개를 들어 인사했다. 날
카로운 인상과 다르게 미소를 짓는 얼굴이 푸근해 보였다. 석은
자신의 성씨인 오를 항상 감탄사로 부르는 남자의 친근함이 좋았
다. 남자의 성격상 반갑다는 말을 그렇게 표현한다는 것을 알았
던 것이다.

"형, 잘 지냈어요?"

"이, 또 손님을 모시고 왔구면?"

남자는 알 만하다는 듯 석의 뒤에 어정쩡하게 서 있는 여자 둘
을 쳐다보았다. 그러다 엇?, 하는 표정이 되었고 이내 의미심장
하게 입꼬리가 살짝 올라갔다.

106

"공장에서 일하는 분들인데 사장이 퇴직금을 안 준다네요."

"그런 나쁜 놈들이 어디 한둘이다냐. 그나저나 저녁 안 먹었제? 우선 밥부텀 먹자."

"저희는 괜찮아요, 신경 쓰지 마세요."

"나도 아직이랑께. 같이 라면 끓여 묵자."

남자는 권유와 동시에 일어나서 냄비에 물을 올렸다. 사양할 틈도 주지 않는 재빠른 몸놀림이었다.

"앉으셔라, 앉아요이."

그는 미자와 니나에게도 자리를 권했다. 이곳에서 숙식을 해결하는 모양이었다. 기본적인 가재도구들과 뒤편에 숨겨놓은 침구들이 눈에 보였다. 끓는 물에 라면 스프를 투입하자 허기를 일깨우는 냄새가 밀려왔다. 체면을 차리고 싶어도 거절하기 힘든 냄새였다. 남자는 서랍을 열더니 주섬주섬 뭔가를 꺼내왔다. 소주였다. 세 사람 앞에 소주잔을 하나씩 놓고 자신은 컵에 소주를 따랐다. 라면을 안주로 엉겁결에 술자리가 마련되었다.

"자, 건배!"

네 사람은 어색하게 술잔을 부딪쳤다. 술을 처음 먹어보는 니나는 한 모금 마시고 얼굴을 찡그렸다. 이렇게 쓴 액체는 처음이었다. 왜 이런 걸 마시는 거지?, 하는 눈빛으로 사람들을 쳐다보았다. 그 모습을 본 두 남자의 반응은 달랐다. 석은 아이고, 귀여워라, 하는 표정으로 흐뭇하게 웃는 반면 남자는 팔짱을 끼며 진지하게 말했다.

"다친 디는 좀 어떻대요?

"네?"

니나가 잘못 들었다는 듯 되물었다.

"그날 약 사 갖고 집에 오니께 나가고 없던디."

"두 사람, 구면이에요?"

석이 니나와 남자를 번갈아 보며 물었다. 영문을 모르겠다는 표정의 니나 옆구리를 찌른 것은 미자였다.

"이분이 굴보 아재여."

미자는 사무실에 들어선 순간, 굴보를 알아보았다. 그날 이후 본 적은 없었지만 그도 니나를 알아보는 눈치였다. 저번엔 니나를 구해주더니 이번엔 자신에게 도움을 준다? 미자는 인연도 참 신기하다고 생각했다. 그러다 니나에게 말해줄 타이밍을 놓쳤다. 아직까지 어리둥절해하는 니나의 팔을 잡으며 미자가 귓속말을 했다.

"그때 너, 재단사들한티 뚜딜겨 맞은 날 구해준 분 있잖여."

귓속말인데도 불구하고 석이 들었다. 니나에 관련한 이야기라면 어느 하나, 작은 것도 놓치지 않았다.

"니나 씨가 두들겨 맞았다고요?"

석이 놀라서 물었다.

"아, 굴보."

니나는 기억을 떠올렸다. 지구에 와서 처음 겪었던 폭력과 호의가 동시에 떠올랐다. 굴만 먹는다는 남자. 니나가 라면과 소주 그리고 굴보를 번갈아 쳐다보았다. 그러자 굴보가 껄껄 웃으며 말했다.

"삼시 세끼 굴만 어찌 묵나. 먹고 잡어도 없어서 못 묵제."

미자를 통해 니나가 재단사들에게 당했던 사연을 알게 된 석은 화가 나고 가슴이 아파서 어쩔 줄 몰랐다. 그런 석에게 굴보는 소주를 따라주며 말했다.

"그놈들이 잘했다는 게 아니제. 목구멍이 포도청인디 어쩌것어. 그놈들도 밥그릇 뺏길깜시 무서우니께 그런 건디."

그러면서 니나를 한번 쓱 쳐다보았다. 재단사들 사이에서 소문이 돌았던 '괴이하게 미친년'의 정체가 이 애라니. 평상시에는 조용한데 일할 때 보면 눈이 희번덕 돌아간다느니, 아무것도 먹지도 마시지도 않지만 사람들이 없는 곳에서 몰래 전기코드를 입에 물고 전기를 빼먹는다느니, 잠도 안 자고 밤만 되면 청계천을 배회하는데 도중에 청계천 유령을 만나 나란히 걷다가 방범대원을 보면 뒤에서 깜짝 놀랜다는 등의 소문이 돌았다. 아무튼, 과장된 소문에 비해 실상은 평범하디 평범한 소녀처럼 보였다.

그날 밤, 굴보는 잔업을 마치고 집에 가는 길이었다. 실은 집이 아니라 사무실에 가서 한 잔 더 마실 생각이었다. 미자의 절박한 목소리를 듣고 발걸음을 돌렸다. 좁은 골목길에 한 여자가 쓰러져 있고 다른 여자는 그 여자를 안고 울고 있었다. 얼핏 봐도 몸이 만신창이였다.

"돈 있어요?"

울고 있던 여자는 고개를 저었다. 어차피 병원은 돈이 없으면 받아주지 않는다. 굴보의 주머니에도 소주 한 병 값뿐이었다. 굴보는 쓰러진 여자를 업었다. 그리고 가까운 자신의 집으로 향했다. 여자는 놀랍도록 가벼웠다. 내가 취해서 그런가. 한달음에 그 높은 계단을 올랐어도 힘든 줄 몰랐다. 그는 여자들을 두고 내려왔다. 문을 연 약국이 있을까 싶어 돌아다니다가 통행금지에 걸려 파출소에서 밤을 샜다. 다음 날 집에 갔더니 그들은 떠나고 없었다. 이런 사연들을 굴보는 굳이 전하지 않았다. 그저 이젠 몸이 괜찮으냐고 물을 뿐이었다.

"니나 씨는 공장 일에도 두각을 나타냈었군요. 어디든 군계일학은 시기와 음해의 대상이니까요."

석은 취해서 혼잣말처럼 중얼거렸다.

"하지만 폭력은 어떤 이유에서든 정당화될 수 없어요. 고소하고 싶으면 내가 도와줄게요."

이런 석의 울분에 개의치 않고 니나는 소주와 라면에 더 관심을 보였다. 굴보는 흥미로운 표정으로 석을 바라보았다. 석이 이렇게 취하도록 마시는 걸 본 적이 없었다. 허여멀건한 대학생 석은 착하고 해맑아서 좋았다. 이곳에 이런 샌님은 없으니까, 특이

하고 귀여웠다. 귀까지 빨개져 소주를 연달아 들이켜는 석과 라면 국물만 홀짝이는 니나를 번갈아 보다가 굴보가 문득 말했다.

"나가 노래 하나 하까?"

"아뇨."

"이 계절에 아주 잘 어울리는 노랜디."

"형, 지금 여름이에요."

석은 취한 와중에도 극구 사양했지만 그는 아랑곳하지 않고 자신의 18번을 불렀다.

가을엔 가을엔 떠나지 말아요

낙엽 지면 서러움이 더해요

차라리 하얀 겨울에 떠나요

눈길을 걸으며

눈길을 걸으며

옛일을 잊으리다

거리엔 어둠이 내리고

안갯속에 가로등 하나

비라도 우울히 내려버리면

내 마음 갈 곳을 잃어

구슬프고도 운치 있는 노래였다. 낮은 음색이 한숨처럼 땅을 쳤다가 클라이맥스에서 격정을 누르듯 절제하는 모습이 특이했다. 물론 모기가 앵앵거리는 초여름 밤에 적합한 노래는 아니었지만 왠지 굴보와 잘 어울린다고 니나는 생각했다. 나중에 그 노래가 최백호의 〈내 마음 갈 곳을 잃어〉임을 알게 되었다. 굴보가 술만 마시면 부르는 노래라는 것도.

집에 오는 길, 미자의 수다를 듣는 둥 마는 둥 하며 니나는 노래를 부르던 굴보의 음색을 떠올렸다. 한숨처럼 쓸쓸하고 거친 바람처럼 격정적인 목소리였다. 특이한데 또 듣고 싶었다. 그걸 바로 매력이라고 한다는 걸, 반했다고 한다는 걸 그때 니나는 알지 못했다.

열애

사랑은 타이밍이라고 했던가. 굴보를 찾아간 다음 날, 석은 불법 유인물 유포 사건에 연루돼 구속되었다. 대학생은 대부분 훈방 조치되는데 이례적인 일이었다. 그리고 일주일 후 노조의 압박에 못 이겨 사장은 미자에게 퇴직금을 지불했다. 노조의 남자 직원들이 시시때때로 공장에 찾아왔고 집 앞에도 불쑥불쑥 나타났기 때문이다. 그중에서도 굴보의 인상이 한몫했는데 삼백안 특유의 묘하게 불량하고 퇴폐적인 눈빛과 분위기는 상대로 하여금 주눅이 들게 만들었다.

퇴직금을 무사히 받은 미자는 고향으로 떠나기 전 식사 대접을 하겠다며 굴보를 불러냈다. 니나는 자신도 신세를 진 것이 있으니 보태겠다고 하여 메뉴는 조개집의 석화가 되었다. 한여름이라 굴을 구하기 쉽지 않았다.

"굴보가 굴 먹는 걸 보고 잡었나보네이."

입꼬리가 올라간 굴보는 사양하지 않고 석화 하나를 들었다. 그러곤 굉장히 능숙하게 껍데기를 까서 두 사람 앞에 하나씩 놓아주었다. 굴보가 어서 먹어보라고 눈짓을 했다. 이런 생물은 처음이었다. 망설이는 니나를 보고 굴보는 석화 껍데기를 손에 들고 훌훌 마시듯 젓가락으로 입안에 굴을 밀어 넣었다. 고여 있는 짠물까지 싹 마시며 입맛을 다시는 걸 보니 굴보는 역시 굴보였다. 되게 맛있게 먹네…. 미자도 젓가락으로 굴을 떠서 입안에 넣었다.

"신선허네."

미자는 니나에게도 권했다. 니나도 굴보가 한 것처럼 껍데기를 들고 마시듯 입안으로 훌훌 털어 넣었다. 그러곤 우물우물 씹었다. 굴보는 니나가 먹는 모습이 마음에 들었다. 여자들은 남자 앞에서 얌전 떠느라 젓가락을 깨작이며 먹는데 굴은 그렇게 먹는 게 아니다. 입을 크게 벌리고 한입에 꿀꺽.

"맛이 어뗘?"

흐뭇하게 니나를 보며 굴보가 물었다.

"어따, 비리다."

니나가 비강을 넓히며 혼자 중얼거렸다. 솔직히 물컹하고 비린 게 입안으로 들어오자마자 뱉고 싶었다. 이런 걸 주식으로 삼을 만큼 좋아한다고? 이상한 사람이네. 게다가 너무 짜다. 나트륨은 건강에 좋지 않다. 혈압을 상승시켜 대사에 비효율을 야기한다.

"이 맛을 알려면 오래 걸린당께. 원래 굴은 5월에서 8월 사이에는 먹는 게 아니여. 독도 있고 알도 자잘허니께. 왜, 영화에도 나오잖여. 굴은 알파벳 R이 들어간 달에 먹으야 쓴다고."

미자는 의외로 학식이 있는 굴보가 달리 보였다. 국민학교 중퇴 학력에 콤플렉스가 있어서인지 무조건 똑똑한 남자가 좋았다. 이런 미자와는 달리 니나는 굴보를 빤히 보고 있다가 물었다.

"근디 어째 반말을 혀싸요?"

"어… 어?"

당황한 굴보가 말을 더듬었다. 미자가 쿡, 웃음을 터뜨렸다.

"아까부터 말을 놓아서라. 말은 원래가 친헌 사이끼리 놓는 거잖애요."

굴보는 무표정하게 말하는 니나의 의도를 알 수 없었다. 반말을 해서 기분이 나쁘다는 건지, 친한 사이가 되어서 기분이 좋다는 건지. 항상 게슴츠레하게 뜨고 있던 굴보의 눈이 커다래졌다. '괴이하게 미친년'까지는 아니더라도 일반적이진 않은 애구나. 요거 봐라. 굴보가 피식 웃었다.

"우리가 아직 그런 사이는 아니지요."

굴보가 어색하게 표준어를 구사하며 말하자 니나가 눈썹과 어깨를 한번 으쓱였다. 어떻게 대응해야 할지 모를 때 쓰라고 나성이 알려준 제스처였는데 여러모로 유용했다. 마치 히든카드처럼 이걸 쓰면 대부분 상대는 더 이상 대화를 진전시키지 않았다. 굴보는 재밌다는 듯 니나의 제스처를 그대로 따라 했다. 그런 굴보를 보며 미자는 자신보다 열 살 연상인 굴보의 나이를 떠올렸다. 아재는 아재군.

"다음에는 제가 진짜 굴을 대접하겠습니다."

말을 마친 굴보는 소주 한 컵을 단숨에 들이켰다. 그러곤 그 밤에도 역시나 자신의 18번을 구슬프게 부르는 것이었다. 니나는 숨죽여 그의 노래를 듣고 있는 자신을 발견했다.

굴보라는 남자가 부르는 〈내 마음 갈 곳을 잃어〉라는 노래는 외계인의 마음도 울릴 정도로 슬프다.

머릿속으로 작성한 보고서를 니나는 잠시 후 지웠다. 너무 사적인 내용이었으므로.

다음 날 미자는 고향으로 떠났다. 출근해야 하는 니나는 아쉬워하고 미안해하며 문 앞에서 인사를 했다.

"니나, 니는 나처럼 뼛골 빠지게 일하지 말어야. 알았제? 건강 조심허고이."

미자는 당부하듯 니나의 손을 잡고 흔들었다.

"니나 잘해라이. 니나는 잘한다잉."

니나의 말에 미자가 필요 이상으로 깔깔거리며 돌아섰다. 그러곤 깜박했다는 듯 니나에게 말했다.

"굴보 아재, 좋은 사람 같더라. 잘해봐라."

무슨 소린지 모르겠다는 니나의 얼굴을 향해 미자가 손을 크게 흔들며 떠나갔다. 자기 몸만 한 보스턴백을 힘겹게 들고서. 그리고 이 주 후 혜란이 기숙사가 완비되어 있다는 공장으로 이직했다. 월급이 조금 더 많다고 했다. 공교롭게도 그다음 주에는 차순이 교통사고를 당해 병원에 입원했다. 아침에 무리하게 승객을 태우고 문이 안 닫히자 인간 문고리가 되어 매달려가다 떨어졌다고 했다. 시속 50킬로미터가 넘는 속도였다.

"안 죽은 게 다행이라카데. 의사 선새임이 앞으로는 덤으로 받은 생이라 생각하고 착하게 살라카더라."

병문안을 온 니나에게 차순이 말했다. 인간 문고리가 나쁜 짓이었나. 매일 해오던 일인데. 가끔 하던 뻥땅이 나쁘면 나빴지 문고리가 나쁘다고? 차순은 병원 침대에 누워 아침마다 생각했다. 정작 나쁜 놈들은 그렇게 승객을 태우라고 시켰고 이렇게 사고를 당한 직원의 병실에 코빼기도 내밀지 않는 회사놈들 아닌가.

"니나야. 니는 이렇게 살지 마라. 돈이 다 뭐가, 죽어삘면 그만인데. 사람도 만나고 바람도 쐬고 즐기며 살그라."

마치 자신에게 하는 말인 것처럼 차순은 병실 천장을 노려보

며 말했다. 니나는 그런 차순을 보며 다 떠나간 월세방을 생각했
다. 혼자 월세를 내기에는 부담이 컸다. 자신도 기숙사가 완비되
어 있다는 공장으로 이직을 해야 하나 싶었다. 하지만 다들 알고
있었다. 벽보에 나붙어 있는 침식 제공, 기숙사 완비는 말에 그칠
뿐 사인펜으로 아무렇게나 휘갈겨 쓴 그 글씨처럼 엉망이었다.
개, 돼지도 이런 데서는 안 자겠다 싶을 정도로 불결한 곳이 대부
분이었다. 커튼 자락을 가운데 두고 남녀가 혼숙하는 경우도 흔
했다. 그러다 자의든 타의든 일이 났고 주로 손가락질을 당하는
쪽은 여자들이었다.

"여대생이 그러면 성 개방이니 여성 해방이니 떠들어대면서
여공이 그러면 성도덕이 무너졌네, 문란하네 난리들이지."

공장에서 한 시다가 하는 말을 들었다. 자조 섞인 말투였다. 그
때는 '그러면'이 무슨 의미인지 몰랐다. 그러다 추석 명절을 지내
고 니나는 그 의미를 정확하게 알게 되었다.

대목인 명절 특수를 끝내고 모두들 고향에 내려갈 생각에 설
렜다. 매일같이 철야를 하는 바람에 몸은 피곤했지만 고향집에
가져갈 선물들을 머릿속 바구니에 넣었다 뺐다 하며 졸음과 피로
를 이겨냈다.

"누나, 누나는 고향 안 갑니꺼? 아이다. 못 가죠?"

나성이 니나의 곁에 와서 귓속말을 했다. 이렇게 필요 이상으
로 나성은 니나의 정체를 생각해주며 스파이처럼 굴었는데 이게

오히려 부담스러웠다.

"잉, 못 가."

니나는 재단을 하며 말을 받았다.

"그카면 누나, 내 부탁 하나만 해도 됩니꺼?"

나성의 말에 니나가 고개를 들었다. 나성은 검은색 비닐봉지 하나를 내밀었다.

"연휴 기간에 약 좀 쳐주이소."

쥐약이었다. 밥도 해먹고 사람이 거주하다보니 공장에 새앙쥐 들이 드나들었다. 주기적으로 약을 쳤는데 약을 먹은 쥐가 미싱 바닥에 죽어 자빠져 있기라도 하면 여공들이 소리를 지르고 난리 가 나므로 주로 명절 같은 연휴에 쳤다. 그리고 주로 남자인 재단 사와 시아게사가 약을 쳤다.

"그려."

니나가 흔쾌히 대답하자 나성이 누나 최고라며 엄지손가락을 척 올리고 퇴근했다. 다음 날 니나는 점심을 먹고 느지막이 공장 에 들렀다. 열쇠를 꽂으려고 보니 문이 열려 있었다. 아직 안 간 사람이 있나. 빼꼼히 문을 열고 얼굴을 들이밀었다. 불을 켜지 않 아 어두운 다락에서 인기척이 났다. 니나가 들어서니 누군가 부 스스 일어났다. 5번 시다였다. 보기 드물게 얼굴이 뽀얗고 눈썹 이 짙어서 눈길이 가는 애였다.

"안 내려갔어야?"

니나가 다락을 올려다보며 물었다. 민족의 대이동이라고. 정말 주위에서 고향에 안 가는 사람을 못 봤다. 모두가 내려가고 난 서울은 마치 텅 빈 주머니 같았다.

"몸이 안 좋아서 내일 가려고라."

시다들이 거의 그렇듯 5번 시다도 십대였다. 요즘 들어 하얀 이마에 멍이 자주 들어 있었는데 다락에서 자다가 떨어졌다고 했다. 호랑이 연고를 바르는 5번을 두고 4번 시다가 너, 잠버릇 되게 심하다. 몇 번째냐?, 하고 타박하는 소리를 니나도 얼핏 들은 적이 있었다.

"도와주까?"

니나가 물었다. 누군가 아프거나 슬퍼하면 도움이 필요한지 물어야 한다고. 지구인은 타인의 안부를 자주 묻는다고 나성이 말했다.

"괜찮애요, 언니. 고마워라."

다른 시다들과는 달리 5번 시다는 니나를 언니라고 친근하게 불렀다. 어두운 다락에서 5번이 다시 조용히 눕는 것이 보였다. 니나는 귀퉁이마다 쥐약을 놓고 문을 닫고 나왔다.

아무도 없는 방에 혼자 누워 있자니 니나는 이런저런 생각에 잠을 설쳤다. 미자와 차순, 혜란이 떠난 방은 쓸쓸했다. 이 방이 원래 이렇게 넓었던가. 니나는 이리 뒤척 저리 뒤척이며 지금쯤 그들은 뭘 할까 떠올렸다. 미자는 고향에 내려가 조카들을 볼 거라고 했고, 차순은 지금도 병원에 입원 중이었다. 혜란은 잘 지낼까. 그 기숙사라는 곳은 지낼 만할까. 그러다 문득 5번 시다가 떠올랐다. 어둠 속으로 스르륵 들어가던 하얀 얼굴이. 니나는 자신도 모르게 벌떡 일어났다. 이상한 느낌이 들었다. 옷을 챙겨 입고 공장으로 향했다.

이번에도 공장 문은 잠겨 있지 않았다. 문을 여는 순간 어둠 속에서 코를 찌르는 강렬한 냄새가 풍겼다. 비린 날것의 냄새. 니나는 벽을 더듬어 서둘러 전원 스위치를 올렸다. 그러고는 눈앞에 벌어진 참상에 숨을 흡 들이켰다. 벽이고 바닥이고 미싱 책상 할 것 없이 온통 피범벅이었다. 그리고 한구석에 5번 시다가 쓰러져 있었다. 쓰러진 곳은 피 웅덩이가 되어 있었고 다리 사이에 덩어리 하나가 있었다. 그야말로 핏덩어리였다. 가까이 가서야 알았다. 그것은 인간이었다. 작은 인간. 이제 세상에 막 나온 무력한 인간.

"야야, 5번! 5번아!"

니나는 의식을 잃은 5번 시다의 어깨를 흔들었다. 그 와중에도 5번이라는 것 외에 이름을 모른다는 사실을 깨달았다. 피 웅덩이 속에서 작은 인간을 들어올렸다. 차가웠다. 니나는 자신의 옷을 벗어 작은 인간을 감쌌다. 그리고 사장의 책상에 가서 수화기를 들고 비상연락망에 적힌 사장의 집 번호를 눌렀다.

"뭐야, 무슨 일이야?"

잠에 취한 사장의 목소리가 들려왔다. 니나가 자초지종을 말하자 사장이 곧 가겠다며 전화를 끊었다. 다급한 상황에서도 사장은 누구도 부르지 말고 아무에게도 말하지 말라고 신신당부했다. 시간이 얼마나 지났을까. 니나가 두 사람의 체온을 유지시키려고 애쓰고 있는 와중에 사장이 도착했다.

"이런 씨발…"

공장의 꼴을 보고 5번 시다와 '핏덩이'를 본 사장의 입에서 낮은 욕설이 흘러나왔다. 사장은 시다를 들쳐 업었다. 니나는 옷으로 감싼 핏덩이를 안았다. 그리고 사장을 따라 가까운 병원으로 뛰었다.

결국 아기는 죽었다. 산모는 병원에서 일주일 있다가 퇴원했다. 뿌려놓은 쥐약을 주워 먹었다고 했다. 그리고 산통이 왔고 끔찍한 고통을 이기지 못해 뒹굴다 혼자 출산을 한 것이다. 손에 잡히는 쪽가위로 탯줄을 잘랐다고 했다.

"와 그캤을까요?"

나성이 한 손에 자를 들고 멍하니 허공을 보며 물었다. 벌써 세 번째였다. 나성은 자신의 임무였던 쥐약 뿌리는 일을 니나에게 맡겼던 것을 후회했다. 누나에게 큰 충격을 주었다며 미안해했다. 그리고 5번 시다가 쥐약을 먹고 자살을 시도한 것에 대해서도 일말의 죄책감을 가졌다.

"자식아, 진짜 나쁜 건 그 죽은 애의 애비야. 누군지는 몰라도 아주 썩을 놈이지."

시아게사 박씨가 나성에게 퉁박을 주며 말했다. 그러면서도 눈은 사장실을 향해 있는 것을 니나를 비롯해 다른 시다들은 보았다. 그것은 5번 시다가 사장의 집에서 일하던 식모였기 때문이다. 식모를 하던 아이를 공장에 데리고 와 썼던 것인데 어느 순간부터 애가 살이 붙더니 자꾸 다락에서 떨어졌다.

"잠버릇이 고약하다고만 생각했지, 누가 애 떨어뜨리려고 그러는 줄 알았나."

4번 시다가 실밥 정리를 하던 손을 놓고 한숨을 쉬며 혼잣말을 했다. 사장은 이 사건이 밖으로 새어나갈까봐 니나에게 입조심을 시켰으나 오히려 사장 부인으로 인해 공장 직원들이 다 알게 되었다. 아이의 아버지를 색출하기 위해 5번 시다와 같이 자던 시다들을 추궁했던 것이다.

"니들은 누군지 알 거 아니야, 응?"

"우린 잠자기 바빠서 그런 거 몰라요."

"걔는 말도 없고 외출도 않던 애였는데요."

사장 부인의 닦달에 시달리면서 시다들은 손가락을 꼽아 계산해보았다. 죽은 아이의 달수와 5번 시다가 사장의 집에서 나온 달이 맞아 떨어졌다. 가장 확실한 증거는 사장의 전전긍긍하

는 표정이었다. 혹시라도 그 애의 집에서 쫓아올까 싶어 고향에
보내지도 않고 퇴원하자마자 다시 공장으로 데려와 일을 시켰다.
5번은 가뜩이나 하얀 피부가 더 창백해져서 백지장 같은 얼굴로
묵묵히 실밥만 정리했다. 자신이 태어난 이유는 오로지 그 때문
이라는 듯 하루 종일 고개를 파묻고 실밥을 뜯었다. 그리고 이 주
가 지나 5번 시다의 몸이 어느 정도 회복되자 사장은 그 애를 고
향으로 보내버렸다. 같은 시다들과 미싱 보조, 미싱사들까지 모
두 분개했으나, 그뿐이었다.

"우째 인간이 저래 악랄합니꺼?"

이번에도 충격을 받은 나성이 허탈한 목소리로 말했다.

"누나네 별은 어떤교? 저런 파렴치한이 있습니꺼?"

"없을걸."

니나가 초크로 선을 그으며 말했다. 니나의 행성에서는 기본
적으로 나 이외의 타인에게 관심이 없다. 타인에게 관심을 가져
서 뭐가 생긴단 말인가. 그런 의미로 아기를 안고 가는 새댁을 향
해 한마디씩 꼭 하는 지구의 할머니들을 보며 니나는 항상 의아
했다.

"아이고, 애기가 양말을 안 신었네. 춥겠네. 왜 양말을 안 신겼
어?"

"애가 볼이 홀쭉하네. 엄마가 젖은 충분히 먹이나? 혹시 물젖
아녀?"

"애 목이 추워 보인다. 손수건 좀 둘러주지. 애기 엄마는 따시게도 입었구만."

왜 저렇게 남의 일에 관심이 많은 거지. 실질적으로 해주는 건 없으면서 말로 압박감을 주었다. 그렇게 엄마들에게 스트레스를 줌으로써 비효율을 극대화했다.

"나중에 누나 고향 갈 때 저 좀 델꼬 가주이소. 여긴 하마, 치가 떨려요."

나성이 몸을 부르르 떨며 말했다.

"린제이 와그녀는?"

"아⋯."

그제야 자신의 뮤즈를 떠올린 나성은 괴로움에 머리를 감싸쥐었다. 그런 나성을 보며 니나는 머릿속으로 타자를 두드렸다.

지구인을 움직이는 원동력 중 하나는 연모의 감정이다. 인간은 사랑 없이는 살 수 없는 존재다.

이런 보고서를 작성한 후 바로 떠오르는 얼굴이 하나 있었다. 니나는 상념을 쫓아버리려는 듯 고개를 한차례 좌우로 흔들었다. 그리고 다시 초크를 잡았다.

퇴근 후, 니나는 자신을 기다리고 있는 얼굴을 보았다. 이번에도 고개를 흔들었으나 눈앞의 얼굴은 사라지지 않았다. 오히려 웃으며 이렇게 말했다.

"진짜 굴 맛을 보여줄게라우."

빈집

불과 몇 주가 지났을 뿐인데 굴 맛이 달라져 있었다. 비리고 짜던 맛이 싱그럽고 고소했다. 같은 굴인가 싶을 정도였다. 이 맛에 굴을 먹는구나. 니나는 굴 껍데기를 다시 살펴보았다. 우툴두툴 올갱이가 붙은 큼직한 자연산 굴이었다. 예나 지금이나 자연산은 비싸다. 굴보가 주인에게 특별히 부탁해서 공수한 상품이었다.

"요놈이 진짜 굴이랑께요."

굴보는 굴을 까서 자기는 안 먹고 자꾸 니나 앞으로 놓아주었다. 예나 지금이나 남자가 여자에게 먹을 걸 챙겨주고 얼굴을 자꾸 들이미는 것은 무슨 이유가 있어서다. 굴보는 그날 이후 니나를 종종 생각했다. 괴이하게 자신의 마음속에 똬리를 틀고 앉아서 나가지 않았다. 그냥 평범한 소녀였는데 이상했다. 그리고 불과 몇 주가 지났을 뿐인데 니나는 소녀에서 아가씨로 변해 있었다. 적어도 굴보, 자신이 보기엔 그랬다.

"미자 씨는 잘 내려갔어라?"

니나의 얼굴을 꼼꼼히 살피다 눈이 마주치자 어색해진 굴보가 화제를 돌렸다.

"미자도 가고 차순도, 혜란 언니도 모두 갔어라."

니나는 소주잔을 만지작거리며 혼자 남은 월세방을 나가지도, 있지도 못하는 상황에 대해 말했다. 굴보를 만날 때마다 먹는 소주가 처음보다 익숙해졌다. 쓴맛을 참으면 약간의 단맛이 따라온다는 걸 알게 됐다. 지구에서의 삶 같았다.

"내 집으로 들어오소."

니나의 상황을 듣던 굴보가 대뜸 제안했다.

"야?"

니나가 눈을 크게 뜨고 물었다. 니나는 굴보의 집을 떠올렸다. 그 집 말인가. 커다란 창으로 해가 가득 들던 그 아늑한 방? 세간이라곤 소반 하나와 지퍼 달린 옷장 하나가 전부인 그 단출한 방?

"지금 아무도 안 살어라. 알다시피 나는 노조 사무실에서 지내니께요."

굴보는 생각 있으면 말하라고 하며 껍데기에 놓인 커다란 굴 하나를 후루룩 마셨다.

"아무도 안 사는 방을 왜 놀려라?"

아무도 거주하지 않는데 왜 월세를 내고 있는 걸까? 니나 입장에서는 견딜 수 없을 정도로 비효율적이었다.

"사연이 있어라. 그건 그렇고 라면 먹을라요?"

굴보는 니나 못지않게 라면을 좋아하는 것 같았다. 라면을 시키자 주인이 새우와 조개, 게, 낙지까지 해물을 잔뜩 넣은 라면을 양은 냄비에 끓여왔다. 냄새만 맡아도 시원함이 느껴졌다. 두 사람은 함께 수저를 담그며 라면 국물을 떠먹었다. 아까운 술안주라며 굴보가 소주 한 병을 더 시켰고, 그러다보니 또 출출하다며 공깃밥을 시켜서 밥을 말았고, 어라? 안주가 남네 하며 소주를 또 한 병 시키다보니 어느새 통금시간이 다가왔다. 두 사람은 서둘러 자리에서 일어났다.

여기서 잠깐. 앞으로 두 사람은 이 과정을 몇 차례 반복한다. 굴을 핑계로 굴보가 니나를 불러내고 니나는 못 이기는 척 굴과 라면, 소주의 맛을 알게 되는데 사실 이건 굴, 소주, 라면이 아니라 굴보를 알아가는 과정이었다. 몇 차례의 이런 만남은 두 사람을 보다 친근하게 만들었다. 그리고 중요한 것은 언제나 그렇듯 특별한 '어느 날'이었다.

그날도 굴과 해물 라면과 소주와 공깃밥까지 모두 먹은 두 사람은 통금시간이 다가오는데도 서둘러 자리에서 일어나지 않았다. 먼저 굴보가 밍기적거리며 평소 같으면 한 번 부르는 〈내 마음 갈 곳을 잃어〉를 두 번이나 불렀고 니나도 평상시보다 소주를 천천히 마셨다. 한 번 마실 걸 두 번에 꺾어 먹는 식이었다. 게다가 주인장까지 합세하여 요즘 자주 오신다며 센스 있게도 낙지탕탕이 한 접시를 서비스로 가져왔다. 주는 건 성의를 봐서 먹어야지. 그러다보니 아이코, 집에 갈 시간이 늦었네? 이를 어쩌나. 가봤자 막차도 못 탈 시간이었다.

어쩔 수 없이 두 사람은 가까운 굴보의 집으로 향했다. 늘 비어 있는 쓸쓸한 빈집으로. 사람의 온기가 없는 방은 추웠다. 굴보는 서둘러 연탄불을 피우고 그 위에 물을 올렸다. 니나에게 따듯한 물을 주기 위해서였다. 니나는 어색하게 방 한가운데에 앉았다. 그러자 이곳에 온 첫날의 고통이 떠올랐다. 이유도 모르고 당했던 폭력들. 그 후로 일 년도 더 지난 지금은 어느 정도 이해할 수 있었다. 인간이라는 종에, 지구라는 곳의 룰에 적응이 된 것일까. 방바닥에서 온기가 군데군데 올라왔다.

굴보가 갈아입을 옷을 건넸다. 추리닝 바지와 티셔츠는 니나에게 컸지만 따듯했다. 굴보는 한 채뿐인 이불을 니나에게 깔아주고 자신은 조금 떨어져 맨바닥에 누웠다.

"안 춥소? 같이 덮어라."

니나가 이불을 권하며 말했다.

"괜찮여라. 곧 절절 끓을 거인디."

말은 그렇게 했지만 오래 비워놓았던 집은 금방 더워지지 않았다. 웃풍에 코끝이 시려울 정도였다. 어둡고 조용한 공간에서 두 남녀는 쉽게 잠들지 못했다. 서로의 존재가 태산 같아서. 그 침묵을 참지 못하고 니나가 먼저 입을 열었다.

"노래 불러줄라요? 뭐시냐 그 노래 말고."

굴보의 18번은 니나도 외울 정도였다. 굴보는 잠시 머릿속에서 레코드판을 고르다가 작게 노래를 불렀다.

둘이 둘이 와 둘이 둘이 와
단둘이만 와 단둘이만 걸어와
손을 잡고 와 손을 잡고 와
떨어지지 마 꼭 잡고 와 잡고 와
소리 내지 마 소리 내면 안 돼
소리 내면 남들이 봐
귓속말로 해 귓속말로 해
귓속말로 가만 가만히 속삭여
소리 내지 마 소리 내면 안 돼

감미로웠다. 단조로운 멜로디와 속삭이는 듯한 가사가 어둠 속에서 낮게 흘렀다. 둘이 둘이 와. 단둘이만 와. 그때였다, 니나가 굴보의 노래를 막은 것은. 어떻게? 입술로. 굴보의 입술을 덮쳤다. 그건 인간 니나의 육체적 본능이었다. 언젠가 정전이 되어 일을 일찍 마친 날, 미자를 따라 영화관에 간 일이 있었다. 스크린에서 남자와 여자가 서로 빤히 쳐다보다가 입술을 맞추고 그대로 쓰러지던 게 떠올랐다. 그 이후 과정은 모른다. 카메라가 허공을 비추다가 다음 날 아침 장면으로 넘어갔기 때문이다. 하지만 그건 굴보가 알았다. 남녀 간 사랑의 방식을. 니나는 굴보에게 몸과 마음을 맡겼다.

앞서 말한 바 있지만 니나의 행성에는 섹스라는 단어가 없다. 물론 성적 욕망은 존재한다. 리비도는 전 우주적 에너지 아니던가. 비슷한 단어를 찾아본다면, 성적 자기 만족감? 우르알오아이오해에서는 센서를 통한 자극으로 욕구를 해소한다. 그러니 2인 1조가 될 일이 없다. 하지만 섹스라는 말에는 나 이외의 누군가가 존재한다는 것이다. 니나는 굴보를 통해 자신의 인간 육체가 어떻게 반응하는지를 느끼고 있었다.

인간의 감각기관은 좀 더 섬세하고 날것의 느낌이었다. 우선 상대가 있다는 것은 예측이 불가능하다는 것을 뜻했다. 이것은 기분 좋은 긴장감을 전제했다. 굴보의 혀가 지나가는 곳마다 따듯하고 간지러웠다. 손길은 부드러웠고 조심스러웠다. 높은 언덕과 낮은 구릉, 은밀하고 촉촉한 계곡과 그 안의 뜨거운 어둠까지. 밤이 새도록 두 사람은 서로의 몸을 탐사했다. 아직 실내온도는 낮았지만 체온은 올라갔다. 몸이 달아오르고 있었다.

상대에게 내 무장 해제된 육체를 맡긴다는 것. 상대의 무력한 육체를 탐한다는 것. 신뢰가 없이는 불가능한 일처럼 느껴졌다. 섹스는 좋은 거로구나. 신뢰를 쌓을 수 있는 일이었다. 언젠가 나성이 말해준 적이 있다. 인간이 악수를 하게 된 기원에 대해.

"서로의 손에 무기가 없다는 것을 확인할라꼬 만나면 손을 맞잡았다카데요. 나는 너를 해치지 않는다, 우리는 적이 아니다. 인증하는 절차였던 거라예."

악수 같은 걸까. 사랑을 나눈 후 두 사람은 나란히 누워 노곤한 무력감을 즐겼다. 창밖으로 어스름한 새벽이 찾아오고 있었다.

"우린 인자 말을 놓는 사이가 된 거시네."

굴보가 어둠 속에서 미소를 지으며 말했다. 니나가 말없이 고개를 끄덕였다.

"앞으로는 오빠라고 불러부러."

"웬 오빠?"

니나가 고개를 돌려 굴보를 바라보았다. 우리가 혈연관계도 아닌데.

"원래 사귀는 사이에서는 오빠라고 하는 거시여."

약간 부끄러워하며 굴보가 말했다. 어둠이 아니었다면 붉어진 얼굴을 들켰을 것이다. 니나는 여공들이 나훈아와 남진을 오빠야라고 부르는 게 떠올랐다.

"사귄다?"

"사랑을 맹글어가는 사이 말이여."

"사랑?"

니나는 굴보를 바라보았다. 평소에는 차가워 보이는 삼백안이 이렇게 다정해 보이긴 처음이었다. 사랑이라는 감정의 형체가 있다면 바로 눈앞의 이 남자라는 느낌이 들었다. 그리고 니나의 이 생각은 정답이었다. 그 순간, 굴보는 바로 사랑에 빠진 바보의 초상이었으니까.

니나는 인간이 섹스에 많은 의미를 부여한다는 걸 느꼈다. 섹스를 했기 때문에 사랑을 하는 것인가, 사랑을 하기 때문에 섹스를 하는 것인가. 그 선과 후는 알 수 없었지만 그 둘은 긴밀히 연결되어 있었다. 모범생처럼 니나는 이런 의문을 바로 질문했고 굴보는 약간 당황하며 대답해주었다.

"같이 잤다고 싹 다 사랑하는 건 아니제. 헌디 사랑을 하면 그 사람이랑 입도 맞추고 몸도 만지고 싶어진당께"

그리고 잠시 사이를 두고 말을 이었다.

"뭐가 선후인지는 모르겠어. 헌디 너랑 계속 같이 있고 잡은 것만은 분명혀."

니나는 사랑이라는 감정이 별거 아니라고 생각했다. 함께 있으면 되는 거였다. 매일 얼굴을 보고 서로의 안위를 신경 쓰고 만지고 입을 맞추는 것.

"여기서 살라요."

니나가 말했다.

"그려, 빈집이니께 들어와도 좋제."

굴보가 받았다.

"당신이랑 매일."

니나의 말에 굴보는 할 말을 찾지 못했다. 그런 굴보의 입술을 니나는 다시 한 번 덮쳤다.

다음 날부터 빈집은 온기로 채워졌다. 니나가 자신의 짐과 세간을 채워 넣었고 굴보도 옷가지와 이불 등을 사무실에서 빼왔기 때문이다. 두 사람은 여느 연인들처럼 쉬는 날이면 해가 집 안의 모든 모서리를 가득 채울 때까지 늘어지게 낮잠을 잤고, 남자는 머리에 까치집을 하고 여자를 위해 늦은 아침을 차렸다. 메뉴는 달걀 하나를 넣은 김치볶음밥과 라면이었는데 혼자 자취한 세월이 길어서인지 굴보의 음식 솜씨는 제법이었다. 밤새 굴보와 운우의 정을 나누고 늦잠을 잔 후 라면 냄새에 눈을 뜨며 니나는 생각했다. 이런 걸 행복이라고 하는 걸까. 지구에 불시착한 이래로 가장 행복한 나날이었다.

가끔 굴보가 굴밥을 지어줄 때도 있었다. 따뜻한 밥을 양념 간장에 쓱쓱 비벼서 한 수저 입에 넣으니 달래 향과 굴 향이 하모니를 이루며 입안에서 차차차를 추었다. 이 남자는 어쩌자고 못하는 게 없는 걸까. 니나는 밥을 먹다 새삼 굴보를 바라보았다.

"니, 나한테 쫄딱 반했나?"

굴보가 니나를 마주 보며 물었다. 마음을 들켰으나 솔직한 니나가 대답했다.

"응."

그러자 오히려 무안해진 건 굴보였다. 가스나… 솔직하네. 깍두기를 씹으며 혼잣말을 했다.

"굴은 언제부터 묵었당가?"

밥에서 굴을 골라 먹으며 니나가 물었다.

"어릴 때부텀."

굴보는 자신의 고향이 변산 앞바다라고 말했다. 밤낮으로 밀물과 썰물이 들고 나는 소리가 전부인 조용한 바닷가 마을이었다. 물이 빠지면 뻘이 생기고 게구멍이 뽕뽕뽕 뚫렸다. 그 사이를 갯지렁이와 망둥어들이 분주히 오갔다. 니나는 변산이 어딘지도 몰랐고 그가 말하는 게, 갯지렁이, 망둥어를 본 적도 없었지만 굴보가 안내하는 대로 그의 고향 마을로 따라 들어갔다.

"울 엄니가 굴을 따서 나랑 누나를 먹여 살렸제."

수저를 내려놓은 굴보가 창밖을 무연히 바라보며 말했다.

엄마는 늘 해가 뜨기 전 새벽에 나갔다. 남들보다 조금이라도 더 많이 따기 위해서였다. 남매는 하염없는 밀물과 썰물을 보며 엄마를 기다리다 지쳐 잠이 들었다. 그러다 문득 배가 너무 고파 밤에 눈을 떠보면 굴을 까고 있는 엄마의 등이 보였다.

"기억나는 거이 뒷모습뿐이여. 아부지도 그라고 엄니도 그라고. 울 아부진 노름에 미친 인간이었제. 배 타러 간다고 나가서는 어느 날부텀 안 들어왔으니께."

한때 엄마가 땅을 메우는 현장에 일을 다니던 적이 있었다. 하루 종일 일하고 들어오는 엄마를 남매는 목이 빠져라 기다렸다. 엄마가 공사장에서 간식으로 주는 건빵 두 봉지를 먹지 않고 꼭 가져왔기 때문이다. 멀리서 엄마가 보이면 굴보는 달려가서 손에 든 건빵 봉지부터 잡아챘다.

"어머니는 지금 어디 계시당가?"

니나의 물음에 굴보는 천장으로 시선을 돌리며 말했다.

"돌아가셨제."

말하지 않아도 그리워하는 마음이 눈빛에서 읽혔다. 인간을 구성하고 있는 것은 오욕칠정이다. 나성의 말처럼 인간을 가동시키는 원동력은 감정이었다. 그것은 효율과 비효율의 문제가 아니었다.

두 사람은 자연스럽게 가사를 나누어 했다. 요리는 굴보가, 세탁과 청소는 니나가, 마치 정하기라도 한 것처럼. 사이좋은 남매 같기도 했고 정다운 부녀 같기도 했다. 사실 청소랄 것도 없었다. 손바닥만 한 단칸방은 한가운데에 앉아서 걸레를 들고 한 바퀴 돌면 끝이었다.

하루는 굴보가 지갑을 놓고 외출했다. 미자처럼 퇴직금을 못 받는 공장 직원들이 많았다. 개인이 운영하는 작은 공장에서는 거의 못 받는다고 보면 된다고 굴보가 말했다. 그런 일에 노조가 나서서 도움을 주었기 때문에 상근직인 굴보는 늘 바빴다. 지갑을 놓고 나왔다는 것을 버스 정류장에서 알아챈 굴보가 다시 집에 돌아왔을 때 니나는 사진 한 장을 유심히 보고 있었다. 굴보의 지갑에서 툭 떨어진 사진이었다. 그걸 보는 굴보의 가슴도 철렁 내려앉았다. 니나가 굴보를 올려다보았다. 사진 속의 여자가 누구냐고 물을 필요는 없었다. 그건 굴보의 결혼식 사진이었으니까.

"아내가 있어라우?"

니나가 침착한 목소리로 물었다. 대한민국은 일부일처제다. 아내가 있는 남자와의 동거는 비윤리적이다. 관습적으로, 도덕적으로 옳지 않다. 심지어 불법이다. 유부남과 살림을 차렸던 여공이 남자의 아내에게 머리채 잡히는 걸 본 적이 있었다. 벌집촌에 살 때 바로 옆집에 사는 이웃이었는데 오다가다 마주치면 눈인사를 나누던 그 커플이 부부가 아니라고는 아무도 상상하지 못했다. 미자가 혀를 끌끌 차며 말했다. 세상 반이 남잔데 왜 하필 임자 있는 놈을. 그걸 간통죄라고 했다. 불법은 비효율적이다.

"있었제."

굴보가 자리에 앉으며 말했다. 니나만큼 침울한 표정이었다.

"이혼했당가?"

"아니."

"그럼?"

"죽었제, 이 집에서."

그게 바로 집을 비워놓은 사연이군. 니나가 담담하게 고개를 끄덕였다.

"아이를 낳다가."

아이도 있었구나. 니나는 굴보의 이야기를 잠자코 들었다. 결혼 후 그의 아내는 바로 아이를 가졌는데 임신 중기를 넘어서면서 몸이 붓기 시작했다. 병원에 가니 임신중독이라고 했다. 만삭까지 입덧은 계속됐고 고혈압으로 인해 발가락, 손가락까지 부었다. 심지어 역아로 난산이었다. 사흘을 꼬박 진통에 시달렸고 피를 많이 흘린 그의 아내는 탈진했다. 그리고 의식을 잃었다.

"그 길로 갔제."

아내와의 추억이 있는 신혼집을 굴보는 버리지도 들지도 못한 채 내내 비워놓고 있었던 것이다. 이를테면 이곳은 그의 추억 저장소였다. 니나는 굴보를 바라보았다. 어머니를 그리워할 때와는 다른 눈빛이었다. 그리움과 다른 감정이 깃들어 있었다. 괴로움, 고통 같은 통증이. 굴보가 매일 술을 마시는 것은 그래서일까. 아들은 누나네서 사촌들과 지내고 있었다. 천덕꾸러기 신세일 건 뻔했다. 그래서 오히려 자주 가보지 못하겠다고 굴보가 쓸쓸하게 말했다. 담담하게 듣고 있던 니나의 눈이 커졌다.

"아들이 있다고?"

아이를 낳다가 죽었다고 해서 산모와 아이가 모두 사망했는 줄 알았는데, 아이는 살았다고 했다. 그리워하는 감정은 비효율적이다. 소모적이기 때문이다. 하지만 그 대상 가운데 한 명은 살아 있다. 니나는 망설임 없이 말했다.

"데불고 와. 같이 살면 되잖애."

이번엔 굴보의 눈이 커졌다. 진심으로 하는 말인지 진위를 살피듯 니나의 눈을 들여다보았다.

"여기서 셋이 살자."

이 당찬 어린 아가씨의 말에 굴보는 다시 혼돈에 빠졌다.

가족

"야! 너 그거 혼빙간이야."

미자가 수화기 너머에서 소리를 지르다시피 말했다. 옆에 있었다면 정신 차리라며 양손으로 양 뺨을 쫙, 하고 때렸을 것 같았다. 굴보의 집에서 함께 산다고 했을 때만 해도 잘됐다, 식은 나중에 올리면 되지 하며 축하해주던 미자였다. 고모네 집에 살고 있는 아이가 오기로 했다는 이야기를 하자마자 미자는 펄쩍 뛰었다. 펄쩍 뛰는 게 눈에 보일 정도로 놀람과 경악, 충격의 도가니로 빠졌다.

"결혼했던 것도 속여, 언내 있단 것도 속여, 심지어 그 언내를 데레다가 같이 살겠다고야?"

물어본 적이 없는데 속였다고 말할 수 있는 건가. 니나는 고개를 갸웃했다.

"결혼은 말여, 초혼이라는 전제를 깔고 있는 거이여. 그렇지 않으면 그 사실을 사전에 밝히는 게 정상인 거이라고."

미자가 답답하다는 듯 말했다. 여전히 니나는 고개를 갸웃했다. 수천수만 명의 인간들이 모두 그렇게 한다고? 나성이 말하길 하늘 아래 똑같은 인간은 없다고 했다. 이런 개성이 강한 존재들이 모두 그렇게 생각할 리가.

"그건 관습이여. 상식이라고."

미자가 한숨을 쉬며 말했다. 하지만 관습이든, 상식이든 상관없었다. 굴보가 더는 그리움을 갖지 않을 수만 있다면 그 대상과 함께 사는 게 옳다고 판단했을 뿐이다. 그건 효율이었다.

"니나는 잘한다더니, 이게 참 잘하는 짓이다!"

화가 난 미자는 전화를 툭 끊어버렸다. 안타까운 마음에 여기서 잠깐 스포일러를 하자면 훗날 미자는 이 아이를 애지중지 돌본다. 인간의 앞날은 정말 알 수 없다. 이런 사실을 당연히 알지 못했지만 니나는 지구인이 아니었기에 일희일비하지 않았다.

오히려 굴보가 하루하루 어쩔 줄 몰라 했는데 아이와 함께 살게 되었다는 기쁨과 가족이 생겼다는 설렘, 한편으론 이래도 되는 건가 하는 불안감, 니나에 대한 감사함과 미안함 등이 어우러져 사춘기 소녀처럼 하루에도 몇 번씩 기분이 오르락내리락했다. 그동안은 노조 상근직의 적은 월급으로 생활비를 충당했으나 이제 책임져야 할 가족이 생겼다. 굴보는 다시 재단 일을 알아보았다.

한참 만에 본 아이는 꼴이 말이 아니었다. 아이를 보자마자 굴보는 고개를 돌렸다. 누나에 대한 미움의 감정보다 슬픔이 밀려들었다. 아이는 맨손이었다. 짐이 하나도 없었다. 세 살짜리 아이에게 제것의 장난감 하나가 없다니. 장난감은커녕 변변한 옷 한 벌이 없었다. 안에 입은 내복 한 벌과 겉옷 한 벌이 아이가 가진 의복의 전부였으니 짐이 있을 리가 없었다. 내복을 빨면 겉옷을 입고 겉옷을 빨면 내복을 입고 있었을 것이고 두 벌을 다 빨았을 경우 아이는 옷이 마를 때까지 홀딱 벗고 있거나 사촌 누나, 형의 티셔츠 하나를 걸치고 있었을 것이다. 안 봐도 눈에 훤했다. 굴보는 아이의 양육비로 다달이 돈을 보내고 있었다. 누나는 아이가 식탐이 많다고 투덜거렸다. 하지만 그런 것에 비해 아이는 갈비뼈를 일일이 셀 수 있을 정도로 앙상했다. 전쟁통의 고아를 보는 기분이었다.

게다가 말이 없었다. 세 살이면 옹알이를 지나 물 줘, 밥 주세요, 정도는 할 줄 아는 나이 아닌가. 아이는 도통 말을 안 했고 눈치만 보았다. 차라리 시끄럽게 우는 게 나을 거 같았다. 아이가 있는 집치고 너무 고요했다. 니나는 아이에 대해서, 심지어 인간 아이에 관해 아는 바가 전혀 없었지만 인간은 감정의 동물이었다. 감정은 피부를 통해 전달된다. 아무 말 없이 니나는 아이를 끌어안았다. 아이의 몸이 움찔하는 게 느껴졌다. 하지만 자신의 처지를 아는 것인지 그저 니나에게 몸을 맡겼다. 한 줌밖에 안 되는 몸피가 니나, 자신에게 운명을 기대고 있었다.

한참을 걸어온 아이는 피곤한지 품 안에서 잠이 들었다. 니나는 아이를 내려놓고 이불을 덮어주었다. 얼굴을 가만 보니 긴 눈매가 굴보를 닮았다. 하지만 전혀 다르게 생긴 부분, 이를테면 작고 도톰한 입술이라든지 당나귀 귀는 낯설어 보였다. 아이는 나쁜 꿈이라도 꾸는지 자면서 끙끙거렸다. 니나는 아이의 이마를 어루만졌다.

니나는 자신이 근무하는 공장에서 버리는 자투리 원단을 끌어모았다. 옷 만드는 일을 하는데 정작 아이 옷 한 벌 사줄 돈이 없었다. 주로 성인 점퍼나 외투를 만드는 니나의 일터에서 나오는 원단은 아이 옷으로 적합하지 않았다. 그나마도 옷 한 벌이 나올 정도의 원단도 안 나왔다. 니나 본인이 기레빠시가 나오지 않도록 빠듯하게 재단했기 때문이다.

사실 니나도 거의 단벌이나 마찬가지였다. 처음 공장에 들어갈 당시 입었던 블라우스는 매일 빨아 입느라 천이 나달나달해졌는데 마침 그때 재단사 이씨가 못된 장난을 쳤다. 뒤에서 브래지어 끈을 잡아당겼던 것이다. 그 바람에 옷이 북 찢어졌다. 옷 사이로 칙칙하고 보풀이 일어난 브래지어 끈이 보였다. 여느 여공 같으면 수치심에 얼굴을 가리고 다락으로 도망쳐서 엉엉 울었을 텐데 니나는 돌아서서 그를 쳐다보기만 했다. 그리고 손을 뒤로 돌려 찢어진 부위를 만졌다. 외려 무안해진 것은 재단사 이씨였다. 그는 불량으로 나온 블라우스 한 벌을 니나에게 주었다. 그게 바로 지금 입고 있는 옷이었다.

이렇게 니나처럼 단벌인 여공이 있는 반면 허영심에 할부의 노예가 된 이들도 있었다. 월급날이면 양장점에 가서 옷을 맞췄다. 명동이나 이대 앞 같은 번화한 곳 양장점에는 항상 그해 유행하는 스타일의 옷들이 있었다. 하지만 너무 비쌌고 육 개월 할부로 사다보니 겨울에 산 코트 비용을 여름까지 갚고 있기도 했다.

니나는 가불을 요청했다. 한 번도 없었던 일이라 사장은 니나의 얼굴을 한번 쳐다보았다. 얼굴에서 뭔가를 읽으려 했던 사장은 니나의 무표정을 보곤 포기하고 돈을 내어주었다. 이상한 애지만 일 하나는 성실하니까.

니나는 그 돈을 가지고 시장 뒤편으로 갔다. 거기에 헌 옷을 파는 곳이 있었다. 나성이 작업복으로 입는 군복을 거기서 샀다고 했다. 시장 점포에서보다 더 싸게 살 수 있다고. 시장 깊숙한 곳까지 들어가자 옷이 보였다. 가게라고도 부를 수 없는, 방수 천을 깔아놓고 옷을 늘어놓은 길바닥 행상이었다. 벽에는 빨랫줄을 걸어 옷을 걸어놓았는데 주로 군복이나 남자들이 막일할 때 입는 두껍고 질긴 작업복들이었다. 몇몇 사람들이 옷을 고르고 있었다.

"애들 옷도 있어요? 서너 살짜리."

니나 옆에 있던 광대에 기미가 까맣게 내려앉은 여자가 주인 여자에게 물었다. 주인이 잠깐 기다리라는 신호를 보내곤 자기 키만 한 이민자용 가방을 뒤졌다. 허리를 숙인 주인 여자는 그 안으로 빨려 들어갈 기세였다. 곧 주인은 깨끗한 티셔츠와 노란색 코듀로이 바지를 꺼냈다. 옆에서 보니 굴보의 아들에게 입히면 얼추 맞을 거 같은 사이즈였다. 기미 많은 여자가 옷을 자세히 살펴보며 중얼거렸다.

"질이 좋네."

니나는 여자가 그 옷을 살 거라는 생각에 조바심이 났다. 주인이 말한 가격도 생각보다 쌌다. 시중가의 4분의 1도 안 되는 가격이었다. 헌 옷치고도 저렴했다. 하지만 가격을 들은 기미 여자는 표정이 변하면서 옷을 좌판에 도로 놓아버렸다. 의외였다. 심지어 재수 없다는 듯 손까지 탈탈 털었다.

"이런 거 말고!"

기미 여자는 주인을 향해 눈을 흘기며 말했다. 니나는 이때다 싶어 여자가 놓은 옷을 덥석 집었다. 그러자 주인은 니나에게 관심을 돌렸다. 좋은 옷을 보는 눈이 있다며 가방에서 다른 옷도 꺼내왔다. 한눈에 봐도 고급스러운 남자 양복이었다.

"어때? 이런 옷도 관심 있어?"

주인이 다가와 작은 목소리로 말했다. 은밀한 구석이 있는 몸짓이었다. 니나는 이렇게 좋은 옷은 걸어두지 않고 따로 보관하는 모양이라고 생각했다.

"두 벌 하면 내 싸게 줄게. 디스카운트."

굴보는 말랐으니 그가 입으면 맵시가 날 거 같았다. 윤기가 나는 게 한눈에 봐도 수입 원단이었다. 국내 원단에서 이렇게 고급스러운 물건은 보지 못했다. 어쩌면 있어도 니나의 공장까지 오지 않는 것인지도 몰랐다. 양복 라인을 따라 흘러가는 니나의 눈빛을 보던 주인 여자가 다시 가방 속으로 허리를 꺾어 들어갔다. 이번엔 아이보리색 여성 블라우스였다. 타이가 목 라인에 붙어 있는 스타일로 원단을 많이 써서 리본이 풍성했다. 우아해 보였다. 자세히 보니 가슴께에 희미한 얼룩이 있었으나 눈에 띌 정도는 아니었다. 점심에 뭘 먹다가 튀었나보다고 생각할 정도의 자국이었다. 깨끗하게 빨면 지워질 거 같았다.

"이렇게 세 벌 하면 애 옷은 깎아줄게. 세일, 세일."

남자, 여자, 아이 세 벌의 옷을 나란히 보니 기분이 이상했다. 이것은 가족의 형태였다. 한 달 전만 해도 월세방에서 혼자 지냈는데 마음이 묘했다. 생각에 빠진 니나의 모습이 구매를 망설이는 거라 생각한 주인은 마음이 초조해진 나머지 외쳤다.

"기분이다! 애 옷은 공짜. 프리, 프리."

공짜라는 말에 사람들이 기웃거렸다. 니나는 옷을 끌어안고 손에 있는 돈을 내밀었다. 가불한 전부였다. 주인은 약간 부족하지만 괜찮다며 비닐봉지에 옷을 쓸어 담았다.

"잘 산 거야, 애 옷은 구하기 힘들거든."

주인 여자가 귓속말을 하곤 니나를 향해 한쪽 눈을 찡긋해 보였다. 니나도 좋은 흥정이었다고, 잘한 소비였다고 여기며 뿌듯한 기분에 뒤돌아서다 기미 여자와 눈이 마주쳤다. 여자는 홱 고개를 돌렸으나 니나는 느꼈다. 그 눈빛에 담긴 함의를. 경멸과 무시, 연민 같은 복잡한 감정이 비빔밥처럼 섞여 있었다.

인간의 감정은 단순하지 않다. 기본적으로 베이스에 두 개의 감정이 있고 그 위에 작은 느낌들이 토핑되어 있다. 오죽하면 시원섭섭하다, 웃프다, 애증, 달콤쌉싸름 같은 단어들이 있겠나. 훗날 니나는 부모들이 자식을 두고 '내 인생을 망치러 온 내 인생의 구원자'라고 말하는 것도 이런 복잡한 감정의 연장선이라고 증언한다.

굴보에게 보여줄 생각에 니나는 발걸음을 빨리했다. 걸음걸음마다 신명이 묻어났다. 머릿속으로 아이에게 옷을 입혀보며 어디를 줄여야 할지 생각했다. 굴보는 수선할 부분 없이 맞춤으로 잘 어울릴 것이다. 문을 여니 굴보가 아이에게 건빵을 먹이고 있었다. 아이는 건빵보다 별사탕에 관심이 더 많았다.

"어디 댕게와? 저녁은 묵었는가?"

굴보는 상기된 니나의 뺨을 보며 의아한 듯 물었다. 니나는 자리에 앉자마자 서둘러 옷을 바닥에 늘어놓았다. 아이 옷과 굴보의 양복.

"어디서 났는가?"

놀란 눈으로 굴보가 물었다. 시장 뒤편 옷장수라고 하자 그는 말없이 옷들을 한참 바라보았다. 좋아할 줄 알았는데 그의 반응이 의외였다. 헌 옷이라 그런 건가. 하지만 새 옷보다 질이 좋았다. 게다가 저렴하고. 그게 좀 이상하긴 했지만.

"이렇게 좋은 옷을 싸게 팔더라니께. 암만 헌 옷이래두."

니나는 굴보의 눈치를 보았다. 굴보는 그 이유를 알고 있을 것 같았다. 아이가 제 옷인 줄 아는지 바지를 만지작거렸다. 그런 아이와 니나를 번갈아 보던 굴보가 입을 열었다.

"당신이 운이 좋았구먼."

그러곤 아들에게 옷을 입혀보았다. 내복 위에 입어도 컸다. 마른 아이의 뼈대가 마치 허수아비 같았다. 하지만 굴보는 꼭 맞는구먼, 하고 말했다. 내친김에 굴보는 자신의 양복도 입어보았다. 니나의 예상대로 맞춘 듯 딱 맞았다.

"폼나네."

니나가 굴보의 옷태를 보며 말했다.

"당신 옷은?"

니나가 비닐봉지에서 하얀 블라우스를 마저 꺼내자 굴보는 큰 소리로 유쾌하게 웃었다.

"기념사진이라도 박아야 하는 거 아녀?"

빈말이 아니었다. 굴보는 바로 다음 날 오전에 아이와 니나를 데리고 사진관을 찾았다. 동네에 딱 하나뿐인 사진관이었다. 둘 다 백수라 가능한 일이었다. 굴보는 아직 취업을 하지 못했고 니나의 공장도 비수기라 일이 없었다. 며칠씩 공장 문을 닫아놓고 있는 상황이었다. 도급제라 그렇게 되면 다 같이 굶어야 한다.

청계천에는 보릿고개 대신 비철고개라는 말이 있었다. 아동복 공장의 성수기는 명절 때였고, 교복 공장은 새학기, 수영복 공장은 초여름, 점퍼 공장은 가을이 성수기였다. 좀 더 추워져야 일이 있을 터였다.

사진관 문의 종소리를 듣고 졸고 있던 사진사가 침을 닦으며 자리에서 일어났다. 잘 차려입은 남녀와 두세 살가량의 아이가 들어왔다. 아이는 윤기 없이 푸석한 피부와 앙상한 뼈대가 한눈에 보기에도 영양실조 같았다. 제 몸보다 훨씬 큰 옷을 부대 자루처럼 입고 있었다. 두려움과 경계심, 그 중간의 눈빛을 하고서. 저 나이 때 보일 눈빛은 아닌데. 짧은 시간 아이를 훑어본 사진사는 아이의 부모일 남녀에게 시선을 돌렸다. 둘 다 마르긴 했지만 건강해 보였고 아이와 반대로 설렘과 호기심이 담긴 눈빛

이었다. 이상한 일이군. 어쨌든, 노회한 사진사는 가족사진임을
직감했다.

"아기가 엄마 아빠를 똑 닮아가지고 잘생겼구먼."

이상한 가족이긴 했지만 사진사는 반가운 마음이 들었다. 주
로 영정사진이나 증명사진만 찍었지, 가족사진은 실로 오랜만이
었다. 사진사가 손바닥을 비비며 너스레를 떨자 가뜩이나 어색한
새 옷에 더욱 어색해진 세 사람의 표정이 뻣뻣하게 굳었다.

사진사는 한쪽 다리를 절뚝거리며 의자를 가져왔다. 목발을
짚을 정도는 아니었다. 하지만 이곳에 온 손님이라면 그가 소아
마비를 앓았다는 걸 알 수 있었다. 이 사진관은 이십 년이 넘었
다. 벽지와 배경판, 조명 등이 사진사만큼이나 오래된 연식을 드
러내고 있었다. 그래도 이 근방에서 유일한 사진관이었다. 태어
날 때도 죽을 때도, 결혼을 하거나 취업을 할 때도 동사무소만큼
이나 필요한 곳이었다. 사진사는 여자를 의자에 앉히고 그 무릎
에 아이를 앉혔다. 남자는 그들 옆에 세웠다.

포즈를 정해준 후 늙은 사진사는 렌즈를 통해 세 사람을 유심
히 보았다. 그가 보기엔 선남선녀였다. 여자는 어려 보이긴 했으
나 기운이 맑고 강한 심지가 느껴졌다. 이 일을 오래 하다보니 사
람 보는 눈이 생겼다. 숱한 관혼상제를 거치며 생긴 감식안이라
고 할까. 같은 사람이라도 육안으로 보는 것과 렌즈를 통해 보는
게 달랐다. 프레임 안에 들어가면 온전히 사람만 보였다. 그가 살

아온 과거와 현재, 미래까지도.

　사진사는 지난달에 자신의 영정사진을 찍었다. 아들 같은 조수가 찍어주었다. 조수는 정색했지만 자신이 인간의 운명은 모른다. 언제 갈지 모르니 미리미리, 그것도 좀 봐줄 만할 때 찍어두는 게 좋다고 우겨서 겨우 찍었다.

　"새 옷 입고 왜 똥 씹은 표정이야? 좀 웃어요, 좋은 날에."

　긴장을 풀어주기 위해 사진사가 농을 던졌다. 사진사의 말과 달리 새 옷은 아니었지만 미소만은 새것이었다. 굴보와 니나는 어색하게나마 미소를 지었다. 가운데 앉은 아이는 이 이상한 할아버지를 겁먹은 표정으로 쳐다봤다. 사진사는 렌즈를 통해 프레임 속 세 사람을 보면서 마음이 이상했다. 어쩌면 이 사진이 자신이 찍는 마지막 가족사진일지도 모르겠다고 생각했다.

　"자, 찍습니다. 하나, 둘, 셋!"

　찰칵.

　사진사의 예감은 틀리지 않았다. 그 사진은 니나에게도 마지막 가족사진이 되었다. 훗날, 니나는 그 일을 후회했을까. 그때는 알지 못했지만 영안실에 누워 있던 이들에게서 벗겨낸 옷을 사 입고 가족사진을 찍은 일을. 그 사진은 멀지 않은 미래에 굴보와 아들의 영정사진이 되었다.

보름달

지구에 도착한 후 가장 아름다운 시절이 지나고 있었다. 굴보는 공장에 취업해 매일 출근했다. 니나에게는 일을 그만두라고 권했다. 아이를 돌볼 사람도 없을뿐더러 좀 쉬면서 몸을 돌보라고. 일을 하는 것은 상관없었으나 아이를 볼 사람이 없다는 것이 걸려 니나는 공장에 그만두겠다고 말했다.

"그럼 잠깐 쉬다가 와. 기다릴게."

무좀 걸린 발가락을 문지르며 사장이 말했다. 그건 당장 퇴직금을 주기 싫어서기도 했지만 니나가 워낙 성실하고 일을 잘했기 때문이기도 했다. 나성이 공장 문까지 배웅을 나왔다.

"잘사이소, 누나."

나성은 시집가는 누이를 보내는 아우처럼 섭섭함을 누르며 손을 흔들었다. 니나는 그런 나성에게 손을 내밀었다. 니나와 나성은 악수를 나누었다.

지구에 온 이래로 이렇게 한가해본 적이 없었다. 아이에게 삼시세끼를 챙겨 먹이고 낮잠을 재우고 저녁 준비를 하다보면 하루가 갔지만 시간은 생각보다 더디게 흘렀다. 아이는 조금씩 적응하는 듯 니나를 보고 가끔 웃기도 했다. 무엇보다 살이 오르자 아이다웠다.

저녁으로 청국장찌개를 끓일 생각이었다. 굴보는 청국장이나 된장국을 좋아했다. 니나는 아이를 재워놓고 두부를 사러 가까운 가겟집으로 향했다. 평소와 달리 사람들이 많이 모여 있었다.

"두부 하나 줄라요."

"가만있어봐, 지금 두부가 문제가 아냐."

주인 여자가 울상이 되어 니나에게 말했다. 라디오 앞에 사람들이 모여 웅성거렸다. 아이가 깨기 전에 돌아가야 해서 니나는 마음이 급했다.

"두부 없어라?"

"지금 두부가 문제야! 대통령이 죽었는디."

옆에 있던 여자가 버럭 소리를 질렀다. 대통령이 죽었다고? 그제야 모여 있는 사람들의 침통한 표정이 보였다. 암살당했다고 했다. 그것도 친한 사람에게. 좋은 죽음은 아니었다. 하지만 니나에게는 두부보다 중요하지 않았다. 그게 나와 무슨 상관인가. 니나는 알아서 두부를 판에서 퍼 비닐에 담았다. 기름도 좀 살까. 집에 있는 신김치를 돼지기름에 볶아서 청국장과 먹으면 밥 한 그릇 뚝딱일 거 같았다. 가게에서는 돼지기름을 네모난 양은 통에 굳힌 후 국자로 떼서 비닐에 담아 팔았다. 야채를 볶아도 돼지기름으로 볶으면 맛이 달랐다. 하지만 가게 주인은 오늘 장사를 접었는지 팔 생각이 없어 보였다. 니나는 두부값을 두고 나왔다.

그는 자신이 그렇게 죽을 줄 알았을까. 어쩌면 예감했을지도 몰랐다. 니나는 사진으로 몇 번 본 적이 있는 대통령을 생각하며 길을 걸었다. 두부가 든 비닐이 묵직했다. 집에 돌아와보니 아이가 혼자 깨서 울고 있었다. 니나는 신발을 벗어 던지고 들어가 아이를 안았다. 아이는 얼마나 울었는지 눈물 콧물 범벅이었다. 니나의 품에 안겨서도 꺼이꺼이 서럽게 울었다. 아이가 잠에서 깨서 혼자라는 것을 알았을 때, 버려진 기분을 느꼈을까봐 니나는 미안했다.

"널 두고 간 게 아니랑께. 미안 미안."

아이를 안고 몸을 살랑살랑 흔들며 어르자 아이의 울음이 점차 잦아들었다. 그 와중에도 아이는 니나의 손을 꼭 쥐고 있었다. 울다 다시 잠든 아이를 눕히고 니나는 청국장을 끓였다. 청국장을 풀고 두부와 파를 송송 썰어 넣었다. 처음 청국장을 먹었을 때의 충격이 떠올랐다. 후각의 멱살을 잡고 흔드는 냄새였다. 하지만 묘하게 다시 생각났다. 보글보글 끓는 청국장의 따뜻한 냄새가 작은 방을 가득 채웠다. 눈물이 말라붙은 얼굴로 쌔근쌔근 잠을 자는 아이와 음식 냄새가 나는 따뜻한 공간은 니나에게 안정감을 안겨주었다.

"평화롭다."

아이의 머리를 쓰다듬으며 니나는 말했다. 의지와 상관없이 절로 나온 말이었다. 하지만 인생이 어디 그렇던가. 이런 평화는 오래가지 못했다. 청국장이 짜게 졸아들 때까지 굴보가 집에 오지 않았던 것이다. 오늘은 퇴근이 늦네. 야근인가. 수시로 문을 열어보며 굴보를 기다리던 니나는 아이 옆에서 새우잠을 자다 깨다 하는 중 누군가 문을 급히 두드리는 소리를 들었다.

"누구여라우?"

"시아게삽니다."

문을 열자 한 남자가 이마에 땀을 흘리며 서 있었다. 숨을 헐떡거리는 게 이 꼭대기까지 뛰어온 모양이었다. 그는 굴보가 일하는 공장의 시아게사 이씨였다. 숨이 차서 그런 건지 말문이 막힌 건지 이씨는 한참을 우물쭈물할 뿐 말을 잇지 못했다.

"굴보가 병원에 있십니다."

"왜 그런다요?"

니나의 심장은 이씨가 등장할 때부터 요동치고 있었다. 굴보에게 무슨 일이 있구나.

"재단칼에 손가락이 나가가…"

이씨는 마치 제가 그런 것인 양 고개를 들지 못했다. 굴보의 재단 경력은 십삼 년이었다. 하지만 재앙 앞에 경력은 무용했다. 청계천에서 잘린 손가락이 일 년에 한 포대씩 나온다더니 이제 굴보의 손가락까지 포함된 것이다. 그것도 세 개나. 니나는 자고 있는 아이를 들쳐 업고 계단을 내려갔다. 그러다 다리가 휘청해서 넘어질 뻔했다. 보다 못한 이씨가 아이를 받아 들고 뛰었다. 잠에서 깬 아이가 자지러지게 울어댔다. 마치 제 아비의 운명을 목격이라도 한 듯이.

니나가 두부를 사려고 가겟집에 간 시각, 굴보도 라디오를 통해 같은 뉴스를 들었다. 모두 손을 놓고 망연히 뉴스에 귀를 기울였다. 터질 게 터졌구나. 갑자기 세상이 변한 것 같았다. 노조 상근직이었던 굴보에게는 기쁜 소식이었다. 그동안 이 정권에게 탄압받았던 일들이 머릿속을 달렸다. 집에 가면 니나에게 이야기해줘야지, 앞으로 세상이 어떻게 변할지, 어떤 미래가 우리에게 펼쳐질지. 그때였다. 오른손 위로 재단칼이 쓱 하고 지나간 것은.

예감하지 못했다. 그날 자신에게 사고가 나리라고는. 굴보의 비명이 라디오의 아나운서 목소리를 덮었고, 사람들의 시선이 그에게로 향했다. 피가 뿜어져나왔다. 손가락 세 개가 원단 위에 뒹굴었다. 굴보는 수건으로 손가락을 쥐어 감고 재단 보조와 이씨의 부축을 받으며 병원으로 달렸다. 잘린 손가락 세 개는 이씨가 손수건에 싸서 자신의 주머니에 넣었다. 하지만 봉합 수술은 끝내 받지 못했다. 우선 그런 수술을 할 수 있는 의사가 없었다. 게다가 돈도 없었다. 절단된 손가락은 골든타임을 놓치고 부패했다.

니나는 수술실에서 나와 병실에 누워 있는 굴보를 보았다. 마취에 취해 잠든 얼굴이 반나절 만에 폭삭 늙어 있었다. 아이는 시아게사가 자기 집으로 데려갔다. 그는 가면서 손수건에 싼 뭉치를 니나에게 건넸다. 펼쳐보니 굴보의 손가락 세 개였다. 병원에서 힘든 일주일을 보내고 굴보는 퇴원했다. 퇴원해서 그가 제일 먼저 한 일은 공장으로 가서 사장을 만난 것이었다.

"산재 좋아하시네."

사장은 콧구멍을 파던 손을 바지에 쓱 문지르며 말했다. 출근한 지 며칠 안 되어 벌어진 일 아니냐며 사장은 돈 삼만 원을 던지듯 주고 자리를 떴다. 손가락 한 개당 만 원꼴이었다. 79년은 이상하게 물가가 심하게 오르던 시절이었다. 78년부터 시작된 인플레이션에 돼지고기가 한 근에 오백 원인데 배추는 이천 원, 고춧가루는 팔천 원까지 치솟았다. 그러니까 손가락 하나에 배추 다섯 포기로 배상을 받은 셈이었다.

"이참에 좀 쉬어. 그래서 어디 일하겠나."

사장은 요양을 가장한 해고를 통보했다. 굴보의 노조 가입을 뒤늦게 알았기 때문이다. 어디서 산재를 들먹여. 사장들은 노조라면 치를 떨었다. 굴보는 돌아섰다. 저런 사장을 한두 명 본 게 아니었다. 누가 이기는지 보자며 악착같이 따라다녀야 겨우 받을 수 있는 돈이었다. 지금 자신의 몸 상태로는 무리였다.

의사가 알면 호통을 칠 일이었지만 그 길로 굴보는 술집의 문을 열었다. 독한 소주가 위벽에 닿자 몸이 부르르 떨렸다. 그는 주머니에 있는 돈 삼만 원을 모두 탕진하고 나서야 집으로 향했다. 그리고 방 한편에 이불을 깔고 잠만 잤다. 끼니도 거르고 물만 마셨다. 그것도 통증 때문에 약을 먹기 위해 마신 거였다. 니나는 이런 굴보를 깨우지 않았다. 아이가 칭얼대면 살며시 방문을 열고 아이를 데리고 나왔다. 그렇게 보름이 지나자 굴보는 자리를 털고 일어났다. 까치집을 한 머리와 달리 움푹 들어간 눈에서는 형형한 눈빛이 일었다. 니나는 보리죽과 미역국을 끓여 내왔다. 죽과 국을 한 사발씩 깨끗이 비운 후 굴보는 세수를 하고 밖으로 나갔다.

손에 아직 붕대를 감은 상태로 굴보는 재단 보조로 취직했다. 오른 손가락 세 개가 없으니 더 이상 재단은 할 수 없었다. 예전에 일하던 공장 사장이 굴보를 딱하게 여겨 고용했다. 굴보에게는 주로 원단과 완성된 옷을 자전거로 배달하는 일이 주어졌다.

당시 버스에 차장과 차장 보조인 안내양이 있었던 것처럼 자전거에도 배달과 배달 보조가 있었다. 한 명이 가게에 들어가 배달하는 사이 한 명은 원단을 깔고 앉아 지켰다. 원래 재단사와 재단 보조가 2인 1조로 하는 일을 굴보는 아들을 태우고 다니며 혼자 했다. 니나가 다시 일을 시작했기 때문이다. 공장에 들어선 니나를 보고 사장은 피식 웃었다. 니가 그럼 그렇지 하는 표정은 외계인이 봐도 기분이 상했다.

아이를 돌볼 사람이 없자 굴보는 자신이 데리고 출근했다. 공장은 아이가 있기에 적합한 곳이 아니었으나 공장 사람들은 굴보의 딱한 사정을 알고 그러려니 했다. 굴보가 배달하는 모습을 우연히 본 니나는 항상 마음이 조마조마했다. 한 손으로 운전하는 게 너무나 위태로워 보였던 것이다. 가뜩이나 원단 배달은 곡예와 다름없었다. 말려 있는 원단의 길이는 이 미터가 넘었고 그 무게만도 상당했다. 그런 걸 몇 개씩 자전거에 싣고 요리조리 차들을 피해서 페달을 밟는 건 보통 요령이 필요한 일이 아니었다. 심지어 세 살 아들을 등에 업고 다녔다. 가뜩이나 낯선 곳에서 아빠가 눈에 보이지 않으면 아이가 불안해했기 때문이다. 니나가 아이를 데리고 있겠다고 말해도 굴보는 막무가내였다. 더는 니나에게 짐을 지우기 싫다는 듯이.

굴보는 날이 갈수록 여위었다. 니나에게 내색은 안 했으나 일이 몸에 부쳤다. 절단 사고 후 몸이 충분히 회복되기도 전에 일을 시작한 데다 우울과 통증을 이기려 술을 마셨다. 매일 저녁 반주로 먹는 소주가 그의 몸에 합병증을 일으키고 있었다. 그러면 고통을 이기려고 강한 진통제를 먹었고 술과 진통제를 같이 먹으면 환각이 보였다.

　퇴근하고 온 니나가 문을 열자 단무지에 소주를 마시는 굴보가 보였다. 하루 종일 아빠를 쫓아다니느라 고단했던 아이는 그 옆에서 배를 드러내고 자고 있었다.

　"왔는가? 피곤허제?"

　니나에게 묻는 굴보의 얼굴이 더 피곤해 보였다. 눈이 퀭하고 뺨은 움푹 들어가서 그사이 십 년은 늙은 거 같았다. 이제 굴보는 술을 마셔도 더 이상 노래를 부르지 않았다. 가끔 니나는 굴보가 불러주는 최백호 노래를 듣고 싶었으나 차마 부탁하지 못했다. 노래 하나 하는 것도 그의 기력을 소진시키는 것만 같아서.

　니나는 라면이라도 하나 끓여줄 생각에 부엌 선반에서 냄비를 꺼냈다. 곤로에 물을 올려놓는데 방에서 말소리가 들렸다. 아이가 깼나 싶어 문 쪽으로 귀를 기울이자 굴보의 목소리가 들렸다.

　"보소. 오늘도 왔네. 저번 참이도 야그혔지만 그 옷은 줄 수가 없다니께. 이거 한 잔 마시고 가소."

　소주 따르는 소리와 함께 굴보가 말했다.

　"미안허네."

　니나는 문틈으로 들여다보았다. 맞은편에 소주잔을 놓고 굴보는 자신의 눈에만 보이는 상대와 대화를 나누고 있었다. 그러다 옆쪽으로 고개를 돌리곤 허공을 향해 반갑다는 듯 말했다.

"어, 당신도 왔는가? 어서 와."

니나는 냄비를 들고 망연히 서서 그 모습을 지켜보았다. 그리고 떠올렸다. 사랑의 정의를. 매일 얼굴을 보고 서로의 안위를 신경 쓰고 만지고 입을 맞추는 것, 함께 있는 것이었다. 굴보의 피폐해진 몰골을 보며, 그가 죽은 자들에게 하는 말을 들으며 니나는 스스로에게 물었다. 나는 여전히 그를 사랑하는가. 허공을 향해 중얼중얼하는 취한 아비를 잠에서 깨어난 세 살 아들이 멍하니 쳐다보고 있었다.

"뭐 하나, 인석아. 엄마한테 인사해야제."

굴보가 아이를 향해 호통치듯 말했다. 아이는 아버지의 이상한 눈빛에 겁을 먹고 울 듯 말 듯했다. 니나는 문을 벌컥 열었다. 그리고 아이를 데리고 나왔다. 다음 날부터 아이는 니나의 재단판 아래서 지냈다.

공장장은 아이를 보곤 인상을 찡그렸다.

"여가 탁아소냐?"

말은 그렇게 하면서도 공장장은 아이를 받아 안았다. 표정은 무뚝뚝했으나 천성이 따뜻한 사람이었다. 그는 아이를 좋아했다. 공장장에게 안긴 아이도 본능적으로 그런 사실을 아는 건지 산도 둑처럼 생긴 아저씨의 수염을 만졌다.

"사장님 알면 난리 난다. 안 보이게 해라."

공장장의 암묵적인 허락이 있은 후 니나는 재단판 아래 공간을 비우고 담요를 깔았다. 주위를 둘러보아도 원단 아니면 가위, 쪽가위, 바늘 같은 위험한 물건뿐 아이가 가지고 놀 만한 장난감은 없었다. 나성이 재단판 아래로 몸을 숙이더니 아이에게 공을 건넸다. 야구공이었다. 아이는 신기한 듯 공을 집었다.

시집가서 잘살 줄 알았던 니나가 병든 남편에 애까지 하나 딸려서 다시 일하러 나오자 나성은 심란했다. 지구에서의 삶이 너무 각박한 거 아닌가. 운명이 너무 가혹한 것 아닌가. 지구인으로서 괜히 미안해졌다. 다른 미싱사나 시다들은 원래도 니나를 좋게 보지 않았으니 거봐라, 쌤통이다 하는 표정을 숨기지 않았다. 특히 1번 오야, 성격 더러운 1번 미싱사가 그랬다. 멸시에 찬 눈빛으로 니나와 아이를 한번 쳐다보곤 흥, 코웃음을 쳤다. 그 아래 미싱 보조는 자신의 오야 비위를 맞춰주기 위해 더 크게 웃으며 말했다.

"잘난 척하더니만, 꼬시다."

니나는 여느 때와 마찬가지로 주위의 일에는 무심했고 나성이 대신 이런 여공들을 째려보았다. 의리도 없는 것들.

"거, 애 쥐약 조심해라이. 애들은 암거나 주워 먹는다."

공장장이 다시 나와서 못 미덥다는 듯 잔소리를 했다. 지난날 쥐약을 먹고 자살 시도를 했던 5번 시다는 모두의 트라우마가 되었다. 그 애는 잘 살고 있을까. 고향에 내려간 이후로 아무도 소식을 몰랐다. 공장장은 애가 먹을 주전부리를 던져주고 갔다. 그 후로도 애가 울고 보챌 때면 자기 자리로 데리고 가서 가끔 봐주기도 했는데 그러다 오줌이나 똥이라도 쌀라 치면 질겁을 하고 데려왔다.

모두들 아이에게는 호의적이었다. 쉬는 시간에 오가며 아이와 놀아주기도 하고 알사탕이며 떡 같은 간식을 나눠주기도 했다. 한 미싱사는 니나에게 달빵계 순서도 바꿔주었다. 열 시까지 야근을 하면 간식으로 보름달빵 하나가 지급됐다. 동그란 원형 모양의 노르스름한 카스텔라 빵이었다. 투명한 비닐봉지를 뜯으면 달콤한 밀가루 냄새가 훅 풍겼다. 폭신폭신한 빵을 손가락으로 떼어먹다보면 목이 메는데 그때는 보리차를 마셨다. 밤늦게까지 일하다가 먹는 이 빵 맛은 말 그대로 꿀맛이었다. 하지만 구두쇠 사장은 일부러 일을 아홉 시 삼십 분에 끝냈다. 그래서 자주 먹을 수 있는 게 아니었는데도 여공들은 빵을 먹지 않았다. 안 먹고 뭐 했느냐고? 고향에 보냈다. 모두 실질적인 가장들이었으므로 달콤한 빵을 먹다보면 동생들이 눈에 밟혔고 목이 더 메었다. 하지만 빵을 언제까지 모셔둘 수도 없는 노릇이었다. 한두 개를 보내자니 소포값이 더 들었고. 그래서 한 명에게 몰아주는 계를 만들었다. 이게 바로 K장녀들의 달빵계였다.

계 얘기가 나왔으니 말인데 당시에는 계가 몹시 유행하던 때였다. 주로 혼수 준비나 목돈 마련을 위해서였는데, 무엇보다도 돈계가 제일 흔했고 그다음으로는 반지계, 밍크 이불계, 법랑 냄비계, 화장품계까지 목돈이 들어갈 만한 물건들은 모두 계를 들었다. 그중 니나가 참여한 계는 달빵계 하나였다.

어쨌든, 니나는 달빵계를 받아 아이가 칭얼댈 때마다 먹였다. 아이는 빵을 입에 물고 자다 깨서 또 먹고 심심하면 빵 봉지를 갖고 놀았다. 아이는 순한 편이었고 니나는 더 열심히 일하는 것으로 민폐를 덜고자 애썼다. 나성은 그런 니나를 옆에서 안쓰럽게 바라보았다.

겨울 시즌을 앞두고 코트를 대량으로 만드느라 며칠째 밤샘 야근이었다. 니나는 잠시 재단판 위에 누워 눈을 붙였다. 눈이 맵고 머리가 지끈거렸다. 제대로 잠을 잔 게 언제였더라. 먼지로 인해 가슴은 답답했고 피부도 따가웠다. 이런 환경이 아이에게 괜찮을까. 아이가 기침을 하기 시작했다. 자면서도 니나는 걱정이 되었다. 그러던 중 이상한 기분이 들어 눈을 떴다.

재단판 아래를 보니 아이가 누군가와 놀고 있었다. 아이의 작은 손에 검은색 동그란 알이 들려 있었다. 쥐약이었다. 가슴이 철렁했다. 아이가 입에 넣으려는 순간이었다. 니나는 벌떡 일어나 손을 탁 쳐냈다. 아이는 놀란 눈으로 니나를 올려다보았다. 아이 바로 앞에 쪼그리고 앉은 사람은 바로 1번 오야였다. 오야의 손에도 쥐약이 들려 있었다. 니나의 눈에서 불꽃이 일었다. 니나는 바로 오야의 머리채를 휘어잡았다.

"언내헌티 쥐약을 줘야? 니가 사람이여?"

오야의 한 줌 목이 뒤로 획 하고 꺾였다. 니나는 오야의 드러난 목에 잘 벼린 재단 가위를 들이댔다. 금방이라도 푹 찌를 기세였다. 니나의 눈에 하얀 목에서 흐르는 붉은 피가 환각처럼 보였다.

"와 이카노, 미쳤나?"

목이 꺾인 채 오야가 겨우 입을 열었다.

"그려이, 나 미쳤어야. 오늘 니랑 내랑 죽자이."

니나는 오야의 머리채를 끌어서 재단판 위에 눌렀다. 오야는 재단판 위에 허리가 꺾이고 얼굴이 눌린 채 꼼짝달싹 못하는 자세가 되었다.

"누나, 왜 이카요? 이거 놓으래요."

나성이 달려와 가위를 뺏으려 했다.

"니도 다치기 싫으면 저짝으로 꺼지랑께!"

니나가 가위 날을 나성에게 돌리며 소리쳤다. 그 바람에 나성은 뒤로 벌렁 넘어졌다. 니나의 눈자위가 벌겋게 충혈되어 있었다. 며칠째 이어지는 철야 작업은 외계인에게도 무리였다. 놀란 아이는 울고, 다들 자리에서 일어나 웅성웅성 어쩔 줄 몰랐다. 영화에서나 보던 인질극을 보는 것 같았다. 오야의 눈앞에는 재단 칼이 있었다. 전원을 켜면 웅 소리를 내며 수백 장의 원단을 잘라내는.

"무신 일이고?"

그때 공장장이 달려왔다. 니나와 오야를 본 공장장의 눈이 커졌다.

"니들 왜 이라는데? 그 가위 내려노라."

"이 잡년이 내 아들헌티 쥐약을 줬어라."

니나가 오야의 머리를 더욱 강하게 밀어붙이며 말했다.

"진짜가?"

공장장이 오야에게 물었다.

"씨팔."

오야가 나지막이 욕설을 뱉으며 손에 쥔 봉지를 재단판에 던졌다. 색색깔의 동그란 알갱이들이 쏟아져나왔다. 공장장이 손가락으로 하나를 집어 냄새를 맡았다. 그리고 입에 넣었다.

"초콜릿이다."

엠엔엠즈 초콜릿이었다. 그러고 보니 오야의 어머니가 미군 부대 앞에서 일을 한다고 들었다. 머리채를 잡았던 니나의 손아귀에서 힘이 스르륵 빠져나갔다. 공장장이 니나의 손에서 가위를 빼앗았다.

"니 눈 좀 붙이라. 며칠째고? 이제 니한테는 타이밍 안 판다. 알았제?"

다들 니나를 쳐다보았다. 아이는 재단판에 떨어진 초콜릿을 허겁지겁 주워 먹었다. 니나의 손에서 벗어난 오야는 니나를 잠시 째려보다가 자기 자리로 돌아갔다. 니나는 공장 밖으로 나왔다. 밤공기가 청량했다. 해를 못 본 지 오래였다. 방전 상태였다. 니나는 담벼락에 기대 코끝이 시려워질 때까지 앉아 있었다. 나성에게서 인간의 오욕칠정에 대해 강의를 받던 곳이었다. 나성은 나를 아프게 한 자는 미워해야 한다고 가르쳤다. 화를 내야 한다고. 하지만 사과하는 법은 배우지 못했다. 한숨이 나왔다.

그때, 어둠 속에서 누군가 달려오는 소리가 들렸다. 공장 문 앞에서 숨을 고르는 남자를 보고 니나는 벌떡 일어섰다. 시아게사 이씨였다. 그도 니나를 발견했다. 그리고 이번에도 입을 빨리 떼지 못했다.

"제수씨, 굴보가…"

울먹이는 그의 말 틈으로 서늘한 밤바람이 지나갔다. 옷 속으로 한기가 스며들었다. 말을 마친 이씨는 저번과는 다르게 혼자 터덜터덜 돌아섰다. 니나는 고개를 들어 밤하늘을 올려다보았다. 보름달이 취한 듯 휘영청 떠 있었다. 달은 물기를 먹어 통통해지더니 이내 턱 밑으로 톡톡 떨어졌다. 니나는 이곳에서 아주 오래 산 기분이 들었다.

파업

굴보의 장례식은 이틀 만에 끝났다. 여느 때처럼 배달을 하던 중 마주 달려오는 차를 미처 피하지 못한 굴보는 십 미터를 날아가 떨어졌다. 그리고 그 자리에서 즉사했다. 니나가 병원에 도착했을 때 굴보의 몸은 얼굴까지 하얀 천으로 덮여 있었다. 천을 걷으니 차갑게 굳은 얼굴이 드러났다. 철야로 인해 며칠 만에 보는 굴보의 얼굴은 더욱 야위어 있었다. 야윈 얼굴을 하얀 수염이 덮고 있었다. 그동안 머리도 하얗게 셌다. 머리의 오른쪽에는 핏덩어리가 눌러붙은 채 굳어 있었다. 언제 이렇게 늙어버린 걸까. 굴보는 양복을 입고 있었다. 니나가 시장 뒤편에서 샀던 그 양복을.

"아끼는 옷이었나베."

옆에서 시아게사 이씨가 말했다. 며칠 전부터 굴보는 그 옷만

입었다고 했다. 자꾸 자기 옷을 내놓으라며 어떤 남자가 집으로 찾아온다고. 그래서 아예 입고 나왔다고. 굴보의 앙상한 목 틈으로 땀과 때에 까맣게 전 와이셔츠 깃이 보였다.

간소한 장례식 규모에 비해 많은 사람들이 왔다. 우선 노조원들이 가득 메웠고, 굴보 덕분에 퇴직금 등 임금을 받을 수 있었던 사람들이 소식을 듣고 빈소를 찾았다. 살아 있는 자들은 죽은 자를 통해 서로를 위로하고 위로받았다. 니나는 굴보가 가는 길이 외롭지 않기를 바랐다.

밤이 새는 줄도 모르고 서로를 탐했던 그 몸이, 구슬프게 노래를 부르던 그 입술이 화염 속으로 들어가는 것을 니나는 망연히 지켜보았다. 그렇게 겨울이 오기 전 늦은 가을에 굴보는 니나를 떠났다. 지구에서의 첫 번째 이별이었다.

상을 치르고 공장으로 돌아오니 나성이 없었다. 나성뿐 아니라 직원의 반 이상이 없었다. 사장은 문을 걸어 잠갔다. 남은 직원들은 눈치를 보며 고개를 수그리고 죄인처럼 일하고 있었다.

"배부른 소리들 하고 자빠졌네. 먹고살기 바쁜 와중에 교실은 무슨. 너도 노조냐?"

사장이 니나를 향해 눈을 부라리며 물었다. 당국이 노동 교실을 강제로 폐쇄하자 노조원을 비롯한 학생들이 사수 투쟁을 벌이는 중이라고 했다. 그래서 나성이 없는 거였다. 사장은 자기 공장에는 노조가 들어올 수 없다고 했다. 니나는 노조에 가입한 적이 없었다. 하지만 한 노조원을 사랑했고 도움을 받은 적이 있었다.

"넌 아니지? 우리 0번이처럼 착실한 애가 노조원일 리 없어."

사장은 여전히 니나를 0번이라고 불렀다. 니나는 무표정하게 사장을 바라보며 말했다.

"0번이 아닌디라."

"뭐?"

"지 이름은 0번이 아니고 니나여라우."

"니…나?"

사장은 처음 들어본다는 듯 미간을 찡그렸다.

"그라고 지 오늘부터 노조원이여라. 시방 가입하러 간당께요."

"뭐?"

사장의 찡그린 미간에 쌍심지가 그려졌다.

"아 맞네, 퇴직금 잠 챙겨주쑈."

돌아서던 니나가 생각났다는 듯 사장을 향해 검지를 치켜들었다. 부아를 내던 사장의 얼굴이 싸늘해졌다.

"시방은 돈 없을 텐께 나중에 올라요. 요번 달 월급이랑 같이 정산 부탁혀라."

그러곤 공장의 문을 열고 나왔다. 그 뒤에 대고 사장이 악다구니를 퍼부었다.

"퇴직금 같은 소리 하고 있네. 너, 청계천에 다시는 발 못 붙일

줄 알어! 덜떨어진 걸 재단사까지 시켜줬더니, 은혜를 원수로 갚
아? 저 엉큼한 게…"

사장은 그 옛날 시아게사를 내쫓을 때와 같은 말로 니나의 뒤
통수에 대고 욕을 해댔다. 고용주들은 직원이 말대꾸를 하거나
자신의 뜻을 거스르는 것을 못 참았다. 체감상 그들이 생각하는
계급은 조선시대 양반과 노비의 관계였다. 그런데 어디 노비가
주인의 뜻을 거스른단 말인가. 상상도 할 수 없는 일이었다.

그 말을 들은 니나는 나가다 말고 저벅저벅 공장으로 다시 들
어왔다. 다른 여공들이 조마조마한 표정으로 그 상황을 지켜보았
다. 니나는 재단판 위에 있던 가위를 집었다. 착 하고 감기는 익
숙함이 아귀에 느껴졌다. 날이 선 가위를 집자 사장이 움찔하는
게 보였다.

"이거슨 지 돈으로다 산 거라 가져갈라요."

니나의 결기 때문인지 가위를 잡고 있어서인지 사장은 더 이
상 말하지 않았다. 그냥 조용히 비켜났다. 내 왕국에서 어서 나가
라고. 나가기 전 입구에서 니나는 사장에게 말했다.

"그라고 지는 당신헌티 은혜 입은 거 없어라우."

세상에 태어나 처음 들어보는 말인 듯 사장의 눈이 커졌다. 니
나는 그 길로 노조 사무실로 향했다. 굴보를 처음 만났던 그곳으
로.

노조 사무실은 문이 잠긴 채 아무도 없었다. 노동 교실 파업 현장으로 모두 떠난 것 같았다. 니나는 십 분 거리의 교실로 달렸다. 이제 겨울의 문턱에 접어들었다. 낡은 천 운동화 속으로 한기가 스며들었다. 니나는 그곳에서 이름을 얻었던 것을 기억했다. 그리고 석을 만났던 것도. 굴보를 만날 수 있었던 건 석 때문이었고, 석을 만났던 것은 노동 교실 덕분이었다. 처음이자 마지막으로 딱 한 번 갔을 뿐이지만 교실은 니나에게 많은 것을 주었다. 그것으로 충분했다. 그곳을 지켜야 하는 이유가.

이미 경찰차와 경찰들이 노동 교실이 있는 상가 건물 주위를 가득 에워싸고 있었다. 경찰 두 명이 입구를 막아섰다. 작은 종이에 쓴 붉은 글씨가 4층 노동 교실 창밖으로 안쓰럽게 펄럭였다. 준비 없이 닥친 상황이라는 게 느껴졌다. 노조원들은 고래고래 소리를 질렀는데 자세히 들어보니 누군가를 석방하라는 말이었다. 니나는 경찰들 근처에 서서 위를 올려다보았다. 창밖으로 몸을 내밀고 소리를 지르는 나성이 보였다. 나성은 머리에 두건처럼 끈을 둘렀는데 급한 대로 압박 붕대를 썼는지 글씨가 늘어나서 자음과 모음이 따로 놀았다. ㄷㅏㄴㄱㅕㄹㅌㅜㅈㅔㅇ. 경찰들이 뭐라고 쓴 거야?, 하며 낄낄거렸다.

아, 바로잡아주고 싶다. 니나는 안타까웠다. 나성은 한창 폼에 죽고 폼에 사는 십대 소년이었다. 자신이 저러고 있다는 걸 알면 한동안 생각날 때마다 이불을 발로 찰 거 같았다. 니나는 올라가야겠다고 생각했다. 입구 앞에 서자 경찰들이 저리 가라고 어깨를 밀었다. 어깨가 떠밀려 몸이 비틀거렸다. 이대로는 입구를 뚫을 수 없을 거 같았다. 니나는 뒷걸음쳤다. 경찰은 니나가 간다고 생각했는지 방심한 얼굴이 되었다. 니나는 다시 앞으로 뛰었다. 그리고 경찰의 손을 물었다.

"악."

이년이 미쳤나로 시작해서 경찰의 몽둥이질이 시작됐다. 니나는 머리를 팔로 막고 몸을 움츠렸다. 이 모습을 위에서 나성이 목격했다.

"누나! 야, 이노마들아. 외계인은 놔주라마! 이건 지구인들끼리의 문제인 기라!"

"뭐라는 거야, 저새끼는."

경찰들은 위를 올려다보며 고개를 가로저었다. 니나는 양팔과 양다리를 잡혀 질질 끌려가면서도 나성이 저 입 좀 다물었으면 했다. 니나는 우악스러운 경찰들의 손에 의해 구겨지듯 경찰차에 태워졌다. 경찰은 점점 과격해지는 노조원들을 회유하고 있었다.

"곧 오실 겁니다. 모시러 갔습니다."

경찰서장의 공손한 목소리가 확성기를 통해 니나에게도 들렸다. 노조원들이 석방하라는 사람이 풀려날 거라고, 그러니 이제 그만 내려오라는 취지였다. 위에 있는 사람들은 그 말을 몇 번이나 확인하고 약속을 받아냈다. 끝까지 교실을 사수하던 노조원들도 하나둘 내려오기 시작했다. 회유 끝에 모두 내려오자 경찰은 언제 그랬냐는 듯 사람들을 개처럼 끌고 가 차에 태웠다. 그 와중에 저항을 하는 자가 있으면 곤봉을 들어 몽둥이질도 서슴지 않았다.

경찰서에 도착하니 이미 많은 여공들이 잡혀와 있었다. 얼핏 보기에 어린 소녀들도 많았다. 얼굴에 검정색 이명래 고약을 붙인 여공들은 그런 얼굴이 부끄러워서인지 모두 고개를 숙이고 있었다. 하루 열네 시간 이상을 먼지 구덩이 속에서 일하다보면 피지에 먼지가 엉겨 붙어서 피부 트러블이 많았다. 철야가 시작되면 밤에는 타이밍을, 얼굴에는 고약을 달고 살았다. 하지만 지금 그들이 고개를 수그린 건 부끄러워서가 아니었다.

"고개 처박아, 이년들아."

경찰들이 무릎을 꿇리고 고개를 숙이라고 윽박질렀다.

"지금부터 고개 쳐드는 것들은 모두 빨갱인 줄 알아."

빨갱이가 뭐지, 니나는 고개를 갸웃했다. 빨갛다?

"주민번호."

죄인처럼 고개를 숙인 여공들이 한 명씩 불려가 주민등록 번호를 불렀다. 개중엔 열세 살짜리도 있었다. 경찰들은 곤란한 듯 자기들끼리 말을 주고받았다. 열세 살짜리를 유치장에 넣을 것인가에 대한 대화 같았다. 그 사이에서 어린 여공은 커다란 눈을 떼록거리며 겁에 질려 있었다. 결국 그 아이의 주민번호는 ○○○○

○○-○○○○○○○로 작성되어 넘겼다. 정작 니나는 주민번호가 없었다. 어느 날 하늘에서 뚝 떨어진 우리의 주인공 니나가 대한민국의 주민등록 번호를 갖고 있을 리 없지 않은가. 하지만 이럴 때를 대비해 니나는 미자의 번호를 외우고 있었다. 통행금지에 걸리면 주민번호를 대야 한다는 걸 알게 된 후부터였다.

"누나, 개안아요?"

나성이었다. 머리띠는 이미 날아가고 없었다. 니나는 나성을 보니 반가웠다. 제일 먼저 궁금한 게 생각났다.

"빨갱이가 뭐당가?"

나성이 당황한 표정을 짓다가 이내 피식 웃었다.

"빨간 옷을 입은 사람이래요."

"빨간 옷?"

"산타끄로스요."

니나가 영문을 모르겠다는 표정을 짓자 나성이 말을 이었다.

"저 사람들은 산타끄로스를 싫어하니더."

"왜?"

"산타가 커다란 자루를 들고 댕기면서 선물 주는 거 알지예? 있는 사람들 것을 가져와가 없는 사람들에게 나눠주는 기래요. 이를테면 우리들 덕으로 돈을 버는 공장주들의 돈을 노동자인 우리에게 더 주는 거 아입니꺼."

"그란디 경찰이 왜 싫어한디야?"

"경찰은 있는 놈들 편이니까네."

정확히 이해는 안 됐지만 경찰은 비합리적인 데다 정서까지도 메마른 거 같았다. 산타클로스를 미워하다니. 어쨌든 니나와 나성은 유치장에서 하루를 보냈다. 대부분은 훈방 조치되었으나 니나는 경찰의 손을 문 죄로 유치장 신세였다. 게다가 가방에서 흉기까지 나왔다. 날이 선 가위였다. 니나가 자신의 직업이 재단사이기 때문이라고 해도 경찰은 믿지 않았다. 여자 재단사는 보지 못했다는 이유에서였다. 유치장에 있는 대학생들은 죄목에 '집시'라고 표시되어 있었으나 여공들을 비롯한 노조원들의 죄목은 '특공방'이었다.

"특공방이 뭐데?"

다들 그게 무슨 죄냐고 물었다. 특수공무집행방해죄라는 걸 안 건 유치장을 나와서였다. 유치장 안에서도 차별은 계속되었다. 대학생들이 화장실에 가겠다면 순순히 다녀오라 했지만 여공들이 화장실 좀… 하면 욕부터 나왔다.

"쌍년들아! 좀 참아. 니들 때문에 이게 뭔 고생이야."

거기에 대고 그 고생은 여기가 네 직장이기 때문에 당연히 해야 하는 일이라는 말을 할 순 없었다. 매를 버는 일이니까. 그렇게 하룻밤을 꼬박 새고 경찰서를 나선 나성과 니나는 몹시 배가 고팠다. 전날 아침 이후 아무것도 먹은 게 없었던 것이다. 심지어 가진 돈도 없었다. 니나는 시아게사 이씨 집에 있는 아이가 걱정

되면서도 한편으로는 안심되었다. 돈도 먹을 것도 없는 집보다는 더부살이가 나을 수도 있을 거라는 생각 때문이었다. 하지만 낯선 곳에서 또 눈치를 볼 아이를 생각하면 마음이 무거웠다.

니나와 나성은 터덜터덜 걸었다. 이제는 갈 곳도 없었다. 둘 다 해고자였다. 왜 주머니가 비었을 때 배는 더 고픈 것일까. 지구에 도착해서 음식을 일체 입에 대지 않았던 시절이 떠올랐다. 불과 일 년 전인데 니나는 그때가 잘 기억 나지 않았다. 지금은 뭐든 먹을 수 있을 거 같았다. 그때 뒤에서 여자의 목소리가 들렸다.

"니나야!"

니나와 나성은 동시에 돌아보았다. 붉은색 털목도리를 한 여자가 니나를 반갑게 부르고 있었다. 혜란이었다.

"언니!"

몇 달 만에 보는 혜란은 그 모습 그대로였다. 니나는 그런 혜란이 더욱 반가웠다. 혜란은 니나의 두 손을 꼭 부여잡았다. 알고 보니 경찰서에 같이 있었는데 니나는 혜란을 보지 못했고 혜란은 니나를 알은체할 수 없었다고 했다.

"괜히 내가 알은체하면 너한테 안 좋을까봐."

그 말을 하면서도 누가 따라오기라도 하는 듯 혜란은 주위를 둘러보았다. 주위엔 대학생들로 보이는 젊은이들이 왁자지껄 어디론가 몰려가고 있었다. 나성은 그들이 서울운동장에서 하는 행사를 보러 가는 거라고 했다.

"밥 먹으러 가자. 사줄게."

혜란은 나성과 니나를 잡아끌었다. 마치 주머니도 배도 비었다는 걸 알고 있는 것 같았다. 근처 국밥집으로 향했다. 혜란은 예전에도 니나에게 '계란 라면'을 사준 것처럼 이번에도 보통이 아닌 특 국밥을 사주었다. 나성은 얻어먹는 처지에 특이라니, 황송해서 어쩔 줄 몰라 했다.

"우리가 어디 남이니. 공장 입구에 붙어 있는 말 기억 안 나?"

혜란의 말에 세 사람은 동시에 웃음을 터뜨렸다. 공장 입구에는 '공장을 가정처럼, 종업원을 가족처럼'이라는 슬로건이 궁서체 입간판으로 붙어 있었다. 오래되었는지 녹이 슬고 빛이 바랜 유물 같았다. 1973년 추진된 공장 새마을 운동 때 걸었으니 오래되긴 했다. 이 말은 마법 같은 구석이 있었는데 자신이 불리할 때 사장은 "에이, 우리 사이에 뭐얼" 하며 가족처럼 뭉치고 들어갔고 자신이 더욱 불리할 때는 "감히 어디라고 기어올라, 보자보자 하니까!" 하며 가부장적 위치를 강조하면서 호통을 쳤다. 이렇게 쓰임새가 좋았기에 오래오래 붙어 있었다.

뜨끈한 국물과 시큼하고 큼직한 석박지는 환상적이었다. 특은 이렇게 고기가 많나보구나, 니나는 먹어도 먹어도 뚝배기에서 고기가 계속 나오자 나성에게 덜어주었다. 나성은 손사래를 치면서도 맛있게 받아먹었다. 한창 먹을 나이, 열여덟 살이었다.

"정말 그렇게 말했어? 나, 당신한테 은혜 입은 거 없어! 이렇게?"

혜란은 깔깔거리며 몇 번을 물었고 들을 때마다 통쾌해했다.

"그 찌질이가 네가 가위 집었을 때 겁먹었을 표정이 상상이 간다."

국밥을 다 비우고 한결 여유가 생긴 얼굴로 혜란은 미소를 지었다. 예전보다 표정이 밝아진 듯했다.

"누나, 옮긴 공장은 어때예? 할 만합니꺼?"

나성이 휴지로 이마의 땀을 훔치며 물었다. 뜨거운 국물을 먹으니 겨울에도 땀이 모락모락 났다. 혜란은 코트 안주머니에서 흰색 천을 꺼내 펼쳤다. 이마에 매는 두건에 붉은 글씨가 적혀 있었다.

"노동자도 인간이다."

니나가 그 글씨를 읽었다. 니나와 나성이 혜란과 글씨를 번갈아 보았다.

"너희들 내가 왜 싸우는지 아니?"

"노동 해방, 단결 투쟁, 우리는 기계가 아니다!"

나성의 라임에 맞춘 대답에 혜란이 웃으며 말했다.

"이 인간 선언보다 더 직접적인 게 나를 움직였어."

혜란이 새로 옮긴 공장에서는 저녁 여덟 시가 되면 조장이 제일 먼저 미싱을 멈췄다. 그리고 보란 듯이 전원 코드를 뽑았다. 그를 시작으로 하나둘 미싱을 멈췄고 조장은 벌떡 일어나 공장의 전원을 탁 내려버렸다. 그러면 혜란은 그 어둠 속에서 가만 앉아 있다가 촛불을 켰다. 아무도 일하지 않았다. 혜란은 암흑 속 빛나는 촛불을 가만 들여다보는 게 그렇게 좋을 수가 없었다. 의식화니 민주화니 야학이다 뭐다 해도 이렇게 체감되는 감동이 있을까.

"감동은 인간의 마음을 움직인다는 뜻이잖아. 마음이 움직여야 몸도 따라가지."

혜란은 공장에 들어가봐야겠다며 자리에서 일어나 계산을 했다. 니나와 나성도 국밥집을 나섰다. 혜란에게 손을 흔들고 두 사람은 어디로 가야 할지 몰라 길거리에 그냥 서 있었다.

"누나, 내도 그런 감동 느껴보고 싶어예."

나성이 하늘을 올려다보며 말했다. 청명한 초겨울의 공기가 폐 깊숙이 들어왔다. 운동장에서 흘러나오는 함성 소리가 파란 하늘 위로 울려 퍼졌다.

사장의 경고는 단지 겁을 주기 위한 것에 그치지 않았다. 블랙 리스트가 공공연하게 돌았다. 사장들끼리 이 리스트를 공유해 노조원이 누군지, 누가 주동자인지를 단박에 알아냈다. 니나를 고용하려는 공장은 없었다. 재단사는 수요가 적으니 미싱사로 취업을 하려 해도 써주질 않았다. 우선 여자 재단사였던 니나를 알아보는 사람이 많았고 더욱이 마지막에 남긴 어록, '나 당신한테 은혜 입은 거 없어'라는 말은 두고두고 회자되며 니나의 유명세를 더욱 키웠다. 유명해질수록 취업은 어려웠다.

엎친 데 덮친 격으로 형사가 따라붙었다. 니나를 요시찰 인물로 지명해 밤낮 할 것 없이 감시하고 협박했다. 주인집에 여기 빨갱이가 산다고 말하는 바람에 이사까지 해야 했다. 어느 날 주인이 보증금을 방바닥에 던지며 방을 비우라고 통보했다.

"집이, 간첩이라며?"

굴보가 죽은 걸 아는 집주인은 니나를 보며 아가씨라고 할 수도, 과부라도 할 수도, 그렇다고 새댁이라고 할 수도 없어서 불특정한 인물을 지칭하는 '집이'라는 어정쩡한 호칭으로 불렀다. 이 방은 굴보와의 추억 저장소였다. 여길 떠나면 그 추억은 한 장의 사진으로만 남을 것이었다. 당장 방을 빼라는 주인의 단호한 말에 니나는 어쩔 수 없이 다시 벌집으로 내려왔다. 해가 들지 않고 지린내가 진동하는 일벌들의 공간으로.

이사한 후 아이를 데려왔다. 시아게사 이씨의 마음씨 좋은 아내는 아이가 기침을 심하게 하니 병원에 한번 데리고 가보라고 당부했다. 니나를 보자마자 울음부터 터뜨린 아이는 처음 그 모습처럼 퀭하니 말라 있었다. 하지만 병원은커녕 당장 끼니를 때울 보리도 없었다. 퇴직금과 밀린 월급 문제로 사장을 몇 번 찾아갔으나 부재중이거나 배 째라는 식이어서 번번이 허탕을 치고 돌아왔다. 지루한 싸움이 될 터였다.

옆집 여공들이 딱하게 여겨 나눠준 보리쌀 조금과 김치로 죽을 쑤어 아이에게 먹였다. 니나는 자리에 누워 내일은 공장을 떠나 다른 일이라도 알아봐야겠다고 생각했다. 이씨 아내의 말처럼 아이는 밤새 기침을 심하게 했다. 아침에 일찍 일어난 니나는 아이에게 따뜻한 물이라도 먹일 생각으로 부엌에 나갔다. 말이 부엌이지 미닫이 문 하나를 열면 나오는 한 평도 안 되는 공간이었다.

그곳에 기적이 일어났다. 쌀과 보리가 한 포대씩 놓여 있었던 것이다. 니나는 너무 배가 고파 헛것이 보이나 싶어 눈을 비비고 다시 보았다. 손에 잡히는 실물이었다. 문을 열고 밖을 두리번거리며 살폈다. 아무도 없었다. 분명 누군가 넣어놓은 것인데 우리 집이 맞을까. 니나는 이걸 먹어야 할지 말아야 할지 망설일 틈도 없었다. 아이의 기침이 발작처럼 시작됐기 때문이다.

다음 날 아침에도 기적은 계속되었다. 이번엔 김치와 달걀 한 판이었다. 이번에도 니나는 문을 열고 밖을 나가 이쪽저쪽을 살피다 형사와 눈이 마주쳤다. 니나를 감시하도록 배정된 형사였다. 니나가 어딜 가나 쫓아다녔다. 이젠 하도 따라다니니 정이 들 정도였다. 니나는 형사에게 다가갔다. 형사는 담배를 피우고 있었다.

"아저씨, 아저씨가 우리 집에 쌀이랑 김치, 달걀 넣어놨어라?"

니나의 말에 형사는 담배꽁초를 바닥에 눌러 끄며 말했다.

"왜? 내가 줬으면 버리게?"

니나는 대답하지 못했다. 마음 같아서는 바닥에 쏟아버리고 싶었지만 아이를 먹여야 했다. 입술만 깨물고 있는 니나를 보고 형사는 조소 어린 미소를 띠며 말했다.

"내가 왜 너한테 그런 걸 주겠냐?"

의외의 대답에 니나는 눈이 커다래졌다. 그럼 누가 우리 집에 그런 선물을 갖다놓는단 말인가.

"어떤 얼굴 해사한 놈이 드나들더만."

형사가 새 담배를 뽑아 물고 말했다. 골초였다. 그의 발밑으로 꽁초가 수북했다. 돌아서는 니나의 뒤에 대고 형사가 놀리듯 덧붙였다.

"인기가 좋으셔."

니나는 집으로 들어와 달걀 물을 풀었다. 찬장에서 새우젓을 꺼내 간을 했다. 갓 지은 밥에 씻은 김치를 종종 썰어 볶았다. 그렇게 아이에게 따뜻한 달걀찜과 김치볶음밥을 해 먹였다. 오랜만에 포식을 한 아이는 기침도 하지 않고 잘 잤다. 잠든 아이를 보며 니나는 알 것 같았다. 그 산타클로스가 누구인지.

선언

미자가 올라왔다. 한결 좋아진 얼굴이었다. 이번엔 꼭 법랑 냄비계를 완주하겠다는 결의를 다지며 상경했다. 지난번에는 고향에 내려가느라 중도 하차하며 굉장히 아쉬워했었다.

"그 담번이는 밍크 이불계도 타고 화장품계도 탈 거랑께. 그러크름 차근차근 준비히서 시집가야제. 왜, 최희준이 노래도 있잖애. 자가용 타고 친정 가세. 우리도 자가용 타고…"

니나 앞에서 노래를 흥얼거리던 미자는 아차, 하는 표정이 되었다. 니나와 미자 중간에서 아이가 자고 있었다.

"결혼은 뭐 혼자 허냐. 남자가 있어야 허제."

혼자 북 치고 장구 치고를 하며 종알거리던 미자는 니나의 표정을 살폈다. 불과 반년 만에 다시 보는 친구는 얼굴이 변해 있었

184

다. 분위기가 달라졌다는 게 맞는 표현이었다. 조용해졌다. 전에
도 말이 많은 건 아니었지만 늘 호기심이 많아서 눈빛이 반짝거
렸는데 이젠 그런 반짝임이 사라졌다. 막걸리의 가라앉은 침전물
같았다. 법적으로 혼인을 한 건 아니었지만 한때 부부였던 사랑
하는 사람이 죽었다. 그리고 그의 아이를 혼자 키우고 있었다. 어
떤 기분일지 미자는 상상도 할 수 없었다. 전화로 소식을 들었을
때 미자는 니나에게 가봐야겠다고 생각했다. 시골에서 좋은 공기
를 맡으며 충분히 휴식을 한 덕인지 서울 살 때에 비해 몸이 가벼
웠다. 하지만 마음은 무거웠다.

　미자의 고향은 서울에서 삼백여 킬로미터 떨어진 전라북도의
비옥한 땅이었다. 아버지는 전통적인 농부였다. 아버지의 할아
버지 때부터 대대로 농부로 살며 고향을 떠나지 않았다. 주렁주
렁 딸린 자식 덕분에 풍족하진 않았으나 먹고살 만했기 때문이
다. 하지만 어느 순간부터 극빈의 삶이 시작됐다. 정부가 미국에
서 쌀을 싸게 수입하는 바람에 농사일은 더 이상 수지가 맞지 않
았다. 그게 딸들이 도시로 올라와 제2의 가장이 되어야 하는 이
유였다. 무슨 일을 하든 딸들은 고향에 돈을 부쳤다. 미자가 돈을
못 보내자 남동생들이 학교를 그만두고 농사일을 돕고 있었다.
그 곁에서 마음이 편할 리 없었다. 미자는 니나가 아이와 둘이 지
내는 벌집으로 들어왔다.

　"애는 걱정허덜 말고 일 좀 알어봐야. 당장 밥은 먹어야제."

미자는 쌀독을 열어보더니 보리쌀이 한 줌 있는 걸 보고 한숨을 쉬었다. 방도 냉골이었다. 기침을 심하게 하는 아이를 보고 미자는 바로 폐결핵이라는 것을 알았다. 공장에서 흔한 병이었다. 불결한 환경과 영양실조, 환기가 안 되는 공기는 교차 감염을 일으켰다. 하지만 해고되는 것이 두려워 자신의 병을 쉬쉬 숨겼고 다들 알면서 모른 척해주었다. 그러다 급기야 미싱판 위에 각혈을 하며 쓰러졌다.

"약을 멕이얀디."

저 작은 몸이 독한 약을 이길 수 있을지 미자는 안쓰러웠다. 그보다 영양실조를 먼저 치료해야 하는 것은 아닌가 싶기도 하고. 미자는 자신의 이마를 짚으며 니나를 바라보았다. 얘는 팔자가 왜 이리 기구한가. 시다에서 재단사로 두 달 만에 초고속으로 승진할 때는 부러웠는데 지금은 그다지 좋은 팔자가 아닌 거 같았다.

굴보가 죽은 지 한 달 남짓, 니나는 아직도 실감이 나지 않았다. 하지만 배고픈 아이의 울음소리와 자신의 배 속에서 나는 꼬르륵 소리가 현실을 자각하게 했다. 시아게사 이씨가 니나의 사정을 알고 객공 일을 알아봐주었다. 니나는 할부로 중고 미싱 하나를 집에 들여놓았다. 당장 가진 돈이 없어서 첫 달은 머리카락을 끊어서 냈다. 동네에 가방과 가위를 가지고 다니면서 머리카락을 사가는 여자가 있었다. 미자도 자신의 머리카락을 팔았다. 턱선까지 잘린 머리카락 덕분에 허연 목이 드러나 추웠다. 두 여자는 자라목이 된 서로를 바라보며 오랜만에 웃었다.

니나는 공장에서 물건을 조금씩 떼어와 집에서 작업해 다시 공장으로 가져다주었다. 하청의 하청이므로 임금은 더할 나위 없이 적었다. 미싱 할부금을 내고 나면 라면 하나 살 수 있을까. 하지만 뭐든 해야 했다. 아이는 미자에게 맡겨놓고 니나는 공장들을 돌며 일거리를 받아왔다.

그날 이후 니나는 혜란과 나성을 비롯해서 다른 사람들의 소식을 몰랐다. 일부러 노조 사무실과 노동 교실 쪽을 피해 다녔다. 그 근처에 가면 굴보가 자꾸 생각나서 괴로웠다. 무의식적으로 그 방향을 피했으나 그날은 노동 교실 앞을 지날 수밖에 없었다. 오늘 안에 끝내야 한다고 신신당부를 받아서 마음이 급했다. 집에 빨리 갈 생각에 여느 때처럼 돌아가지 않고 최단거리로 가다 보니 그 현장을 보게 되었다. 하필 그날은 디데이였다.

경찰과 사복 차림의 남자들이 노동 교실 건물을 둘러싸고 노조원들과 대치 중이었다. 동원된 경찰의 수를 보니 전보다 투쟁 규모가 크다는 것을 알 수 있었다. 결전의 날인지 노조도 커다란 현수막을 4층 건물 창문에서 늘어뜨리고 준비를 단단히 한 것 같았다. 훗날 알게 되었지만 그날은 노동 교실의 임대차계약이 강제로 끝난 날이었다. 당국으로부터 압박을 받은 건물주는 임의로

계약을 종료하고 집기를 빼라고 통보했다.

　노조원들의 거센 저항을 예상한 경찰들이 아침부터 출동해 입구를 봉쇄하고 건물을 에워싸고 있었다. 멀리서 보기에도 어이없을 정도로 그 수가 어마어마하게 많았다. 경찰들의 허리띠에는 곤봉이 하나씩 꽂혀 있었다. 심지어 소방차까지 대기하고 있었다. 소방차는 왜 온 거지? 화재 발생을 선제적으로 막기 위해서? 반면에 노조원들은 빈손이었다. 두건과 현수막에 쓴 붉은색 매직 정도만 들고 있었다.

　노조원들이 건물 4층 입구에 재단판으로 바리케이드를 치고 경찰의 진입을 막자 경찰들은 바로 옆에 붙어 있는 옆 건물에 합판을 걸쳐놓고 진입을 시도하고 있었다. 앞서 다른 노조원들이 그 길로 들어갔던 모양이었다. 그때 한 노조원이 흥분해서 경찰들에게 들어오면 죽이겠다고 소리를 쳤다. 하지만 정작 피를 본 것은 자신이었다. 그는 깨진 유리 조각을 손에 쥐고 자신의 배를 그었다. 갈라진 피부 사이로 붉은 피가 주르륵 흘렀다. 붉은색은 모두를 흥분시켰다.

　"저 빨갱이 새끼들!"

　경찰이 신호를 하자 소방대원이 나와 호스를 풀었다. 건너편에서 보고 있던 니나는 안에 불이라도 난 건가 싶어 손에 땀이 났다. 하지만 소방 호스는 인간들을 향해 물을 뿜었다. 물대포였다. 창가에 있던 사람이 한 명씩 날아가는 게 눈에 보였다. 물대포는 그 위력이 얼마나 강한지 한번 맞으면 맞은편 벽까지 날아갔다. 맞은편이 창가였다면 아마 창밖으로 떨어졌을 거였다. 이렇게까지 해야 하나. 겨울이었다. 니나는 이 참담한 상황이 비효율을 떠나 비인간적이라고 생각했다. 니나가 생각하는 인간은 이런 게 아니었다.

그사이 경찰이 건물 안으로 들어가 바리케이드를 무너뜨렸다. 경찰에 의해 노조원들이 한 명씩 끌려나왔다. 이때는 사복을 입은 남자들이 투입됐다. 구경하는 사람들 말로 그들은 용역 깡패들이라고 했다. 그들은 경찰이 차마 할 수 없는 일을 했다. 이를테면 끌려 나오는 노동자들에게 똥물을 뒤집어씌우는 것. 도대체 어디서 가져왔는지 양동이 가득 인분이 준비되어 있었다. 한 명씩 팔다리가 끌려 나오면 얼굴에 냅다 인분을 끼얹었다. 맞은편까지 냄새가 진동했다.

"아니, 도대체 왜?"

니나는 눈앞의 이 현실이 기가 막히고 어이가 없어서 허공에 대고 질문했다. 그들의 의도가 다분히 읽혔다. 인격적으로 모욕감을 주겠다. 인간 이하의 맛을 보여주겠다. 그래서 다시는 이따위 짓을 못하게 만들어주겠다.

"이 똥물에 튀겨 죽일 새끼들아! 이 미친놈들아!"

두 남자에게 팔다리가 들려 끌려 나오면서 한 여자가 소리를 질렀다. 낯익은 목소리였다. 니나가 사람들을 헤치고 나갔다. 목소리의 주인공은 1번 오야였다. 오야는 본디 자신의 지랄 같은 성격대로 그냥 나오지 않았다. 저주를 담은 욕설을 해대자 용역들은 이년 봐라, 똥물 대신 몽둥이를 들었다. 오야가 두 눈을 꾹 감았다. 니나는 자신도 모르게 뛰어나갔다.

"도망쳐!"

그러곤 가지고 있던 원단을 머리를 짧게 밀어 빡빡머리인 남자의 얼굴을 향해 던졌다. 시야가 가려진 남자가 당황한 사이에 니나는 옆에 놓인 양동이를 들어 그의 얼굴에 확, 뿌렸다. 인분의 악취는 이미 거리를 뒤덮은 후였으나 자신에게 똥물이 날아올 줄은 몰랐던 남자는 분노로 두 눈에서 불꽃이 튀었다.

"야! 이 씨발년아!"

입에서 똥덩어리를 퉤, 뱉어낸 남자가 니나에게 달려들었다. 경찰은 뒷짐을 지고 이 광경을 구경 중이었다. 여자들이 제발 도와달라고 애원해도 경찰은 시끄러워!, 하고 소리를 치며 조용히 하라고만 윽박질렀다. 니나는 잽싸게 옆에 있는 경찰에게 달려가 곤봉을 빼들었다. 앞서 경찰이 하는 모양을 보고 곤봉은 위에서 잡아 뽑는 거라는 걸 알았다.

"뭐야, 안 갖고 와?"

얼결에 곤봉을 뺏긴 경찰이 니나에게 소리쳤다. 이젠 적이 두 명이 되었다. 빡빡머리 용역과 경찰이 니나를 덮치러 다가왔고 이제 곤봉을 빼앗기고 곤죽이 되도록 맞는 것은 시간문제였다.

그 와중에도 노조원들은 건물 밖으로 끌려 나왔고 용역들은 그들의 얼굴과 몸에 똥을 문질러댔다. 징그러운 시절이었다.

결국 니나는 곤봉 한번 못 휘둘러보고 빡빡이에게 잡혔고 세차게 뺨을 얻어맞았다. 몸이 한 바퀴 돌아갈 정도의 파워였다. 눈앞이 번쩍였다. 그걸 시작으로 빡빡이는 소매를 걷어붙였다. 너 오늘 잘 걸렸다, 를 행동으로 보여주고 있었다. 그사이 곤봉을 빼앗겼던 경찰도 화풀이로 니나에게 발길질을 한 차례 했고 그 바람에 니나는 무릎이 꺾였다. 아주 맞기 좋은 자세였다. 빡빡이가 머리를 노리고 이단옆차기를 시도하기 위해 폼을 잡는 순간, 그 순간이었다.

"야, 이 개노무 새끼들아!"

아수라장 사이를 찢고 나오는 날카로운 욕설이었다. 빡빡이는 이단옆차기를 하려다 말고 주춤 뒤를 돌아보았다. 그러다 그만 자신을 향해 날아오는 석유를 그대로 맞고 말았다. 그러니까 똥물에 이은 기름 세례였는데 인분과 기름의 만남이니 불만 붙이면 아주 활활 잘 탈 거 같았다. 그 앞엔 욕설의 주인공인 오야가 라이터를 횃불처럼 들고 서 있었다. 석유는 도대체 어디서 난 걸까. 니나는 어리둥절해서 오야를 올려다보았다.

"누가 누굴 구해준다카노, 니나 잘해라!"

오야는 니나를 향해 말했다. 어서 가라고, 도망치라고. 소리치는 오야를 보며 니나는 경찰을 뚫고 달렸다. 그리고 깨달았다. 그래, 내 이름을 지어준 건 오야였지, 오야가 잘하라고 했으니 잘해야 한다. 얻어맞은 통에 한쪽 귀에선 삐, 소리만이 들렸다. 그래도 니나는 죽을힘을 다해 달렸다. 아래에서 오야가 용역 깡패들을 상대로 석유통을 들고 대치하는 사이 4층에선 한 여자가 창가 난간으로 나와 매달렸다.

"가까이 오면 죽을 거야!"

여자가 소리를 질렀다. 목소리를 들으니 앳된 소녀였다. 정말한 손을 놓으면 바로 떨어질 기세였다. 물대포가 그쳤다.

"노동 교실 돌려달라! 우리도 사람이다!"

소녀는 정말 죽을 생각이었던지 말이 끝나자마자 바로 손을 놓았다. 헉, 소리가 절로 나왔다. 지켜보고 있던 모든 사람들이 숨을 죽였다. 하지만 간발의 차이로 건물 안 사람들이 그녀의 발목을 잡았다. 4층에서 거꾸로 대롱대롱 매달린 상태로 소녀는 소리 높여 울었다. 그 소리가 마치 짐승의 울음소리처럼 들렸다.

모두의 시선이 그쪽을 향해 있는 사이 니나는 옆 건물로 들어가 단숨에 4층까지 올라갔다. 경찰은 물대포가 시작될 때 입구에서 철수하고 없었다. 니나는 두 건물에 가로놓인 합판에 발을 디뎠다. 비교적 짧은 거리였지만 아래를 내려다보니 아찔한 높이였다. 니나를 발견한 건 창가에 있던 나성이었다.

"누나!"

소리를 죽인다고 낮게 불렀지만 경찰의 시선을 끌고 말았다.

"거기, 내려와! 위험해!"

경찰이 확성기로 회유하다가 물대포로 위협했다. 언제는 위험하다고 내려오라면서. 비틀비틀 한 걸음씩 내딛는 니나를 4층 창가에서 노조원들이 손에 땀을 쥐고 보았다. 드디어 가까워지자 나성이 손을 내밀어 니나의 팔을 잡았다.

"누나!"

나성이 니나를 잡으며 말했다. 니나는 숨을 몰아쉬며 나성에게 말했다.

"너 그 입 좀…"

"와요?"

"다물랑께."

니나가 나성의 팔을 잡고 숨을 고르면서 4층의 상황을 보니 처참함 그 이상이었다. 스무 명 남짓이었는데 대부분이 여자였다. 이 사람들 때문에 저렇게 많은 경찰이 모였단 말인가. 저들은 뭐가 두려운 걸까. 헛웃음이 나왔다.

물대포가 한차례 지나간 후 옷이 홀딱 젖은 사람들의 얼굴은 창백했고 입술은 파랬다. 유리 조각으로 자신의 배를 가른 남자는 바닥에 누워 있었다. 그의 얼굴은 훨씬 창백해 보였다. 입구에서는 재단판을 사이에 두고 노조원들이 경찰과 여전히 대치 중이었다. 니나는 사전적으로 알고 있는 단어를 떠올렸다. 전쟁. 전쟁이 있다면 이런 상황일까.

"여긴 왜 올라왔어요. 위험하게."

한 남자가 니나의 어깨를 잡고 흔들었다. 자세히 보니 석이었다. 오랜만에 보는 그는 완전히 다른 사람이 되어 있었다. 예전의 하얗고 귀티 나는 얼굴이 아니었다. 검게 그을린 거친 피부에 거뭇한 수염이 뒤덮여 길거리를 지나가는 여느 노동자와 다르지 않았다. 외모뿐 아니라 눈빛도 변했다. 절박하고 음울했다.

"노조에 가입할라고라."

니나의 말에 석은 피식 웃었다. 그 미소가 슬퍼 보였다. 머리카락에서는 아직도 물이 뚝뚝 떨어지고 있었다.

"막아!"

입구를 막고 있던 재단판이 흔들렸다. 남자 여자 할 것 없이 모두 입구로 몰려가 재단판을 밀었다. 석과 니나도 합세했다. 하지만 추위와 긴장감에 지친 노조원들은 열세였고, 곧 경찰들에 의해 문이 열렸다. 사복을 입은 남자들과 경찰복을 입은 남자들이 섞여서 쏟아져 들어왔다. 그들은 들어오자마자 곤봉과 쇠파이프를 휘둘렀다. 1층에서와 달리 무자비한 진압이 시작됐다. 1층에는 보는 눈이 있었다. 시민들이 있었고 기자도 두어 명 있었다. 하지만 여기에는 아무도 없다. 무방비인 사람들을 말 그대로 개 패듯 패며 끌고 갔다. 여기저기서 비명과 욕설이 터져나왔다.

"야! 너!"

한 용역이 쇠파이프로 니나를 가리켰다. 누군지 안 봐도 알 것

같았다. 분뇨 냄새가 확 끼쳤다. 빡빡이였다. 똥물과 기름을 뒤집
어쓴 몰골이 번들거렸다. 무엇보다도 눈빛이 분노로 번득였다.
멀쩡한 걸 보니 라이터는 켜지지 않은 모양이었다. 오야는 어떻
게 되었을까.

"썅년아, 너 오늘 죽었어!"

그는 쇠파이프를 들고 니나를 향해 달려왔다. 니나의 뒤로는
합판이 깔린 커다란 창뿐이었다. 죽도록 맞거나 4층에서 떨어지
거나 니나는 둘 중 하나의 기로에 섰다. 니나는 왜 자신에게 다른
능력이 없는지 처음으로 통탄했다. 순간적으로 괴력이 생긴다든
가, 염력으로 사물을 들어 올린다든가, 하다못해 불이나 물, 바람
을 끌어들이는 힘이 있었더라면. 기억력이 좋다는 것 외에는 아
무 능력이 없었다. 하지만 지금은 그렇게 한가하게 슬퍼하고 있
을 상황이 아니다.

빡빡이가 죽이겠다는 일념을 가지고 니나를 향해 뛰어오고 있
었다. 진압 대상에 비해 진압하려는 자들의 수가 너무 많았다. 노
조원 한 명당 경찰과 용역 두어 명이 매달린 상황이니 모두 맞거
나 피하기에 바빴다. 석도 두 명에게 붙들려 있었다. 뻥 뚫린 창
가를 등진 채 니나는 눈을 감는 대신 칠판지우개를 집었다. 옆에
잡히는 게 그것뿐이었다. 그리고 하얀색 분필 가루를 잔뜩 머금
은 칠판지우개를 빡빡이를 향해 힘껏 던졌다. 정통으로 얼굴에
맞았는데 그러자 그의 몰골이 정말 볼만했다. 똥과 기름과 하얀

분을 덧칠한 얼굴이란. 이런 급박한 상황만 아니면 배꼽을 잡고 웃을 거 같았다. 하지만 지금은 아니다. 분노 게이지가 머리끝까지 오른 남자가 니나의 멱살을 잡았다. 그리고 구석에 집어던졌다. 니나는 종잇장처럼 구겨졌다.

"이 쥐새끼 같은 게 요리조리 잘도 도망 다닌다? 넌 이제 끝났어."

그는 쇠파이프를 머리 위로 치켜들었다. 니나는 급하게 손을 디듬었지만 주위에 잡히는 것은 아무것도 없었고 완력으로 남자를 상대하기엔 역부족이었다. 니나는 눈을 부릅떴다. 할 수 있는 게 그것뿐이었다. 빡빡이가 머리 위로 치켜든 쇠파이프를 내려치려는 찰나. 그의 몸이 옆으로 꺾이며 넘어졌다. 누군가 남자의 옆구리를 밀고 들어온 것이다.

"누나, 도망치래요!"

나성이었다. 하지만 어디로 도망간단 말인가. 입구는 경찰이 막고 있고 창가에는 물대포의 십자포화에 무방비인 합판만 걸쳐져 있을 뿐이었다. 그때 빡빡이가 벌떡 일어나 이 새끼는 또 뭐야, 하며 나성의 얼굴로 주먹을 날렸다. 나성은 그대로 나가떨어졌다. 날쌔지만 키가 작은 나성은 성인 남성의 상대가 되지 않았다.

그래도 나성은 벌떡 일어나 요리조리 피했는데 그게 마치 그를 약 올리는 것처럼 보였다. 니나는 조마조마한 심정이 되어 나성을 보고 있었다. 화가 머리끝까지 난 빡빡이가 몸을 던져 나성을 잡았다. 그리고 발로 차기 시작했다. 나성의 복부를, 허리를, 허벅지를 되는대로 차고 그걸로도 성에 차지 않는지 쇠파이프를 들어 때렸다. 화가 풀릴 때까지 때리겠다는 심산 같았다. 그는 이제 용역을 받아서가 아니라 개인적인 감정으로 폭력을 행사하고 있었다. 니나가 그의 허리를 잡고 매달렸다. 그래도 그는 아랑곳 않고 쇠파이프를 휘둘렀다. 나성은 몸을 최대한 동그랗게 말고 폭력의 시간을 견디고 있었다. 그러다 퍽, 소리가 났다. 빡빡이의 손이 움찔, 멈췄다. 나성의 머리에서 선혈이 흘렀다.

"나성아!"

니나가 나성에게 달려가자 나성의 눈꺼풀이 파르르 떨리는 게 보였다. 머리에서 피가 걷잡을 수 없이 쏟아졌다. 정확히 어디가 깨진 건지 알 수 없을 정도로 피범벅이 되었다. 곧이어 콧구멍에서도 피가 흘렀다. 눈동자는 풀렸고 몸이 경련을 일으켰다.

"정신 차리랑께!"

죽지 마. 제발 죽지 마. 니나가 마음속으로 외치며 나성의 머리를 안았다. 소리 내 말하면 정말 죽을까봐 겁이 났다. 빡빡이는 재수 없다는 듯이 카악, 가래를 올려 뱉더니 슬그머니 자리를 피했다. 나성이 뭔가 말을 하려는 듯 니나의 눈을 쳐다보며 손을 꽉 잡았다. 그러나 거칠었던 숨소리는 점점 낮아졌다. 그럴수록 니나는 나성의 손을 힘주어 잡았다. 나성은 부르르 경련을 한 번 하더니 미동이 없었다. 한순간에 벌어진 일이었다.

"나성아, 나성아."

불러도 소용없었다. 니나는 느껴졌다. 온몸에서 삶의 모든 게 빠져나가고 있는 것이. 피와 숨, 온기와 눈빛, 다정한 목소리가. 그의 뜨거운 피가 니나의 몸을 적셨다. 니나는 나성을 안은 채 고개를 들었다. 여전히 경찰과 용역들은 몽둥이를 휘두르며 사람들을 내리치고 있었다. 바닥에 나뒹굴고 무릎을 꿇고 빌어도 발길질을 멈추지 않았다. 피가 튀기고 신음과 비명이 흘렀다. 니나는 이 기괴하고도 처연한 눈앞의 상황이 믿어지지 않았다. 이 모든 게 슬로모션처럼, 무성영화의 한 장면처럼 보였다. 그 위로 낯익은 멜로디가 흘렀다.

나성에 가면 편지를 띄우세요
사랑의 이야기 담뿍 담은 편지
나성에 가면 소식을 전해줘요
하늘이 푸른지 마음이 밝은지
즐거운 날도 외로운 날도 생각해주세요
나와 둘이서 지낸 날들을 잊지 말아줘요
나성에 가면 편지를 띄우세요
함께 못 가서 정말 미안해요
나성에 가면 소식을 전해줘요

안녕 안녕 내 사랑

나성은 니나에게 말했다. 자신에게 폭력을 행사한 사람들에게
화가 나야 한다고. 그들을 미워해야 한다고. 그리고 이런 현실에
슬퍼해야 한다고. 니나는 나성의 말들을 기억했다. 니나는 나성
의 얼굴을 바라보았다. 콧잔등을 찡긋, 웃으며 일어날 것만 같았
다. 하지만 주근깨는 모이지 않았다.

니나는 나성을 바닥에 반듯이 눕히고 일어났다. 니나의 옷은
나성의 피로 붉게 물들어 있었다. 니나는 창가로 가서 합판을 잡
아당겼다. 그리고 손을 놓자 합판이 아래로 소리를 내며 떨어졌
다. 그 바람에 아래에 있던 사람들의 시선이 위로 쏠렸다. 니나는
창문 옆 파이프를 잡고 창틀에 올라섰다. 아래에서 올려다보던
사람들이 어어, 하며 웅성거렸다. 오른손을 놓으면 바로 아래로
떨어지는 상황이었다.

"저건 또 뭐야, 내려와!"

경찰이 확성기로 소리를 질렀다. 아래를 내려다보니 여전히
많은 경찰들이 대기 중이었다. 맨손의 노조원들은 양손과 양팔을
잡힌 채 질질 끌려갔다. 사진을 찍던 기자들도 사진기를 빼앗기
고 구타당했다. 왜 이렇게까지 해야 하는 걸까. 니나의 마음속에
분노와 슬픔, 미움 그리고 상실감이 깃들었다. 그 감정들은 너무
처절해서 절대 잊힐 거 같지 않았다. 나성은 끝까지 훌륭한 스승

이었다.

"내려와. 다시 한 번 말한다."

경찰이 확성기로 말하다가 이번엔 내려놓고 소리를 질렀다.

"너 하나 죽는다고 뭐 달라질 거 같아?"

오늘은 이게 전부다. 충분하지 않지만 적어도 너희에게 알려 주겠지. 우리가 아직 싸우고 있다는 사실을. 니나는 다리 한쪽을 들었다. 그리고 한쪽 손, 한쪽 다리로만 서자 구경하던 시민들과 경찰들이 어어 하며 동요했다.

니나는 머릿속으로 보고서를 작성했다. 지구인은 폭력적이고 비효율적인 종이다. 그리고 덧붙였다. 지구에서의 생존은 실패로 끝났다. 그러다 나성의 얼굴이 떠올랐다. 오야, 혜란, 미자 그리고 굴보의 얼굴도. 니나는 잠시 후 보고서에 덧붙였다. 모두가 그런 것은 아니다. 하지만 지구는 가망이 없다. 더 이상 생존을 위한 욕망이 느껴지지 않았다. 니나는 파이프를 잡은 자신의 손을 보았다. 이것은 비효율적인 일이다. 하지만 인간은 효율만으로 움직이는 존재가 아니다. 때론 불의와 싸우기 위해 목숨을 바치기도 한다. 그렇다면 지금 나는 인간인가.

"노동자도 인간이다!"

니나는 힘껏 외치며 파이프를 잡았던 손을 놓았다.

"안 돼!"

그때, 누군가 니나의 손목을 잡았다. 석이었다. 한 손으로 파이프를 잡고 한 손으로는 니나를 잡고 있었다.

"그렇게 가지 마요."

석이 절박한 눈빛으로 니나를 바라보았다. 니나는 그런 석을 말없이 쳐다보다 물었다.

"우리 집에 쌀 갖다놨어라?"

석은 말없이 미소를 지었다. 그 미소는 너무 서글퍼서 웃는다기보단 울기 직전의 표정 같았다. 역시 이 사람이 빨갱이였구나.

"고맙소이."

덕분에 정서적 아사를 면할 수 있었다. 그런 와중에 두 사람을 매단 낡은 파이프가 요란한 소리를 내며 휘고 있었다. 의지와 상관없이 곧 떨어질 거 같았다.

"크리스마스 때 뭐 해요?"

석이 물었다. 그 전에 죽지 않을까. 니나는 지금 약속을 잡을 수 있는 상황인가를 생각했다.

"천국에 있지 않을까라?"

천사들과 함께 보낼 거 같았다.

"우리, 살아요."

석은 니나의 눈을 보며 말했다. 손목을 잡은 손이 점점 미끄러지고 있었다. 살 수 있을까. 니나는 아래를 쳐다보았다. 고개를 들어 자신들을 보고 있는 사람들이 아주 작아 보였다. 석은 경찰을 향해 외쳤다.

"나는 서울대 법대생 오석이다!"

그러자 경찰이 화답했다.

"나는 의대생이다, 새꺄!"

자기들끼리 낄낄거렸다. 하지만 석이 학번과 법대 교수들 이름을 줄줄이 대자 경찰들이 웅성거렸다. 녹슨 파이프는 이제 바깥쪽으로 점점 기울고 있었다. 그 아래에서는 경찰들이 열띤 대화 를 나누었다.

"진짠가본데?"

나이가 지긋한 고참 경찰이 말했다.

"그냥 떨어지라 그러죠."

그보다 젊어 보이는 중고참 경찰이 말했다.

"서울대라잖여! 내일 아침 신문에 나고 싶어?"

다시 고참 경찰이 말했다.

"에이씨, 하라는 공부는 안 하고."

다시 중고참 경찰이 말을 받았다.

"서울대든 뭐든 사람이 떨어지는데 그게 중요해요?"

이번엔 파릇한 신참 경찰이 대들듯 말했다. 요즘 것들은 참 무서운 게 없다. 고참 경찰이 그런 신참을 보곤 카악, 가래를 긁어 올려 뱉으며 말했다.

"그럼 뭣이 중헌디?"

이런 대화가 오가는 사이에도 파이프는 점점 기울어서 니나와 석은 곧 떨어질 참이었다. 두 명을 지탱할 수 없었다. 니나는 석에게 잡힌 손목을 빼려고 했다. 하지만 석은 니나의 손을 놓지 않았다. 오히려 파이프를 잡고 있던 자신의 손을 놓았다. 두 사람은 함께 추락했다. 바닥을 향해.

3부

2024년

실종

엄마가 사라졌다. 핸드폰도 지갑도 탁자에 있었다. 홀연히 증발했다는 표현이 맞았다. 어제 점심 이후 엄마와 연락이 안 됐다. 밤에도 들어오지 않자 장수는 경찰에 실종 신고를 했다. 경찰은 이것저것 묻더니 기다려보라고 했다. 장수는 햄버거를 씹었다. 오늘의 저녁식사다. 집 앞에 새로 오픈한 가게에서 50퍼센트 할인 행사 중이었다. 수제 버거라더니 패티에서 탄 맛이 났다. 장수는 콜라를 쭉 들이켠 후 트림을 했다. 엄마가 말도 없이 이렇게 장시간 집을 비우는 일은 처음이었다. 처음엔 의아하다가 나중엔 초조해졌다. 무슨 일이라도 생긴 걸까. 마음속에 하나 집히는 게 있기는 했다. 장수는 핸드폰을 들어 인터넷 창을 열었다. 그리고 망설이다 질문을 남겼다.

질문: 현대 아반떼 타고 일 광년 가려면 얼마나 걸리나요.

엄마가 몰던 아반떼는 연식 이십 년이 넘은 똥차다. 핸드폰과 지갑은 탁자 위에 얌전히 있는데 집 앞의 자동차만 사라졌다. 앞집 아줌마가 엄마가 타고 나가는 것을 목격했다고 했다.

- 그럼 실종이 아니라 가출하신 거 아니야?

- 가출?

환갑이 넘은 나이에 가출이라면 출가에 가까운 거 아닌가. 하지만 엄마는 무교인데.

- 우선 핸드폰을 안 갖고 가셨다면 연락을 받기도, 하기도 싫다는 무언의 메시지잖아.

- 지갑은?

- 지갑은…

은희가 말을 하려다가 입을 닫는 게 그려졌다. 그 의미를 알 것 같았으나 이해가 안 됐다. 엄마가 뭐가 아쉬워서. 어제까지 나랑 예능 보면서 보쌈에 소주도 먹었는데. 생굴 사오라고 신신당부했는데 빼먹어서 화가 난 건가. 그거 안 사왔다고 가출을 한다고? 장수는 입술을 뜯었다. 초조하면 나오는 버릇이었다.

- 원래 사람 속은 모르는 거야.

은희는 의미심장한 문자를 남기고는 더이상 아무 답도 하지 않았다. 요즘 들어 장수와 은희는 통화도 잘 안 하고 문자만 주고

받는다. 통화를 하다보면 감정이 격해지고 다투기 때문이다. 은희가 두문불출한 지는 석 달이 되어간다. 마지막으로 본 건 약 한 달 전, 약속 장소에서 지나쳤는데 못 알아봤다. 그동안 십 킬로그램이 쪘다고 했다. 잠시 후 답변이 달렸다는 알람이 울렸다.

안녕하세요. 아반떼로 일 광년을 가신다고요. 우선, 광년은 빛이 일 년 동안 나아가는 거리로 지구 일곱 바퀴 반을 도는 것을 의미합니다.

빛의 속도(광속) = 299,792.458(km/s)

= 약 초속 30만 킬로미터

A = 빛의 일 년간 이동 거리(광년)

= 빛의 속도 x 60(초) x 60(분) x 24(시간) x 365.25(일년의 일수)

= 9,460,730,472,580.8(km)

= 약 9조 4,600억 킬로미터

B = 아반떼 시속 100km로 일 년간 이동한 거리

= 100(km) x 24(시간) x 365.25(일)

= 876,600(km)

빛의 일 년간 이동 거리(A) ÷ 아반떼 시속 100km로 일 년간 이동한 거

리(B) = 아반떼가 일 광년에 다다를 동안 걸린 시간(단위는 년)

= 9,460,730,472,580.8(km) ÷ 876,600(km)

= 약 1천 79만 년(10,792,528.488년)

답변: 졸라 멉니다.

그렇군. 졸라 멀다. 가기도 전에 아반떼는 퍼질 것이다. 엄마는 상수가 기억하는 어린 시절부터 자신은 지구인이 아니라고 했다. 이 말을 할 때는 누가 들을까 주위를 두리번거리며 은밀하게 얘기했는데, 그런 것치고 너무 자주 말하는 바람에 신빙성도 없고 비밀스럽지도 않았다. 이를테면 이런 식이었다.

"노장수, 잘 들어라잉. 실은 엄니, 지구인 아니여."

"알아, 외계인이잖아."

"아무헌티도 말하면 안 된다잉. 비밀이니께."

"걱정 마. 누가 믿겠어."

"어느 날 엄니가 사래져두 너무 놀라덜 말고. 우덜 행성에서 날 데불러 올 거시니께."

"지금 나 협박하는 거야?"

"언제 올란지 몰라서 그래야."

"그건 그때 가서 얘기하자고."

그런데 정말 이런 날이 올 줄 몰랐다. 장수가 이 말을 처음 들었던 것은 일곱 살 때였다. 하필 그날 유치원에서 같은 반 애를 흠씬 때리고 온 날이었다. 사십대 중반이 훌쩍 넘은 엄마가 유치원으로 불려왔다. 흰머리가 희끗한 엄마가 장수는 어린 나이에도 부끄러웠다. 장수는 쟤가 먼저 놀렸다고 울면서 말했다.

"뭐시라고 놀렸깐디."

엄마의 물음에 장수는 씩씩거리다가 대답했다.

"아빠 없다고."

그 말에 엄마는 콧방귀를 뀌었다.

"시방이 어떤 시상인디 촌시럽게."

당시는 4인 가족을 가장 이상적인 가족의 형태라고 생각하던 보수적인 시절이었다. 미혼모의 자식은 누가 봐도 눈에 띄었다.

"니는 내가 가심으로 낳은 자슥이여야. 전문용어로다 업둥이제."

엄마는 쿨하게 말하곤 했다. 업둥이이자 늦둥이. 둘 다 별로였다. 하지만 엄마는 별게 다 비밀이네, 하며 태생의 비밀을 별스럽지 않게 말했다. 엄마가 그러니 장수도 별거 아닌가보다 크게 신경 쓰지 않고 자랐다.

어쨌든, 같은 반 애를 흠씬 때리고 들어온 그날 엄마는 아들을 나무라지 않았다. 다만, 자신이 외계인이라고 커밍아웃했다. 그것은 말을 안 들으면 너 두고 나는 내 고향 별로 돌아갈란다 식의 반협박으로 들렸다. 하지만 시간이 흐르면서 그 말은 자주 반복되었고 더 이상 먹히지 않았다. 사춘기 때는 지겨웠고 철이 들어서는 엄마에게도 고단한 일상에 대한 도피처가 필요한 건가 싶었다. 그리고 엄마가 노년에 접어든 지금은, 솔직히 치매가 걱정됐다. 육십대 중반에 치매라니. 주민등록상으로는 딱 육십이었지만 실제로는 다섯 살이 더 많다고 했다. 어느 날 하늘에서 뚝 떨어졌기 때문에 등록이 안 되어 있는 무연고자로 살다가 스물다섯 살에 주민등록증을 새로 만들었다. 그러면서 나이가 오년 줄었다나.

어쨌든 정말 엄마가 사라진 것이다. 커밍아웃을 한 이래로 십팔 년 만의 일이었다. 군대 다녀온 후 착실하게 취업해서 꼬박꼬박 월급도 상납하고 있는데. 정말 엄마는 자기 별로 돌아간 것일까. 이렇게 갑자기? 말도 없이? 아무리 가슴으로 낳은 사이라고 이러긴가. 아니다. 엄마는 이렇게 의리 없는 사람이 아니다. 오히려 사고가 났을 가능성이 높았다. 경찰은 엄마의 차를 추적 중이라고 했다. 장수는 엄마의 친구들에게 연락을 돌렸다.

연락을 돌리자마자 엄마 친구들이 집으로 들이닥쳤다. 미희, 덕이, 정이 아줌마였다. 혜란 아줌마는 여전히 벌판에서 동료들과 운동 중이었다. 얼마 전 뉴스에도 나오던데. 그걸 아줌마는 스포츠 노동이라며 웃으며 말했다. 엄마 친구들은 이름이 '이' 자로 끝나는 경우가 많았다. 솔직히 덕이, 순이, 정이 아줌마가 떼로 몰려다니는 걸 봤을 때 길거리 좌판에서 파는 떡튀순이 떠올랐다. 실제로 정이 아줌마는 광장시장에서 떡볶이, 튀김, 순대 그리고 장수가 좋아하는 부침개를 팔았다. 정이 아줌마는 집에 놀러올 때마다 부침개를 종류별로 싸서 왔는데 덕분에 집에 들어서는 순간, 강렬한 기름 냄새로 아줌마의 방문을 알 수 있었다.

"엄마 친구들은 이름이 다 왜 그래?"

"이름이 어때서?"

엄마는 오히려 되물었다.

"왜 하나같이 덕이, 정이, 순이야? 참, 미희 아줌마도 있지."

그제야 엄마는 그게 개명한 이름이라고 알려주었다. 개명한 거라고? 장수는 한 번 더 놀랐다. 원래 이름은 덕자, 정자, 순자, 미자인데 재수 없다고 이름에서 '자' 자를 빼버렸다고 했다.

"이왕 개명할 거면 아예 이름을 바꾸지."

"그러면 과거를 지우는 거 같아서 그건 또 싫다대?"

과거? 과거라고 할 만한 사연들이 있나. 아줌마들은 주말이면 등산복을 입고 산에 오르는 대한민국의 여느 중장년층처럼 적당히 촌스럽게 화려했다. 시장표 물건들로 우아를 연출했지만 그게 또 그렇게 어설퍼 보여서 웃음을 자아냈다. 그런 이름들 속에서 엄마의 이름만 유독 튀었다. 니나.

"1960년생치고 너무 발랄한 거 아냐?"

장수가 그렇게 물을 때마다 엄마는 항상 이렇게 대답했다.

"니나 잘하세요."

그러곤 깔깔깔 웃었다. 하긴 장수는 자신의 이름을 생각하지 않을 수 없었다. 노장수. 아줌마들의 증언에 따르면 돌잡이 때 장수는 실을 잡았다고 한다. 강제로.

"원래 넌 엽전을 잡으려고 손을 뻗었어. 그런데 네 엄마가 손등을 탁 치더니 강제로 실을 쥐여줬지."

그러자 당황한 석이 아저씨(이 짠한 아저씨에 대해서는 후에 서술하겠다)가 돌잡이는 그렇게 하는 게 아니라고, 아이의 운명을 그렇게 정해서는 안 된다고 진지하게 조언했다고 한다. 하지만 엄마가 누군가. 그런 소리는 씨알도 먹히지 않았다.

"이승에 없다면 돈이 다 뭐당가요. 돈은 있다가도 없고 없다가도 있는 법이제."

당당하게 말하는 이런 엄마에게 석이 아저씨는 다시 한 번 반하게 되었다는 슬픈 사연도 함께 딸려온다. 어쨌든 '장수'를 지구상 최고의 미덕으로 여기는 엄마 덕에 이름까지 장수가 되어버렸다. 하지만 왜 하필 성이 노씨냐고. 노장수. 이런 아이러니한 이름을 짓고 엄마는 또 한 번 깔깔깔 웃었다고 한다.

하지만 엄마의 예언대로 돈은 있다가도 없고 없다가도 있는 게 아니었다. 없는 사람은 계속 없는 거였다. 엄마 친구들은 여전히 미싱을 타고 있거나(반백 년을 타고 있는 사람도 있었다) 건물청소를 하거나 식당을 운영했는데 누구 하나라도 가계가 벌떡 일어섰다는 사람을 본 적이 없다. 다 고만고만하게 먹고살 정도였다. 그중에 엄마는 그래도 나은 편이었다. 외계인 신분으로 대한민국의 임대인이 된 첫 사례일 테니까. 흐름을 잘 타서 대출을 끼고 다세대 주택을 샀다. 그리고 그 대출금은 이십 년에 걸쳐 갚았다. 말이 좋아 임대소득이지 낡은 빌라는 손볼 때가 많아서 소득보다 지출이 더 많을 지경이었는데도 엄마는 이 집을 고수했다. 솔직히 장수는 이사 가고 싶었으나 엄마는 매번 때가 아니라고 했다.

"니나가 집을 나가부렸다고?"

미희 아줌마가 제일 먼저 들어서며 말했다. 이 아줌마의 본명은 미자라고 했다. 엄마의 절친이다. 재단사 남편과 창신동 가정집 공장에서 여전히 미싱을 타고 있다. 엄마를 만나러 올 때마다 이젠 눈이 가물거리고 손이 저려서 못하겠다고 말했지만 아직까지 하고 있다.

"집을 나간 게 아니라 실종됐다고요. 어제부터 연락 두절이에요."

"아, 그래?"

미희 아줌마는 별거 아니라는 식으로 이거 좀 먹어봐라, 하며 고구마를 한 아름 안겨주었다. 시골에서 보내온 거라고 했다.

"니는 요즘 우찌 사는데? 일은 할 만허고?"

대뜸 장수의 안부로 넘어갔다. 저는 괜찮은데 엄마가… 하다보니 덕이 아줌마가 도착했다. 이 아줌마의 별명은 차순, 지금은 택시 기사다. 장수는 이 아줌마한테 도로 주행을 배웠던 악몽이 있다. 모도시! 모도시! 그날 하루 종일 모도시를 얼마나 들었는지 꿈에서도 나왔다.

"니나가 집을 나갔다고?"

"아니 그게 아니라 실종됐다고요. 어제부터 연락 두절이에요."

"아, 그래?"

덕이 아줌마도 뭔가 검은색 비닐봉지를 한 아름 안겨주며 냉장고에 넣어놓으라고 말했다.

"운전은 잘하지?"

어깨를 툭 치며 아줌마가 쿨하게 말했다. 그럼요. 제가 배달하는 택배가 하루에 몇 개… 하고 있으니 이번엔 정이 아줌마가 들어왔다. 한번에 좀 같이 오지, 이 아줌마들이.

"장수 임마, 요 큰 것 좀 보소. 잘 지냈나?"

정이 아줌마가 임마 점마를 찾으며 들어섰다. 입이 좀 거친 이 아줌마를 엄마는 오야라고 불렀다. 말빨로만 보면 두목이 맞았다. 정이 아줌마는 어딘가 아우라가 있었다. 말대꾸를 하면 한 대 맞을 거 같았다.

"니나가 집을 나갔다고?"

"아니, 그게…"

장수는 한숨을 쉬며 아줌마들을 모두 앉혀놓고 어제부터의 일을 브리핑했다. 핸드폰과 지갑을 두고 차를 타고 사라졌다고. 경찰이 지금 추적 중이라고.

"지 발로 타고 나갔담서? 그럼 지 발로 들어오겄제."

"그래, 누가 납치한 것도 아니고. 지 발로 나갔다면서 뭐."

"걱정 마라, 느그 엄마, 4층 높이에서 떨어져도 살아난 사람 아이가. 어델 가도 산다카이."

한마디씩 하고 나서 아줌마들은 우리 집에 온 목적은 잊어버린 채 주인 없는 집에서 자기들끼리 수다를 떠느라 바빴다. 모처럼 연차를 낸 장수는 엄마 친구 접대로 바쁜 자신을 보며 내가 왜 이들을 불렀을까 속으로 후회했다.

"냉장고에서 맥주 좀 가져와라."

차순 아줌마가 검은 비닐봉지에 담아 한 아름 안겨준 것은 맥주였다. 그걸 시작으로 아줌마들은 낮술을 시작했다. 텔레비전을 틀어놓고 한참을 떠드는 아줌마들을 보니 엄마가 혹시 어디 있는지 알고 있는 거 아닌가 하는 생각이 들 정도였다. 그렇지 않고서야 이렇게 태평할 수 있단 말인가.

"쟤 3번 시다 아이가?"

오야 아줌마가 티브이에 바짝 다가가며 말했다. 8시 뉴스였다. 이젠 좀 가시라고 말하고 싶었으나 아줌마들은 냉장고에 있는 걸 싹 털어먹으며 모처럼의 회포를 풀었다.

"맞네, 내 시다 하던 애. 언니는 눈도 좋다."

미희 아줌마가 무릎을 치며 맞장구를 쳤다. 티브이를 보니 한 국회의원이 국정 발언 중이었다.

"많이 컸다, 쟤."

"크기는, 여전히 난쟁이 똥자루인디. 그나저나 저러다 대통령 이라도 되는 거 아이것제?"

대통령은 아무나 하나? 요즘 보니까 아무나 하는 거 같던데? 하긴, 사람 팔자 모르는 거더라. 청와대 구경 갈 수 있을까. 우리 를 알아볼까. 모른 척하겠지? 모른 척은 무슨, 기억이나 하겠어? 그래도 내가 쟤 몇 번을 가르쳤는데. 하여튼 일머리는 참 없었어. 다들 무슨 소리 하는 거야. 청와대 개방된 지가 언젠데. 아, 그러 네. 맞네. 깜박했네. 아무 때나 갈 수 있는 데를. 꼭 아는 사람이 뭐라도 되면 덕 좀 볼라고. 하여튼, 거지 근성.

병풍 같은 대화가 한참을 계속되다가 흥분하면 사투리가 튀어 나오는 차순 아줌마가 발끈했다.

"이기 무슨 거지 근성이노. 친화력이제!"

성격이 화끈한 차순 아줌마는 친화력도 상당했다. 내한한 미 국 대통령과 멀리서 눈만 마주쳤어도(마주쳤다고 느꼈더라도) 백 악관까지 찾아갈 양반이었다. 결국 아줌마들은 알딸딸한 상태로 9시 뉴스까지 다 챙겨본 후 자리에서 일어났다. 정말 긴 하루였 다. 장수는 내일은 석이 아저씨에게 가봐야겠다고 생각하며 잠 들었다.

장수는 출근하기 전 옆집인 석이 아저씨네 초인종을 눌렀다. 이른 시간이었지만 아침형 인간인 아저씨는 이미 모닝커피까지 다 마시고 설거지 중일 것이다. 석이 아저씨, 이 아저씨로 말하자면 좀 애잔한 캐릭터다. 삼십 년 전, 버티고 버티다 집안의 결정을 거스르지 못하고 부모가 정해준 여자와 결혼했다. 그리고 몇 해 전 퇴직과 함께 이혼했는데, 그때 아저씨 표현에 따르면 '드디어 해방'이었다. 집과 차와 연금까지 탈탈 털어주고 나서야 놓여날 수 있었다. 그리고 장수 옆집으로 이사를 왔다. 엄마는 늘 그렇듯 오셨소, 한마디 했을 뿐인데, 알은체만 해줘도 이 아저씨는 감지덕지다. 그 정도로 우리 엄마가 매력 만렙인가. 장수는 고개를 갸웃했다. 난 잘 모르겠는데. 아무리 잘 봐줘도 엄마는 대한민국의 육십대 여성 표준 그 이상, 그 이하도 아니다.

고등학교 교장 선생님을 지낸 석이 아저씨는 인격적으로도 훌륭했다. 만날 때마다 용돈을 준다. 장수가 성인이 된 이후에도 얼굴을 보면 지갑부터 꺼냈다. 엄마는 이런 아들을 보며 양심도 없다고 했지만 장수 생각은 달랐다. 어릴 때부터 반복된 것에 대한 학습이랄까. 그런데 저렇게 훌륭한 분이 왜 우리 엄마를? 욕도 얼마나 찰지게 잘하는지 엄마는 동네에서 알아주는 욕쟁이다. 어쨌든 교양이 있다고는 말 못하겠다. 장수는 석이 아저씨를 볼 때마다 미스터리하게 느껴졌다.

"너희 엄마 대단한 양반이다. 미적분, 함수를 술술 푼 사람이
야. 자전을 통째로 외웠다고."

"엄마가요?"

"그럼."

엄마는 매년 장수에게 "너 몇 살이지?" 하고 물었다. 그러다
장수가 어느 날은 "내 이름은 알아?"라고 묻자 또 깔깔깔 하고
웃었다. 혹시 몰라서 웃어넘기는 거 아닌가, 하는 생각이 들 때도
있는데 그런 사람이? 아무튼 석이 아저씨는 다른 사람과 헛갈리
는 게 분명하다.

문이 열리고, 이 시간에도 면바지에 남방을 깔끔하게 차려입
은 석이 아저씨가 얼굴을 내밀었다.

"장수, 출근하는구나."

"아저씨, 우리 엄마 실종됐어요."

급한 마음에 인사도 잊고 엄마가 사라졌다는 이야기를 했는데
자초지종을 들은 석이 아저씨의 반응은 의외였다.

"돌아올 거야."

엄마에 대해서라면 일거수일투족을 다 예민하게 반응하는 사
람이 이런 초유의 사태에 대해서는 갑자기 대인배가 됐다. 아저
씨 왜 그래요.

"니네 엄만 지구 떠나서는 못 산다. 한국 사람 다 됐어."

아저씨도 엄마의 정체를 알고 있다는 말인가.

"아무튼 걱정 말고 기다려라. 자기 발로 올 테니."

하지만 장수는 걱정이 됐고 엄마를 찾으러 나서는 생고생을 시작했다.

별

그때 엽전을 잡게 그냥 두지… 장수는 1.5리터짜리 생수 열두 개를 엘리베이터 없는 4층 빌라까지 이고 오르면서 속으로 궁시렁댔다. 끙 소리가 절로 났다. 그랬더라면 인생이 바뀌었을까. 힘을 썼더니 이마로 땀이 흘렀다. 찬바람이 불면서 점점 해 뜨는 시간이 늦어지고 있다. 장수는 빌라 앞에 세워둔 택배 차에 타면서 하늘을 보았다. 아직 별이 보였다.

현재 우리가 보는 모든 별은 과거의 별이다. 따라서 지금도 과거를 보는 중이다. 엄마는 날이 좋을 때나 궂을 때나 늘 하늘을 올려다보았다. 고향 별에서 날아올 우주선을 기다렸던 것일까. 이제는 장수도 매일 별을 본다.

별은 항상 다섯 개다. 고객들이 서비스를 측정하는 단위다. 장수는 자신과 같은 일을 하는 사람들을 플랫폼 노동자라고 부른다는 사실을 알았다. 뭔가 거창한 이름이다. 별점이 조금이라도 낮으면 다음 날 일하는 데 지장이 있다. 개미지옥에 떨어지거나 똥짐 처리반이 되기 때문이다. 도대체 어떤 이유로 별점이 깎였는지 알 수 없다. 누가 나에게 이런 시련을 내리는지도 따질 수 없다. 그냥 알고리즘에 의한 AI의 결정이라는 말이 나올 뿐이다. 어디 있는지도 모르는 AI에게 따져봐야 나만 미친 휴먼이 된다. 그냥 그날 하루를 돌아보며 내가 어디서 실수를 저질렀는지 돌이켜보는 수밖에 없다.

컴플레인이 오면 오는 대로, 그랬구나 세제가 터졌구나, 이유식이 늦게 와서 아기가 배가 많이 고팠구나, 아이쿠 달걀이 깨졌었구나 했고, 이유가 없으면 없는 대로 내가 뭘 잘못했을까?, 하고 일을 시작한 초창기엔 고민했지만 이제는 그냥 그러려니 한다. 그 사람도 그날 기분이 별로였던 거겠지. 이 일을 하면서 얻은 결론은 정말 이상한 사람들이 많다는 것이다.

제일 황당했던 컴플레인은 일을 시작한 지 얼마 안 되었을 때 들어왔다. 별점을 하나 준 고객이었는데 그가 배송시킨 물건은 두루마리 휴지였다. 고객 센터에 신고된 사진은 장수가 놓은 대로 박스째 문 앞에 잘 놓여 있었다. 그런데 그게 문제였다. '지금 코로나가 얼마나 심한데 바닥에 물건을 내려놓는 겁니까? 코로나 균이 물건에 묻어서 제가 코로나에 걸리면 책임질 거예요!'

그럼 내가 계속 들고 서 있을까? 피자처럼 손에서 손으로 전해줄까? 어쩌란 말이냐. 고객 센터에서도 이런 상황에서는 별말 하지 않는다. 그냥 조용히 블랙컨슈머 리스트에 올리는 거 같다. 장수는 왜 별점의 단위는 별인지에 대해 진지하게 생각해본 적이 있다. 해점, 달점, 별점 중 왜 별을 골랐을까. 뾰족해서? 찌르면 아프니까. 찔리기 싫으면 빨리 달리라고.

오늘은 방금 나른 생수를 빼고는 똥짐도 별로 없다. 차라리 똥짐에 개미지옥이면 아무 생각 없이 일만 할 수 있는데. 꿀짐이 많으면 여유가 생기고 여유는 상념을 부른다. 엄마에겐 미안하지만 이런 상황에서 장수는 엄마가 아닌 은희 생각이 자꾸 났다. 어제 이 연인은 이별을 했다. 하지만 그건 형식상의 이별이었고 이별의 과정을 꽤 오랫동안 겪었다. 그리고 여전히 서로 아프게 찌르고 있었다.

장수가 은희를 처음 만난 건 친구 준엽을 따라간 성형외과에서였다. 면접에서 몇 번 미끄러지더니 준엽은 철학관에 가서 점을 보고 왔다고 했다. 관상학적으로 콧대가 낮아 초년운이 없다는 말을 듣고 그는 성형을 결심했다. 사실 낮기만 한 게 아니라 그나마 있는 콧대가 휘기도 했다. 고등학교 때 농구를 하다가 공에 맞아서 코뼈에 금이 갔는데 방치했더니 그 모양이 되었다. 그리고 그 공을 던진 게 바로 장수였다. 무섭다는 녀석과 동행했던 건 그 원인 제공에 대한 일말의 책임감 때문이었다.

엄청난 서치와 주위 추천을 받고 고르고 고른 병원이었다. 세련되고 깔끔한 병원 시설에 간호사들도 모두 미인이라 역시 성형외과는 얼굴을 보고 뽑는구나, 아니 여기 다니면 예뻐질 수밖에 없나보구나 싶었다. 입구에 들어서자마자 바로 상담실로 안내를 받았다. 가운을 입은 여자를 보고 처음엔 의사인 줄 알았다. 다른 간호사들과 다른 이미지여서 그랬다. 알고 보니 상담 실장이라고 했다. 가슴에 달린 명찰에는 나타샤라고 쓰여 있었다. 직원들은 모두 영어 이름으로 서로를 불렀다. 나타샤의 첫인상은 깜짝 놀랄 정도였다. 병원에 대한 신뢰도가 추락하는 게 느껴졌다. 본인 얼굴은 저러면서.

성형외과에서 하는 모든 시술의 대상이 되는 얼굴이었다. 앞뒤가 막혀서 답답해 보이는 외꺼풀 눈은 단춧구멍 같았고 콧등의 뼈가 전혀 없다고 봐도 무방한 약간 들린 들창코에 입술은 아프리카 흑인처럼 두꺼웠다. 그 입술이 가장 매력적이라 생각한 건지 붉은색 립스틱을 꼭 차게 발라서 좀 부담스러운 인상이었다. 하지만 훤칠한 신장과 필라테스로 다져진 몸매 덕에 늘씬했는데 그 덕분에 얼굴이 오히려 못난이 탈을 쓰고 있는 것처럼 부자연스러웠다.

처음엔 그 충격적인 외모 때문에 신뢰가 안 갔지만 나타샤는 상담 동의율 90퍼센트의 능란한 상담 실장이었다. 특유의 화술과 친화력으로 삼십 분 만에 고객을 자신의 사람으로 만들 줄 알왔다. 안정적인 톤의 목소리와 발음과 발성은 아나운서처럼 공신력이 있었다. 곧은 척추와 경추는 건강미를 발산했고, 눈빛은 온전히 상대만을 바라보며 당신이 지금 나에게 전부라는 듯 집중했다. 두 귀는 또 어떤가. 활짝 열어 상대의 말을 경청할 줄 알았다.

신뢰감은 금세 회복되었다. 아, 저게 바로 매력 자본이라는 거구나. 장수도 삼십 분 만에 나타샤의 사람이 되었다. 그 매력에 빠져 사람이 예뻐 보이는 마술에 걸리고 만 것이다. 그렇게 장수는 준엽이 상담을 받고 수술을 하고 입원해서 퇴원하는 날까지 병원을 함께 다니며 극진히 간병했다. 그리고 마지막 날 그녀에게 핸드폰 번호를 받았다. 나타샤는 특유의 공신력 있는 말투로 장수에게 웃으며 말했다.

"어머, 난 또 게이 커플인 줄."

나타샤의 본명은 이은희였다. 훨씬 잘 어울리는 이름이었다. 알고 보니 은희는 장수보다 네 살 연상이었다. 콧대를 높인 후 콧대가 높아진 준엽은 은희가 못생겼는데 나이까지 많다며 말렸지만 장수는 의아했다. 왜 은희의 매력을 다들 못 알아보는 걸까. 성형외과에서 혼자 저렇게 못생기기 쉽지 않은데. 그 어마어마한 자존감이 멋있었다. 은희와 사귀면서 병원에 자주 들락거렸는데 그러면서 느낀 바는 다들 예쁘긴 했지만 변별력이 없다는 거였다. 아직도 장수는 니콜과 에이미와 사만다, 클로이와 오드리를 구분하지 못했다. 그에 비해 은희의 그 강렬한 인상은 지나가던 사람도 한 번 보면 뒤돌아볼 정도였다.

그런데 모두가 자신처럼 은희의 매력에 푹 빠지는 건 아닌 모양이었다. 어느 순간부터 병원에 불평이 접수됐다. 온라인 고객 게시판에 그 병원 상담 실장 봤느냐며 충격적이다, 본인 얼굴은 그러면서 누가 누구한테 견적을 내는 거냐고, 사람 우롱하느냐며 본인이나 먼저 하라는 글이 올라왔다. 은희는 화를 냈다. 자신의 높은 상담 동의율에 흠집을 내는 만성 보류 환자의 짓이라고 했다.

"맨날 한 시간씩 상담만 받고 다음에 올게요, 이런다니까. 여기가 정신과냐고."

하지만 그 글은 시작에 불과했다. 불평은 전염되는 속도가 빨랐다. 은희의 어깨가 안으로 굽기 시작했다. 당당하게 펼치고 다녔던 척추와 견갑골이 위축되는 걸 보며 장수는 마음이 아팠다.

그러던 어느 날 원장이 은희를 불렀다. 원장은 은희의 아주 먼 친척이었다. 사실 친척이라고 할 수는 없었다. 말 그대로 사돈의 팔촌이었기 때문이다. 친척의 소개로 어렵게 들어간 직장에서 은희는 열심히 일했고 원장도 은희의 실력만을 믿고 같이 일했다. 그때까지는.

원장은 직원 할인을 해줄 테니 수술을 받으라고 말했다. 은희는 얼굴을 붉히며 완강히 거절했다. 자존심이 상했지만 아직 자존감이 버틸 만할 때였다. 은희는 필라테스를 더 열심히 하며 건강미를 발산했다. 점심도 따로 도시락을 싸서 샐러드만 먹었고 다들 우르르 달려가서 마시는 스타벅스의 휘핑 추가한 돌체라떼도 먹지 않았다. 직원들이 뒤에서 자기들끼리 수군거리는 게 느껴졌다. 사실 간호사들은 상담 실장인 은희를 좋아하지 않았다. 은희가 자신의 상담 동의율을 높이기 위해 무리해서 스케줄을 잡는 통에 간호사들의 일이 많아졌기 때문이다. 얼마 지나지 않아 원장은 다시 은희를 불렀다.

"이 실장, 아니 사돈 처녀. 제발 쁘띠 성형이라도 해요. 내가 잘해줄게, 응?"

원장은 간곡히 부탁했다.

"할 거였으면 예전에 했어요."

은희도 만만치 않게 버텼다. 그러자 원장은 표정을 굳히며 병원의 이미지에 타격을 준다는 이유로 수술을 받거나 아니면 퇴사를 고려해보라고 넌지시 말했다. 친척 찬스는 여기까지라며. 은희는 주먹을 꼭 쥐고 원장실을 나왔다.

"그동안 내가 벌어다준 돈이 얼만데!"

은희는 장수에게 서러움을 토로하며 배신감을 느낀다고 했다. 그 이후 은희는 전략을 바꿨다. 본인 얼굴을 팔기 시작했다.

"제가 성형외과만 십 년 있었거든요. 우리 병원 원장님처럼 잘하는 분 처음 봤잖아요. 이제 저도 하려고요. 날 잡았어요."

그러면 고객이 신뢰감을 갖게 된다고 했다. 직원도 한다는데 정말 잘하는 덴가보다, 하고. 이렇게 한동안 아이러니하게도 자기 얼굴을 팔아 버티는가 했더니만 다시 불평이 접수됐다. '날짜 잡았다더니 일 년이 지나도 그 얼굴이데?' 도대체 그 실장은 언제 수술하느냐고, 이렇게 사람 우롱하느냐며 할 때까지 지켜보겠다는 무시무시한 댓글들이었다. 성형을 안 하는 사람은 있어도 한 번 하는 사람은 없다고, 다른 부위 수술에, 재수술에 단골들이 많은 곳이었다. 날짜 잡았다는 말이 거짓말이라는 게 드러나는 것은 시간문제였다. 은희의 척추와 견갑골은 더욱 위축되었다. 결국 은희는 수술대에 오르는 대신 병원 퇴사를 선택했다.

"차라리 필라테스 강사를 해."

그게 나을 거 같았다. 은희는 강사가 부담스러워하는 회원이었다. 자격증을 따는 건 식은 죽 먹기일 터였다. 하지만 몇 번 꺾인 자존감은 바닥을 드러내더니 모든 의욕이 사라졌다. 필라테스는커녕 모든 걸 놓아버린 은희는 살이 찌기 시작했다. 그러자 예전의 온화했던 성격과 안정적인 목소리 톤이 변했다. 툭 하면 장수에게 짜증을 냈고 의심했다.

"왜 이렇게 전화를 늦게 받아? 나 모르게 딴 여자 만나는 건 아니지?"

장수가 어이없어하면 표독스러운 목소리는 곧 울먹이며 딴소리를 했다.

"자기가 그래도 난 이해해. 떠나고 싶으면 떠나."

그리고 잠시 후 다시 전화를 걸어서 그랬다.

"그렇다고 정말 가는 건 아니지? 우리가 함께한 시간이 얼만데."

그러곤 통곡을 했다. 북 치고 장구 치고 혼자 그렇게 하루를 보냈다. 그러다 정말 나 성형할까?, 하며 하루에도 몇 번씩 거울을 들여다보았다. 성형외과 다닐 때도 안 하던 고민을 집에서 하고 있었다.

결국 은희는 퇴사했던 병원에서 전직 직원 우대를 받아 수술하기로 날짜를 잡았다고 통보해왔다. 장수는 힘이 빠졌다. 그리고 은희에게 이별을 통보했다. 그녀는 장수가 사랑했던 은희에게서 점점 멀어져 이국의 나타샤가 되어가는 중이었다. 장수는 그리웠다. 예전의 당당해서 매력적이었던 못생긴 은희가. 자신의 신념을 지키던 고집스런 은희가. 은희가 성형을 하지 않는 데는 그럴 만한 사연이 있었다. 사귄 지 얼마 안 되어 은희가 고백한 그 이야기는 장수가 다시 한 번 은희에게 반하게 만든 계기가 되었다. 이런 상념에 젖어 기저귀 한 박스를 배송하고 있을 때였다. 전화가 왔다.

"노장수 씨죠? 여기 경찰섭니다. 실종 신고 접수하셨죠?"

엄마 차가 씨씨티비에 찍혔다고 했다. 전라북도 정령치 휴게소로 차가 진입한 게 포착되었다고. 정령치가 어디지?

"엄밀히 따지면 지리산 중턱이죠."

"지리산요? 왜요?"

"그야 모르죠."

장수의 질문에 경찰이 대답했다.

"씨씨티비상으로도 그렇고 주유소 직원 증언으로도 차에는 어머니 혼자 타신 걸로 추정됩니다."

"주유소요?"

"네, 만땅 넣으셨다네요. 그것도 현금으로."

주유소 직원은 현금이 드물어서 기억한다고 했다. 웬 아줌마가 고물 아반떼에 만땅을 외치고 현금을 냈다고. 그렇다면 지갑을 일부러 놓고 갔다는 건가. 카드 사용으로 인한 추적을 피하려고?

"그런 가능성도 열어봐야죠."

경찰은 한결 느긋해진 목소리로 대답했다. 그러니까 당신 엄마는 납치나 실종이 아닌 가출이라고 말하는 거 같았다.

"그래서 경찰은 지리산으로 출동했나요?"

"출동하긴 할 건데 인력 부족으로… 어제 놀이터에서 7세 아동 실종 신고가 접수돼서요."

일곱 살이 육십오 세보다 우선이란 말인가. 이런 걸 따져봐야 무용하다는 걸 알기에 장수는 욱하는 마음을 누르고 엄마의 차가 몇 시에 진입했는지 물었다. 저녁 일곱 시라고 했다. 요즘 같아서는 이미 해가 졌을 시간이었다. 경찰은 이제 출동할 거라는 말을 다시 한 번 강조하고 수화기 너머로 사라졌다. 그 말을 믿고 언제까지 기다릴 수는 없었다. 경찰의 말처럼 혼자 타고 있었다고 단정 지을 수도 없다. 마약을 운반하는 피싱 범죄에 낚이지 않았다고 누가 장담할 수 있단 말인가. 지리산에서 꿀벌을 거느리는 양봉업자에게 필로폰 배달을 강요받았을 수도 있지 않나. 자신이 생각해도 다소 억지스러운 가정이었다.

실은 그보다 걸리는 게 있었다. 미희, 정이, 덕이 아줌마와 석이 아저씨에게 말하지 못했던 게 있다. 엄마가 실종되기 전날 장수는 엄마와 다퉜다. 다툰 것보다 장수가 일방적으로 짜증을 냈다는 게 맞다. 얼마 전 배달하다가 다친 허리에 혼자 파스를 붙이는 걸 엄마가 본 것이다.

"그거 산재 아니냐. 휴가 받아서 치료해야 쓰는 거 아녀?"

"산재는 무슨, 휴가는 누구한테 받아. 벌점이나 받겠지."

장수는 엄마의 말에 코웃음을 치며 허리를 폈다.

"뭐 그런 회사가 다 있다냐. 상사헌티 말혀봐."

"상사? 엄마, 알고리즘이 뭔지 알아? AI는?"

"뭐? 알고, 에이 뭐?"

아들의 말에 니나가 멍하니 서서 되물었다.

"됐고, 빨리 밥이나 줘."

장수는 신경질적으로 말하곤 방문을 닫아버렸다. 몸도 피곤하고 허리도 아프고 짜증이 났다. 어느 날 근태 관련해서 낮은 별점이 나온 날, 장수는 회사에 항의했다. 왜 이런 점수가 나오는 건지 근거를 대라고. 그러자 회사의 답변은 이랬다. 알고리즘에 따른 AI의 결정입니다. 결국, AI가 어디 있는지 몰라서 더 이상 따지지 못했다.

그날 저녁 일이 마음에 걸렸다. 면전에서 문을 쾅 닫아버린 것. 내가 왜 그랬을까. 엄마가 조용히 돌아서는 게 문 너머로 느껴졌다. 십 년 전, 아니 오 년 전만 같아도 이노무 새끼, 어디 엄마헌티!, 하며 등짝을 시원하게 한 대 때렸을 텐데. 장수는 아랫입술을 초조하게 뜯었다. 운전대를 잡은 손이 축축해졌다. 숨을 크게 한번 들이쉰 후 장수는 1차선으로 운전대를 틀었다. 유턴을 해서 중부고속도로를 탔다. 가야 한다. 다른 사람도 아니고 엄마잖아. 내 등짝을 때릴 사람은 엄마밖에 없는데. 물론 트럭에는 고객님들에게 미처 전달하지 못한 짐이 아직 한가득이었다.

표류

    정령치 휴게소에 도착했을 때는 이미 한밤중이었다. 퇴근 시간대에 출발했더니 도로에 발이 묶였다. 휴게소도 영업을 끝냈는지 불이 꺼져서 사방이 깜깜했다. 주차장에 주차를 하고 내려서 보니 셔틀버스인 듯한 차량 한 대와 세단 한 대뿐이었다. 흰색 세단은 멀리서부터 낯이 익었다. 역시나 엄마의 아반떼였다. 그렇다면 엄마가 어젯밤부터 저곳에 있단 말인가. 아무리 가을이라지만 산속은 더 추울 텐데. 알츠하이머에 걸리면 추운 것도 잊는다던데 그게 사실일까. 장수는 마음이 착잡했다.

    "엄마, 도대체 여긴 왜 온 거야."

    장수는 글러브 박스에서 랜턴을 꺼내며 혼잣말을 했다. 지리산은 대한민국에서 한라산 다음으로 높은 산이다. 그리고 정령치 휴게소는 차량으로 진입할 수 있는 가장 높은 곳에 있는 휴게소였다. 지리산을 오를 생각이었던 건가. 어쨌든 공기 하나는 좋았다. 시동을 끄자 사방이 암흑이었다. 하늘을 올려다보았다.

"하!"

절로 감탄사가 나왔다. 별이 그야말로 쏟아질 것처럼 많았다. 암흑 속에서 별은 더욱 밝게 존재했다. 장수는 랜턴을 들고 정령치 입구로 향했다. 엄마가 낙상했을 가능성에 대해 생각했다. 오늘 낮에 등산객들이 못 봤을 수도 있지 않을까. 이렇게 깜깜한데 내가 발견할 수 있을까. 이러다 나까지 어디 걸려서 떨어지면 어떡하지. 이런 생각들이 밀려들었지만 장수는 랜턴으로 어둠을 몰아내며 앞으로 나아갔다.

한참을 걷는데 뭔가 옆으로 휙 스쳐 지나가는 게 느껴졌다. 바스락 소리와 더불어 육중한 생명체가 지나가는 느낌이었다. 순간 놀란 장수는 바닥을 비췄다. 그곳에 토끼가 귀를 쫑긋한 채 가만히 서 있었다. 육중한 느낌에 비해 아주 작은 산토끼였다.

"아놔, 깜짝 놀랐네."

토끼는 더 놀랐는지 도망치는 것도 잊고 얼음이 되어 있었다. 혹시 심장마비로 죽었나 싶어서 손을 가까이 대자 화들짝 놀라며 반대편으로 깡총깡총 뛰었다. 정말 깡총깡총 뛰는구나, 토끼는. 새삼 깨달음을 얻은 장수는 토끼가 뛰어간 곳을 향해 랜턴을 비추다 깜짝 놀랐다. 정령치 입구 표시판이 있었던 것이다. 분명 한

참을 걸었는데. 시계를 보니 열 시였다. 그건 이곳에 도착한 시각이었다. 시계가 맞이 갔나. 큰맘 먹고 산 스마트워치인데. GPS가 먹통이었다. 핸드폰을 보니 LTE도 3G도 잡히지 않았다. 이 상태로 낙상을 한다면, 하다못해 야생동물이라도 마주친다면 정말 꼼짝없이 당하겠구나 싶었다. 오다 보니 곰이 출몰한다는 표시도 있던데. 장수는 으스스한 느낌에 점퍼의 지퍼를 목까지 끌어올렸다. 밤이니 야생동물이 나올 것도 같았다. 방금도 만났잖아, 산토끼. 게다가 가을은 풍요의 계절이라지만 배가 고프지 않으리라는 법도 없었다. 곰을 만나면 죽은 척하라고 했나, 도망치라고 했나. 최선은 안 만나는 건데.

다시 돌아갈까. 그러고 보니 배도 고팠다. 아침은 석이 아저씨 집에 들를 생각에 마음이 급해서 못 먹었다. 배송이 밀려 점심도 거르고 저녁도 먹지 못했다. 어제 저녁 이후 빈속이었다. 차에 뭐가 있나. 생수 한 병뿐이라는 걸 떠올리자 갑자기 엄청난 허기와 갈증이 몰려들었다. 우선 차로 돌아가자. 1보 전진을 위한 2보 후퇴의 마음으로 장수는 차로 돌아가기 위해 뒤로 돌았다.

"어?"

방금 보았던 정령치 입구 표지판이 없었다. 분명 토끼가 이쪽으로 뛰었는데. 사방을 비춰보아도 나무와 풀뿐이었다. 뭔가에 홀린 기분이었다. 갑자기 춥고 배고프고 울고 싶어졌다. 엄마. 장수는 그냥 걸었다. 이젠 어디가 앞인지 뒤인지도 모르겠고 그냥 가만히 있자니 춥고 무섭고 배는 더 고팠다. 그리고 시계와 핸드폰은 여전히 먹통이었다.

당장이라도 쓰러질 거 같았다. 도대체 얼마나 걸었을까. 하늘을 올려다보니 아직도 별이 가득했다. 별자리를 볼 줄 알았더라면 지금 내가 어디에 있는지, 어디로 가고 있는지 알 수 있었을까. 슈퍼 블러드문이라더니 멀리서 불그스름한 작은 동그라미가 보였다. 거창한 이름에 비해 별거 없어 보였다.

랜턴으로 앞을 비추며 가는데 풀이 움직였다. 이젠 배가 고파서 헛것이 보이나. 눈을 비비고 다시 봐도 풀은 장수와 거리를 두고 앞에서 움직였다. 장수가 걸음을 멈추면 풀도 움직임을 멈췄다. 다시 걸으면 풀도 걸었다.

"아, 도대체 뭐야. 나와!"

장수는 버럭 소리를 질렀다. 배고파 죽겠고만. 그러자 푸드덕, 근처 나무에 앉아 있던 새들이 날아가는 소리가 들렸다. 소리를 지르고 나니 장수는 현기증이 났다. 어디 누가 이기나 보자 하는 마음에 쪼그리고 앉아 풀 속의 녀석이 정체를 드러내길 기다렸다. 얼마 못 가 발이 저려왔다. 그런 가운데서도 졸음이 몰려왔다. 이런 데서 자면 입 돌아가는데. 입 돌아가는 건 둘째치고 아침에 발견한 등산객이 변사체로 오해할지도 몰라. 그런 민폐는 끼치기 싫은데. 눈이 슬슬 감기고 랜턴을 든 손도 끄덕끄덕하는 바람에 불빛이 흔들렸다. 흔들리는 불빛, 흔들리는 풀숲 사이로 무언가 고개를 비죽 내밀었다. 꿈인가. 눈꺼풀을 힘들게 들어올리자 그 정체와 눈이 마주쳤다.

"너, 아까 그 산토끼냐?"

새앙쥐만 한 산토끼가 장수를 올려다보았다. 도망도 안 가고 가만히 보고 있었다. 마치 기다리는 것처럼. 토끼가 자신을 앨리스로 착각하는 거 같았다. 하지만 이상한 공간에 들어선 것은 사실이었다. 같은 곳을 계속 맴돌고 있었다. 장수는 일어섰다. 발이 저렸다. 그제야 토끼는 풀 속으로 다시 쏙 들어갔다. 풀이 흔들렸다. 장수는 절뚝이며 그 흔들림을 따라 걸었다.

얼마나 걸었을까. 발이 저린 것도 풀리고 이젠 허기도 느껴지지 않았다. 풀은 두 걸음 정도 거리를 두고 계속 움직였다. 뭔가에 홀린 기분이었다. 이대로 걸어서 어디로 가나. 벼랑에서 떨어뜨리는 건 아니겠지. 산토끼 대왕에게 끌려가 간을 갈취당하는 건 아닐까. 장수는 살아오면서 토끼를 비롯해 다른 동물들에게 죄를 지은 적이 없다는 사실을 위안 삼으며 계속 걸었다. 그러다 흔들림이 멈췄다. 장수도 멈췄다. 토끼는 감쪽같이 사라진 것인지 기척이 없었다. 랜턴을 들어 이리저리 살펴보니 표지판이 보였다. 주차장으로 나가는 입구였다. 장수는 뛰었다.

습관적으로 시동을 걸었다. 그런데 시동이 안 걸렸다. 이럴 수가 있나. 아직 할부도 안 끝난 비교적 새 차인데. 시동 자체가 안 걸리는 걸 보니 배터리가 방전된 것 같았다. 핸드폰을 보니 GPS는커녕 통화 발신 제한 구역이라며 전화도 안 됐다. 하아, 장수는 의자에 몸을 깊숙이 묻고 한숨을 쉬었다. 그냥 차 안에서 해가 뜰 때까지 기다리자. 그게 현명하다는 생각이 들었다. 어차피 현기증도 나고 기운도 없었다.

뒷자리에 뭐가 있나. 우선 조수석에 굴러다니는 생수 반 병을 원샷한 후 물품 리스트를 보았다. 눈에 띄는 항목이 극세사 담요와 이유식 그리고 고카페인 음료였다. 무게가 나가는 이런 상품들은 평상시 똥짐이지만 지금은 너무나 반가웠다. 여느 때 같으면 USB나 면봉, 화장솜 따위의 꿀짐을 원했겠지만 USB를 먹을 순 없으니까. 장수는 로빈슨 크루소처럼 어쩔 수 없이 고객님들의 물건을 훼손했다.

"아가야, 미안. 형이 지금 죽을 거 같아서 그래."

파우치에 든 유아 이유식을 몇 개 짜먹으니 그런대로 허기가 가라앉았다. 아기들은 이런 밍밍한 걸 먹는구나. 한우 단호박죽이라고 쓰여 있는 이유식은 한 팩당 55칼로리라고 쓰여 있다. 네 개를 먹으니 총 220칼로리를 섭취했다. 고카페인 음료도 하나 마셨다. 그제야 정신이 확 드는 기분이었다.

"이유식도 먹었겠다, 이제 엄마 찾으러 가볼까."

야심 차게 말했으나, 배가 어느 정도 부르자 눈이 슬슬 감겨왔다. 장수는 극세사 담요를 뜯어 트럭 화물칸 바닥에 깔고 박스 하나를 머리에 괸 채 눈을 감았다. 미배송에 물품 훼손으로 어떤 페널티를 받을지 미리 걱정하지 않기로 했다. 우선 내가 살고 봐야할 거 아닌가. 시공간이 뒤틀린 곳에서 이상한 산토끼를 만나 아사 직전까지 간 마당에 엄마를 찾다가 죽을 뻔했다, 라고 말해도 AI는 눈 하나 깜박하지 않겠지만. 딱 십 분만. 엄마, 미안. 엄마, 여기 너무 이상해. 춥고 막… 중얼거리며 장수는 잠 속으로 빠져들었다.

  "장수 씨, 장수 씨."
  웬 여자가 장수를 흔들어 깨웠다. 눈을 뜨니 정신이 번쩍 들 정도의 미녀가 눈앞에 있었다. 장수는 놀라서 화들짝 일어났다. 여자는 이상하게도 눈물을 흘리고 있었는데 그 모습이 좀 스산하고 괴기스러웠다.
  "누구세요?"
  "나야, 장수 씨."
  목소리가 낯이 익었다. 안정적인 톤과 또렷한 발음과 발성이 공신력을 주는 사람, 은희? 여자가 고개를 끄덕였다. 장수는 눈이 커져서 은희를 다시 보았다. 앞트임과 뒤트임을 하고 절개법으로 쌍꺼풀을 한 후 눈 밑에 하안검으로 지방을 삽입한 눈은 정확히 2.5배가 커진 거 같았다. 이런 걸 두고 만화를 찢고 나왔다고 하는 건가. 동공에 별 가루만 뿌리면 순정만화의 주인공 눈처

럼 보일 것이다. 코에는 뭘 넣었는지 미간에서부터 콧대가 오뚝
선 데다 코끝이 뾰족해서 찔릴 거 같았다. 양악까지 한 건지 턱에
서부터 귀까지 이어지는 사선이 가파랐다. 전체적으로 날카로운
인상이었다. 은희의 원래 얼굴은 입술만 남았다. 전체적으로 조
화가 전혀 이루어지지 않은 얼굴은 뜯어볼수록 미녀보다 귀녀에
가까웠다. 좀 무서웠다.

"왜 우는 거야?"

"우는 거 아니야."

은희는 턱 밑에 고이는 눈물을 훔치며 말했다. 눈앞을 과하게
트는 바람에 눈물샘을 건드려 의지와 상관없이 눈물이 자꾸 흐른
다고 했다.

"그럼 의료과실 아니야?"

"이 정도는 감수해야지."

은희의 대답에 장수는 입이 다물어지지 않았다. 쁘띠라더니
이건 완전 갈아엎은 수준 아닌가. 심지어 과실까지 감수하면서
얻는 게 무엇이란 말인가.

"웃긴 게 뭔지 알아? 수술한 후 내 상담 동의율이 99퍼센트까
지 올라갔다는 거야."

은희는 연신 눈물을 훔치며 말했다. 웃으면서 눈물을 흘리니
이건 웃는 건지 우는 건지 알 수 없었다. 그러더니 장수에게도 성
형을 권했다.

"내가 왜?"

"언제까지 이렇게 살 거야?"

의아해하는 장수에게 은희가 표독스럽게 쏘아붙였다. 이렇게 사는 게 어떤 걸 말하는지 몰라 장수가 쳐다보기만 하자 은희는 한숨을 쉬며 말을 이었다.

"정말 몰라서 하는 말이야? 자기 나 처음 만났을 때 뭐라고 했어?"

"사랑한다고?"

"그거 말고. 무슨 일 한다고 했느냐고. 프리랜서라고 했잖아."

은희가 따지듯 말했다. 장수는 그게 뭐?, 라는 표정으로 쳐다보았다. 은희를 처음 만났던 시기에 장수는 배달 라이더를 하고 있었다. 프리랜서의 정의가 무엇인가. 직장에 얽매이지 않고 언제 어디서든 자유롭게 프로젝트 단위로 일하는 사람 아니던가.

"내가 위험하니까 배달은 그만뒀으면 좋겠다고 그랬지."

그 후 라이더를 그만두긴 했지만 은희의 권유 때문만은 아니었다. 동료 라이더의 사고를 목격한 후였다. 배달 라이더는 초 단위로 경쟁할 수밖에 없는 구조였다. 삼천 원, 사천 원, 오천 원 일감이 배달앱에 일 초 단위로 뜬다. 이른바 금콜은 정말 눈 깜짝할 사이에 사라진다. 그리고 남은 건 아무도 안 가져가려고 하는 똥콜뿐. 하지만 똥콜이라고 무작정 거부할 수만은 없다. 계속 거부하면 수락률이 떨어져 별점이 낮아지기 때문이다. 그러면 개미지옥에 떨어진다.

비가 부슬부슬 내리는 날이었다. 그런 날은 아무래도 몸을 사리게 된다. 픽업 거리가 수킬로미터에 이르거나 꼬불꼬불한 골목을 끼고 있는 빌라촌의 콜은 인기가 없다. 그러면 알고리즘이 머리를 쓴다. 경매제도를 이용하는 것이다. 추억의 오락실 게임인 보글보글이나 슈퍼마리오처럼 '+500'이라는 복주머니가 뜬다. 이른바 떡밥이다. 아무도 떡밥을 안 물면 +1000, +1500, +2000, 점점 올라간다. 대기를 타고 있던 라이더들은 눈치 게임을 벌인다.

그러던 중 바로 옆 라이더가 담배를 비벼 *끄더니* +3000에서 떡밥을 물었다. 간발의 차였다. 그가 일 초만 느렸어도 장수가 물었을 거였다. 그는 장수에게 씩 웃어 보이더니 헬멧을 썼다. 그리고 멋지게 차선 진입을 하던 중 뒤에서 오던 트럭에 받혔다. 꽤 멀리 날아갔다. 응급차가 오고 라이더는 실려 갔다. 그 후 그가 어떻게 되었는지는 모른다. 개인사업자이기 때문에 소식을 알 수 없었다. 그냥 죽었다고 생각했다. 그리고 장수는 일을 그만두었다.

"그 후 자기 다음 일이 뭐였어?"

팔짱을 낀 은희가 따지듯 물었다.

"전국에서 이십 만 명이 한다고 추정되는 직업이었지."

대리 운전 기사였다. 만약 평범한 옷을 입은 사람이 핸드폰에 시선을 고정한 채 밤거리를 미친 듯이 뛰어다닌다면 그는 대리 기사다. 라이더와 마찬가지로 콜이 일 초 단위로 뜨기 때문에 핸드폰에서 한시도 눈을 뗄 수가 없다. 겨울에는 추워서 은행 365 코너나 편의점에 들어가 콜을 기다린다. 언제 콜이 뜰지 모르니 편의점에서도 컵라면이나 삼각김밥은 그림의 떡이다. 그 시절 위궤양을 앓았다. 시간에 맞춰 식사를 할 수 없고 몰아서 먹으니 늘 속이 좋지 않았다.

좀 더 안정적인 직업을 찾자고 생각했다. 그래서 안착한 게 지금의 택배 일이다. 플랫폼 노동이라는 점에서는 다 비슷하지만 적어도 배달 라이더에 비해서는 갑이 셋에서 둘로 줄어든 셈이다. 라이더의 갑은 플랫폼 업체, 음식점, 고객이다. 손님들이 불편해하니 기다리는 동안 밖에 나가 있으라며 문전박대를 했던 음식점주들을 장수는 잊지 못한다.

장수는 택배 일을 하다가 교통사고가 난 적도 있다. 후진을 하던 상대 차가 짐을 집느라 허리를 숙이고 있는 장수를 미처 보지 못했다. 차로 툭 친 것에 비해 견적이 많이 나왔다. 갈비뼈에 금이 간 것이다. 하지만 차주는 그렇게 몸을 숙이고 있는데 자신이 어떻게 보겠느냐며 적반하장이었고 급기야 장수의 회사로 컴플레인까지 했다. 그 일로 인해 그날 배달이 늦어졌다. 그러자 불만 접수가 폭주했고, 다음 날 장수는 복부에 붕대를 감고 똥짐을 처리해야 했다. 아들의 수난을 보며 엄마는 분노했다. 노동자를 인격적으로 대우하지 않는 것에 대한 분노였다.

"이럴 때는 화를 내야제. 참으면 세상은 변하지 않애. 목소리를 내고 싸워야제."

체념하는 장수에게 엄마가 큰 소리로 말했다. 하지만 장수의 생각은 달랐다. 알고리즘에게 화를 내봤자 뭐하나, AI가 어디 있는 줄도 모르는데 어떻게 미워하느냐고. 엄마는 알지도 못하면서. 세상은 빠르게 변했지만 실은 아무것도 변한 게 없었다.

"이젠 좀 변해야 한다고 생각 안 해?"

은희가 장수를 한심하다는 듯 내려다보며 말했다. 장수는 눈앞의 은희를 보며 이게 꿈이라는 걸 알았다. 알면서도 서글펐다. 은희가 병원을 퇴사할 때 필라테스를 하라고 말할 게 아니라 네가 옳다고, 넌 정말 예쁘다고 지지해줬어야 했다. 게다가 은희가 성형을 안 하는 이유를 자신은 알고 있지 않은가.

"어머니는 어쩌고?"

장수의 말에 순간, 은희의 눈빛이 흔들렸다.

"엄마도 내가 변하기를 바랄 거야."

은희가 눈을 피하며 말했다. 장수는 기억한다. 은희가 자기에게 했던 고백을. 자기는 철저히 외탁을 해서 엄마를 빼다 박았다고.

외할머니는 나를 볼 때마다 그랬어. 네 엄마 어릴 적이랑 완전 판박이라면서 클수록 똑같아진다고.

아무렴, 사진 속의 엄마는 은희라고 해도 믿을 정도였다. 그런 은희의 엄마는 은희가 세 살 때 돌아가셨다. 난소암이었다. 기억에도 남지 않는 나이에 엄마를 잃은 은희는 외할머니 손에 컸다.

거울을 볼 때마다 엄마가 내 앞에 있는 거 같아. 나는 엄마랑 같이 나이 들어가는구나. 어린 엄마, 젊은 엄마, 늙은 엄마.

외로울 때마다 거울을 보고 자신에게 말한다고 했다. 은희야, 엄마 여기 있어. 누가 뭐래도 엄마는 네 편이야.

은희의 얼굴은 타인이 보기엔 추녀였으나 은희에게는 다른 의미를 지녔다. 그것을 알기에 장수는 은희가 그리웠다. 지금 눈앞에 있는 귀녀가 아닌 진짜 미녀인 은희가. 장수는 당장 은희에게 달려가고 싶었다.

"어쩌면 우리가 변해야 세상이 변할지도 몰라."

장수의 말에 꿈속의 은희는 철철 울면서 깔깔 웃으면서 말했다.

"니나 잘해."

그 순간 정말 니나의 목소리가 들려왔다.

고향

"너 여서 뭐 하냐?"

낯익은 목소리에 장수는 눈을 떴다. 그러자 눈앞에 엄마가 있었다. 극세사 담요를 덮고 박스 하나를 괸 상태에서 장수는 벌떡 일어났다.

"이거 꿈 아니지?"

장수는 엄마를 보며 물었다. 엄마가 장수의 뺨을 툭 때렸다. 쫙도 아니고 톡도 아니고 툭. 그 정도와 세기로 인해 엄마가 맞다는 것을 알았다. 아, 현실이구나.

"엄마! 도대체 어떻게 된 거야? 걱정했잖아. 여긴 왜 왔어? 다친 데는 없고?"

그제야 장수는 엄마와 주위를 둘러보며 질문 공세를 폈다. 혹시라도 범죄에 연루된 건 아닌지 걱정이 된 것이다.

"니야말로 배달 안 허고 뭐 허는 거시냐?"

"지금 배달이 문제야? 그런데 엄마, 혹시 아까 그 토끼가 엄마 였어?"

장수가 엄마에게 은밀히 물었다.

"토끼?"

"아니 아까 어떤 토끼가 나를 안내하더라고. 그래서 엄만가 했지."

"토끼 같은 소리 허고 자빠졌네."

"그치?"

꿈이었을까. 도대체 꿈을 몇 번을 꾼 거야. 장수는 찌뿌둥한 몸을 일으키며 생각했다. 완전 생생했는데. 어둠이 흐려진 걸로 보아 새벽이 다가오고 있었다. 몇 시간을 잔 걸까. 시계를 보니 여전히 먹통이었다.

니나는 아들이 이곳까지 찾아온 것에 기특한 마음 반 부담스러운 마음 반이 되었다. 여기까지 올 줄 몰랐다. 게다가 보자마자 토끼 타령이라니. 니나가 변신을 한 건 지구에 도착해 딱 한 번뿐. 지금 이 모습이었다. 가장 평범한 여공으로 변신해서 대한민국 가장 평범한 노년층으로 나이를 먹고 있었다. 지구에서 반세기 가까이 살면서 한 번도 다른 존재로 변하지 않았다. 물론

한 번 변신할 때 엄청난 에너지가 소요되므로 부담스러운 건 있다. 하지만 못할 건 아니었다. 니나는 다른 존재가 되고 싶은 적이 없었다.

하지만 그건 니나의 생각이었고, 시도해본 적이 없어 니나는 몰랐겠지만 사실 변신 능력을 상실한 지 오래였다. 언제부터인고 하니 그날, 4층 높이에서 떨어지던 날이었다. 노동자도 인간이다!, 하고 외치며 떨어지던 날, 니나의 손을 석이 잡았다. 그리고 석은 니나의 손이 아닌 파이프를 잡은 손을 놓았고 둘은 4층 높이에서 떨어졌다. 하지만 그 전에 서울대 법대생이라는 것을 밝힌 게 주효했을까. 사회적 자산인 서울대 학생을 죽일 수 없었던 건지, 생때같은 젊은이 두 명의 목숨을 건지기 위해서였는지 경찰은 서둘러 조치를 취했다. 지금으로 치면 에어 바운서 격인 담요를 어디서 가져와 몇 장 깔아둔 것이다. 그 덕에 죽지는 않았다.

니나는 타박상 외에 비교적 사지는 멀쩡했으나 뇌진탕으로 한 달을 누워 있었다. 그에 반해 석은 견갑골을 비롯해 팔과 다리에 골절을 입었다. 그중 왼쪽 다리는 영구적으로 절게 되었다. 미안해하는 니나에게 석은 덕분에 군대 안 가게 되었다고 웃었지만 하나뿐인 아들을, 그것도 서울대 법대 다니는 아들의 신세를 망쳐놓았다며 석의 부모는 죽는 날까지 니나를 미워했다.

어쨌든, 그날의 인간 선언 이후 니나는 정말 인간이 되었다. 뛰어난 학습 능력이고 기억력이고 뭐고 다 사라지고 이젠 냉장고 앞에서 멍하니 서서 내가 뭐 하려고 했더라, 한참 생각하는 평범한 노년의 삶을 살고 있었다. 고향 행성에서 신호가 오기 전까지는.

너무도 오랜만의 감각이었다. 이 낯선 감각이 뇌졸중의 신호가 아닐까 의심한 니나는 CT나 MRI를 찍어봐야 하나, 올해가 홀수 해인가 짝수 해인가, 의료보험이 되나를 여느 한국인처럼 생각하고 있었다. 머릿속에서 뚜뚜 신호음이 이틀째 지속되던 날 니나는 버스를 타고 병원에 가던 중이었다. 옆자리 학생이 핸드폰으로 읽고 있는 기사를 살짝 엿보았다. 내일 슈퍼 블러드문이 사십육 년 만에 지구에서 관측된다는 기사였다. 니나는 다음 정거장에서 내렸다. 병원 예약은 취소했다.

시간이 촉박했다. 집에 오자마자 차를 끌고 나와 대한민국에서 차량 진입이 가능한 제일 높은 지대로 올랐다. 그건 불현듯 생각난 세 번째 매뉴얼이자 본능이었다. 본능이었기에 다른 걸 생각할 여유가 없었다. 일이 복잡해질 걸 예상하고 핸드폰과 지갑은 일부러 집에 두고 나왔다. 지구에 민폐를 끼칠 수는 없다고 생각했다. 그런데 자신의 업둥이이자 늦둥이 자식이 여기까지 쫓아올 줄이야. 자식은 죽을 때까지 모른다더니, 역시.

"그런데 엄마, 정말 외계인이었어?"

아들은 잠에서 덜 깬 듯 풀린 눈으로 물었다. 옆에는 이유식 파우치 껍데기 몇 개가 떨어져 있었다. 니나는 여느 부모처럼 속으로 자식을 냉정하게 판단했는데, 이 녀석의 단점은 한심하다는 것이었다. 그리고 장점은 우직하다는 거고.

"그동안 몇 번을 말했냐."

"그럼 엄마 지구를 떠나는 거야? 그럼 나는?"

"너는 뭐?"

"엄마 잊었나본데, 나 늦둥이야. 아직 엄마 손이 필요한 나이라고."

"늦둥이긴 한디 내가 낳은 건 아니라고 몇 번을 말했냐잉. 외계인이 어떻게 지구인을 낳것어. 생물학적으로다 말이 되냐."

"가슴으로 낳았다는 말도 몰라, 엄만? 사람이 정서적으로 아주 메말랐어."

"너도 지구에서 반백 년 살아봐라잉. 정서가 촉촉헐 수가 있는가."

"아무튼 나도 데리고 가."

"뭐시여? 너 거기서 뭐 해먹고 살 것인디."

"몰라. 여기보단 낫겠지. 대한민국에서도 살았는데 우주 어디를 가서 못 살까."

아들의 표정이 비장해졌다. 이 녀석의 나이가 올해 몇이더라. 니나는 아들에게 물어보려다가 말았다. 도대체 하나뿐인 아들 나이도 모르느냐느니, 내 이름은 알고 있느냐느니 폭풍 잔소리를 시작할 게 뻔했다. 니나는 마흔이 넘을 무렵 대출금을 안고 서울 변두리에 낡은 다세대 빌라 한 채를 구입했다. 지금 살고 있는 바로 그 집이다. 금융위기로 대한민국이 술렁이던 시기였다. 위기가 곧 기회라더니 그 후 니나는 임대업자가 되었다. 그 집은 니나에게 소득만 주었던 게 아니다. 아들도 안겨주었다.

집을 매입하고 얼마 후였다. 아직 세입자를 다 파악하지 못한 상황이었다. 그 옛날 벌집 수준까지는 아니었으나 방을 여러 개로 쪼갠 탓에 문이 여기저기로 나 있고 불법 개축을 해서 건물은 뭔가 어수선한 형색이었다. 그러던 어느 날 밤 니나는 고양이 울음소리를 들었다. 그 소리는 아주 미약해서 귀가 밝은 니나에게만 들리는 것 같았다. 끊어질 듯 끊어질 듯 밤이 새도록 이어진 소리에 니나는 잠을 이루지 못했다. 벌떡 일어나 소리의 진원지를 찾았다. 2층이었다. 맨 마지막 문에서 소리가 난다는 것을 알았다. 그 앞에서 한동안 서 있었는데 점점 고양이가 아닐지도 모른다는 느낌이 들었다. 이십 년 전 공장 피 웅덩이 속에서 건졌던 작은 인간이 떠올랐다. 그건 트라우마였다. 니나는 문을 벌컥 열었다. 어둠 속에서 소리가 더 선명하게 들려왔다.

탯줄도 자르지 않은 아기가 이불에 둘둘 말려 있었다. 눈도 못 뜨고 들리는 거라곤 울고 있는 제 목소리뿐인 공간에서 아기는 손가락과 턱을 바들바들 떨었다. 니나는 아기를 들어올렸다. 피 비린내가 훅 끼쳤다. 굴보가 죽고 굴보의 아들이 폐결핵으로 죽은 후 줄곧 혼자 살았던 니나에게 가족이 생긴 순간이었다. 그 집에 살던 이는 아이를 낳고 돌아오지 않았다. 아직까지도. 그래도 언젠간 생모가 돌아올지 몰라 집을 팔지 못했다.

"그런데 우주선은 언제 와?"

아들이 순진한 표정으로 물었다. 나이를 저렇게 먹었어도 저런 표정을 지을 때는 귀엽다. 어렸을 때는 더 귀여웠는데. 자식이 뭔지. 지나고 나면 아쉬운 존재. 니나는 고개를 저으며 말했다.

"왔어야."

"정말? 어디? 어디?"

저기. 니나가 턱으로 가리킨 곳에는 휴게소가 있었다. 언제 불을 켰는지 간판부터 실내까지 환한 빛이 새어나왔다.

"뭐야. 휴게소잖아. 엄마 진짜 알츠하이머는 아니지?"

아들이 걱정스러운 표정으로 니나를 보았다. 눈에 보이는 게 전부가 아니라는 걸 어떻게 설명해야 하나. 니나는 자신의 한심한 아들을 쳐다보다 입을 열었다.

"여그는 다른 시공간이여. 저거슨 사실 우주선이랑께. 우덜 눈에 휴게소로 보일 뿐이제."

아들은 미간을 찌푸리며 잠시 생각하다 물었다. 왜?

"그건… 우주의 법칙이여."

아들에게 설명해봤자 시간 낭비였다. 니나는 아들을 데리고 휴게소로 들어갔다. 모든 불이 다 켜진 휴게소 내부는 굉장히 밝았다. 주위를 둘러보니 아무도 없는 거 같았다. 아들은 주위를 두리번거리며 니나의 뒤를 따랐다. 니나는 한식관이라고 쓰여 있는 쪽으로 갔다.

"엄마, 나 배고파. 국밥 되나?"

아들의 배 속에서 꼬르륵 소리가 유독 크게 울렸다. 니나는 곧장 주문 받는 곳으로 갔다. 그곳에 직원이 서 있었다. 아들은 갑자기 나타난 사람에 깜짝 놀랐다. 상냥한 미소를 짓고 있는 직원은 굉장히 평범한 이십대 여자였다.

"오랜만입니다. 호리하이코키야."

직원이 웃으며 니나에게 말했다.

"거의 반세기 만이구만요잉."

니나도 여자에게 웃으며 말했다.

"지구의 시간으로는 그렇겠죠. 지구에 대해 정보를 많이 습득했습니까?"

"그라지요."

니나의 대답에 직원은 흡족한 듯 웃으며 말했다.

"좋습니다. 많은 도움이 되겠군요."

"도움이라고라우?"

니나가 한쪽 눈썹을 비비안 리처럼 치켜뜨며 물었다. 뭔가 의심쩍을 때 짓는 엄마의 표정을 아들은 의미심장하게 바라보았다. 그리고 물었다.

"엄마, 이거 외계어야? 영어는 아니고 러시아어도 아닌 거 같은데."

지금까지 직원과 니나의 대화는 니나의 행성인 우르알오아이오해의 언어로 진행되었기 때문에 아들은 니나와 직원을 번갈아가며 신기한 듯 쳐다보았다.

"당신은 지구에 불시착했다고 생각하겠지만 실은 계획된 일이었습니다."

직원은 친절한 미소를 지으며 말했다.

"뭐시요?"

니나는 말문이 막혔다.

"행성 아카이브 프로젝트의 일환으로 지구에 파견된 것입니다."

이 지구의 특징은 굉장히 빠른 시간 동안 급변했다는 것이다. 그 현상이 우주계 다른 행성들의 주목을 받았다. 알고 보니 그 이유는 그곳에 거주하는 지구인들 때문인데 이 지구인의 특성을 파악하고 생존하는 것이 니나의 임무였다.

"그라믄 정식으로다 파견을 해불지 그랬어라우."

니나는 일부러 불시착으로 만들어 반백 년 동안 기다리게 만든 자신의 행성이 어이없었다. 직원은 여전히 미소를 머금고 설명했다.

"그 이유는 첫 번째, 사전에 정보가 있으면 편견이 있을 수 있기 때문입니다."

니미럴, 사전에 정보가 있었어도 빡센 곳이었다.

"두 번째, 실전에서는 매뉴얼이 어떻게 작동하는지 알기 위해서였습니다."

시부럴, 인생 실전이라는 말도 모르나.

"세 번째, 지구라는 행성의 특이성이 보편적인지, 개별적인지를 다시 한 번 입증하기 위해서였습니다."

"육시럴, 지구는 특이혀, 아주 특이한 곳이여."

이번에는 입 밖으로 소리가 나왔다.

"육시럴?"

직원이 호감 어린 표정으로 니나에게 되물었다. 머릿속에서 한국어 사전을 넘기기 전에 니나가 얼른 질문했다.

"다시 한 번, 이라고라?"

"눈치챘습니까? 사실은 이번 실험이 처음이 아닙니다."

"뭐시라고요?"

니나는 다시 한 번 기함을 했다. 이게 처음이 아니라니.

"지구에 우덜 행성인이 또 있어라우?"

"많습니다. 문득 살면서 소외감이 든다면 그건 자신이 지구인이 아니라는 증거입니다. 하지만 알 턱이 없죠. 본인 자신도 기억에 없을 테니. 단지 주위에서 4차원이라는 등 수군거림의 대상이 될 뿐."

직원은 여전히 상냥한 얼굴로 말했다. 저 얼굴을 한 대 치고 싶다는 욕구가 스멀스멀 일었다. 역시 나는 지구인이 다 됐어. 니나는 혼자 생각했다.

"자, 이제 떠날 준비가 되었습니까?"

직원이 니나에게 물었다.

"지구에 가족이 있어라우. 아들이요. 같이 갈 수 있을랑가요?"

니나가 옆에 있는 아들을 가리키며 말했다. 아들은 자신의 이야기라는 것을 느끼고 공손하게 손을 모았다.

"우리는 문명을 연구하려는 것이지 바이러스를 싣고 가겠다는 게 아닙니다. 지금까지 데이터로 봤을 때 지구인은 매우 비효율적이고 감정적인 존재입니다. 우리는 인간이 저능하다는 결론을 내렸습니다."

니나는 웃음이 나왔다. 자신의 행성은 인간에 대해 정확한 판단을 내리고 있었다. 비효율적이고 감정적이다. 그래서 저능하다.

"아들하고 갈 수 없다면 지는 지구에 남겠어라우."

마치 기다렸다는 듯이 니나는 후련하게 말했다. 니나의 대답에 직원은 동요하지 않았다. 직원 또한 마치 그럴 줄 알았다는 표정이었다.

"지는 이 저능한 존재들을 사랑하니께요."

"역시 이번에도 결과는 같군요. 의사를 존중하겠습니다. 남는 건 자유지만 지금까지의 기억을 지우겠습니다. 호리하이코키야, 당신은 이제 평범한 지구인으로서 남은 생을 살게 될 겁니다."

"잠깐만요. 기억은 지우지 마셔라우. 지 과거는 소중한 사람들로 가득 차 있으니께요."

니나는 두 손을 모았다. 니나를 잠시 쳐다보던 직원이 입을 열었다.

"그럼, 해브 어 나이스 데이."

자신이 뭔가 전 지구적 농담을 구사했다고 생각한 직원은 어깨를 으쓱하는 제스처로 마무리를 하며 푸드코트의 포스를 두드렸다. 그러자 직원이 눈앞에서 감쪽같이 사라졌다.

"아니, 엄마 고향 별 자랑을 그렇게 하더니 왜 이렇게 가난해? 정말 연료가 없다고 그냥 간 거야? 나 하나 더 탄다고 자리가 없어?"

장수는 운전을 하며 니나에게 했던 말을 또 하고 있었다. 두 사람은 장수의 트럭을 타고 정령치를 내려오는 길이었다. 니나는 장수에게 우주선 연료가 바닥나서 다음에 또 오겠다는 말을 남기고 떠났다고 말했다. 다행히 직원은 기억을 지우지 않았다. 말해도 누가 믿어주지도 않겠지만.

"사십육 년 기다렸다면서? 그럼 또 얼마나 기다려야 하는 거야? 또 반백 년 기다려야 해? 아무리 백세 시대라지만 엄마 백

살까지 살 수 있겠어?"

"아주 기냥 고사를 지내라, 이노무 새끼. 잉? 기냥 죽어뻔지라고 고사를 지내. 말도 징그럽게 많네이. 너 그 주둥아리만 들고 갔으면 가뿐허게 우주선 떴어."

"난 또 새로운 별에서 새 인생 시작하나 했더니만. 에이, 좋다 말았어."

"이놈아, 너 땜시 나도 못 갔잖여. 반세기를 더 지둘려야다니. 예라이 육시럴 놈아."

"엄마는 아들한테 육시럴이 뭐예요. 하여튼 나쁜 것만 배웠어 아주."

"이놈아, 내가 지구 와서 는 건 욕밖에 없어야. 오십 년을 언제 또 기다린다냐. 하이구 징글징글허다이. 생각헐수록 열받아부네. 저 새끼를 내가 왜 낳아쓰까나."

"그게 아들한테 할 소리요? 그리고 인간적으로다가 엄마가 낳은 건 아니잖아. 우리, 말은 바로 합시다."

"이 새끼가, 가심으로 낳았담서?"

"아, 자꾸 그놈의 새끼, 새끼!"

"그럼 니가 새끼지, 에미냐."

"엄마, 이왕 이렇게 된 거, 석이 아저씨랑 결혼해."

"뭐, 결혼? 갑자기?"

"석이 아저씨 불쌍하지도 않아? 엄마 때문에 다리도 그렇게 됐는데."

"니는 나가 불쌍허지도 않냐잉. 요로코롬 척박한 땅에서 내 몸 하나 건사허기가 얼매나 힘든디."

대화의 내용은 험했지만 모자의 얼굴에는 미소가 가득했다. 아들과의 대화를 뒤로하고 니나는 차창 밖 하늘을 올려다보았다. 완연한 가을이었다. 니나는 지구를 떠날 생각이 없었다. 라면과 김치, 굴 없이는 못 살았다. 게다가 인간 친구들이 있었다. 그 친구들이 옳았다. 니나는 지구를 떠나지 않았다.

저 멀리 빛이 반사되어 반짝하는 게 보였다. 떠나온 행성에게 인지, 정착한 행성에게인지 알 수 없었으나 니나는 작은 목소리로 인사를 전했다. 안녕, 나의 행성.

"엄마, 지구에 어떻게 오게 된 건지 자세히 얘기 좀 해봐."

구불구불한 내리막길을 한참 내려온 후 장수가 니나에게 말했다.

"새삼스럽게. 그동안 뭐 들었냐."

"그동안은 엄마가 거짓말하는 줄 알았지."

"속고만 살았나. 난 거짓뿌렁 안 하는 사람이여."

이제 완연한 인간이 된 니나는 흠흠, 목소리를 가다듬고 본격적으로 아들에게 이야기를 들려주기 시작했다.

"그러니까 내가 처음 지구에 불시착, 이 아니라 계획적으로 떨어진 건 1978년 겨울이었제. 산속에서 물처럼 흐르고 흘러서 토끼도 만나고 물고기도 만났어야. 그렇게 한참을 흘러서 고등 생명체를 딱, 만나부렀어."

"사람이었구나."

"아니."

"그럼 누구?"

아들의 질문에 니나는 대답했다.

"인간."

에필로그

"그래서, 우주선을 안 탔다는 겁니까?"

신입이 계단 뒤를 따라오며 물었다.

"안 탔으니까, 여기서, 응, 너랑, 똥짐을 나르고 있는 거, 아닙니까."

생수를 내려놓으며 장수는 끙 소리를 냈다. 오늘의 마지막 배송 물건이었다. 등 뒤에서 땀이 한 방울 떨어져 팬티의 밴드를 적시는 게 느껴졌다. 그러면서도 내쉬는 숨에서 하얀 김이 나왔다. 감기 걸리기 딱 좋은 상태네.

"왜요?"

신입이 모자를 바로 쓰며 물었다. 2리터 생수 스물네 개를 들고 3층까지 올라왔는데 숨도 헐떡이지 않는다. 땀도 안 흘린다.

모공이 없다. 그런 신입을 보며 장수가 대답했다.

"뭐가 왜야, 왜긴. 똥짐에 이유가 어딨어."

"그게 아니라 왜 안 탔냐고요. 우주선요."

신입은 생각보다 집요한 성격이었다.

"뭐, 여기서 할 일도 많고. 울 엄마가 그러는데 거긴 김치는커녕 라면도 없대. 뭘 먹지를 않는다대? 다 맛난 거 먹자고 이 고생하는 건데, 게다가 한국인이 라면이랑 김치 없이 어떻게 살아."

차에 오르니 훈훈한 공기가 비강을 자극해서 콧물이 흘렀다. 생체 실험당할까봐 못 탔다는 말은 하지 않았다. 실은 탑승 거절 당한 거지만. 벌써 십 년 전 일인데도 생생하다. 엄마의 실종, 우주선, 외계인…. 지금은 아내인 은희에게 처음 얘기를 했을 때 은희는 웃어넘기다가 나중엔 상담을 받아보라는 소리를 했다.

"저도 그럴 때 있습니다."

신입이 조수석에 몸을 묻으며 말했다. 녀석이 땀에 이어 콧물 도 안 흘린다는 사실을 장수는 휴지를 꺼내며 확인했다.

"너도 라면 좋아해? 하긴 라면 싫어하는 지구인이 어딨어."

휴지에 코를 팽 풀고 나서 거울을 보니 코가 빨개졌다. 맹맹한 목소리로 장수가 말했다. 범지구적 음식이지, 라면은. 차가 출발하고 고속도로에 진입할 때까지 신입은 한참 동안 대답 없이 정면만 바라보았다. 고장인가.

"너도 지구에 적응 못하고 있냐?"

침묵을 깨고 장수가 말했다.

"네."

이번엔 장수가 고개를 돌려 신입을 바라보았다.

"그래?"

"저는 라면도 김치도 안 먹고 인간도 아니지만 가끔 생각합니다. 지구가 낯설다고."

"그럼 너도 외계인인 건가?"

장수는 시선을 정면에 고정한 채 중얼거리듯 물었다. 퇴근 시간이 한참 지났는데도 경부고속도로는 막혀서 차가 가다 서다를 반복하고 있었다. 오른쪽 무릎이 시큰했다. 요즘은 옵션으로 크루즈 기능도 나오던데, 자율주행은커녕 이놈의 깡통차. 장수는 괜히 운전대를 주먹으로 툭 쳤다.

"아시다시피 저는 외계인도 지구인도 아니죠."

신입이 장수를 바라보며 말했다. 말하는 입꼬리가 자연스럽게 올라갔다. 친절한 미소였다. 유리알처럼 투명한 안구에 장수가 비쳤다. 그렇지. 너는 이 깡통차 같은 존재지. 고객의 정서를 맞춰줄 수 있는 멘털 서비스 기능 옵션이 탑재된. 하루 종일 같이 다닌 바로는 나쁘지 않았다. 힘도 좋았고, 상냥하되 위화감 없는 목소리와 고객의 반응에 적절히 응대할 수 있는 수준의 소프트웨어가 있었다. 본사에서는 직원들이 실전에서 베타 테스트를 하고 피드백을 주기를 요구했다. 언젠가 플랫폼 노동자 모두 안

드로이드로 바뀔 것이다. 인간처럼 땀이나 콧물을 흘릴 일도, 감기에 걸리거나 부상을 입을 일도 없으니 효율적이다. 그런데 얘는 좀 이상한 거 아닌가. 존재에 대한 고민을 하는 안드로이드라니. 불량인가.

"어머니는 건강하신가요?"

"아마도."

장수의 대답에 신입이 그를 쳐다보았다. 애매한 대답에 응대할 문장을 고르는 게 느껴졌다. 빛이 자취를 감추자 노을처럼 붉은 기운이 주위를 감쌌다. 창밖으로 고개를 빼고 보면 붉은 달이 보일 것 같았다.

"선배님, 소원 빌었습니까? 오늘 밤 사랑하는 사람과 블러드 문에 소원을 빌면 이루어질 수도 있다고 들었습니다."

기억력 좋네. 열두 시간도 전 일을 기억하고.

"우리가 사랑하는 사이는 아니잖아."

"그건 아니지만, 제 소원은 업둥이가 행복했으면 좋겠습니다. 선배님은 제가 처음 만난 인간이니까요."

신입이 사람 좋은 미소를 지으며 말했다. 장수도 미소를 지었다. 내 소원은 네가 오늘 일을 기억하는 거야.

"A-138, 베타 테스트 7일 차 최종 완료. 전원 종료."

장수가 말하자 신입이 '전원 종료'를 따라 말한 후 눈을 스르륵 감았다. 무언가 말하려던 입꼬리는 내려와서 일자가 되었다. 드디어 진정한 침묵이 찾아왔다.

"신입, 소원은 말하는 게 아니야. 가슴속에 묻어둬야지. 그리고 너, 그 말은 어제도 했어."

처음 만난 인간이라는 말. 우린 일주일째 같이 다니고 있다고. 안드로이드는 매일 기억이 리셋되도록 설정되어 있었다. 단기 기억상실증 환자와 일주일을 같이 보낸 셈이다. 매일 똑같은 말을 하니 처음 이틀은 좀 짜증스러웠다. 하지만 그 이후로는 처음 보는 것처럼 연기를 하는 게 오히려 편했다. 오늘이 테스트 마지막 날이었다. 데이터가 모두 삭제되면 오늘의 대화는 사라질 것이다. 하지만 장수는 A-138에 봉인한 기분이 들었다. 그렇게 엄마의 이야기를 꽁꽁 담아두었다고.

노장수, 가끔 하늘을 봐. 거기서 네 별을 찾아봐. 우린 누구나 별의 조각들이니까.

엄마의 목소리가 들리는 듯했다. 장수는 고개를 들어 하늘을 보았다. 하지만 자동차 헤드라이트 불빛에 가려 별은 더 이상 보이지 않았다.

참고 자료

용어*

시다: 도배 작업을 할 때 먼저 붙이는 밑종이, 또는 그걸 붙이는 일을 가리키는 일본어 시타바리에서 유래해, 견습공을 지칭하는 속어로 쓰이게 되었다. 시다 (정확한 일본어 발음은 시타)의 한자는 아래를 뜻하는 아래 하 자. 인간의 일상에 뿌리를 박은 차별과 억압을 상징하는 데 이 이상 비참한 단어가 또 없다.

마도메, 시아게: 일본어의 원뜻은 요약 또는 수습. 옷을 만들 때, 안감이나 옷깃, 주머니의 마무리 바느질이나 실밥을 뽑아내 허술하고 거친 부분을 다듬는 작업이다. 시아게는 우리말로 하면 '끝손질'인데, 봉제공장에서는 완성된 옷을 출하하기 직전 다림질하는 공정을 가리킨다. 마도메와 시아게 모두 그런 일을 하는 직공이라는 뜻으로 쓰인다.

오야: 일본어 오야지의 준말. 한자로는 親이라고 적지만 아저씨라는 뜻도 있다. 일터나 공사판에서 작업이나 시공 일부를 하청받아 노무자들을 지휘하는 책임자를 오야지라고 부른다.

* 조영래, 2020, 『전태일 평전』, 전태일기념사업회

음악

〈사랑은 눈물의 씨앗〉
(노래 나훈아, 작사 남국인, 작곡 김영광, 1969년 발표)

〈님과 함께〉
(노래 남진, 작사 고향, 작곡 남국인, 1972년 발표)

〈나성에 가면〉
(노래 새샘트리오, 작사·작곡 길옥윤, 1978년 발표)

〈내 마음 갈 곳을 잃어〉
(노래·작사 최백호, 작곡 최종혁, 1977년 발표)

〈둘이 둘이 와〉
(노래·작사·작곡 송창식, 1978년 발표)

〈사노라면(내일은 해가 뜬다)〉
(노래 쟈니 리, 작사 김문응, 작곡 길옥윤, 1966년 발표)

도서 및 영화

김경일, 2021, 『한국의 민주화 운동에서 노동과 여성』, 한국학중앙연구원출판부
김경일 외, 2016, 『한국 현대 생활 문화사 1970년대』, 창비
김원, 2006, 『여공 1970, 그녀들의 반역사』, 이매진
박정훈, 2021, 『배달의 민족은 배달하지 않는다』, 빨간소금
신순애, 2022, 『열세 살 여공의 삶』, 한겨레출판
유경현·유수진, 2020, 『별 다섯 개 부탁드려요!』, 애플북스
안재성, 2007, 『청계, 내 청춘』, 돌베개
안치용 외, 2014, 『구로공단에서 G 밸리로』, 한스컨텐츠
전순옥, 2004, 『끝나지 않은 시다의 노래』, 한겨레출판
장남수, 2020, 『빼앗긴 일터, 그후』, 나의시간
조영래, 2020, 『전태일 평전』, 전태일기념사업회
정찬일, 2019, 『삼순이: 식모, 버스안내양, 여공』, 책과함께

다큐멘터리 〈미싱타는 여자들〉, 감독 이혁래·김정영, 2022년 개봉

작가의 말

　이 소설을 쓰던 시기, 내가 살던 곳은 공교롭게도 청계천 옆이었다. 글이 잘 안 풀리는 날엔 청계천의 흐르는 물을 따라 정처 없이 걸었다. 물고기 떼와 오리를 구경하며 천천히 걷다보면 내 발은 어느새 전태일 동상 앞에 서 있었다. 이 소설에 나오는 청계천 유령이 내 손을 잡아줬던 것일까. 그 앞에서 우두커니 서 있다 돌아오는 날이면 나는 다시금 쓸 용기가 생겨 노트북 앞에 앉곤 했다. 그런 날들이 쌓여 이 소설은 완성되었다.

　그 동상의 존재가 내게만 힘이 되었다고 생각하지 않는다. 그 앞을 지나는, 일부러 찾는 많은 노동자들의 어깨를 여전히 다독이고 있다고 나는 믿는다. 그게 바로 우리가 역사의 산물을 지켜야 하는 이유가 아닐까.

이 소설은 외계인이라는 타자의 시선으로 본 1970년대 노동 현실에 대한 이야기다. 그리고 그 노동이 오늘날 어떻게 변했는지, 앞으로 어떻게 변할 것인지에 대한 상상이기도 하다. 노동 문제를 조심스럽되 무겁지 않게 그리고 싶었다.

작품을 구상하며 1970년대의 노동 환경에 대한 자료를 찾아보았다. 1970년대 후반, 내가 태어났던 해로 시간여행을 하고 온 기분이다. 지금의 시각으로 보면 하나같이 어이없고 황당하고 슬픈 이야기들이었다. 그 시대를 뚫고 오늘이 왔다는 사실과 그때와 지금의 노동 환경이 얼마나 달라졌는가 하는 의문이 이 소설을 쓰게 했다. 그리고 그 시대를 겪어낸 사람들이 궁금했다. 그들은 그 징글징글했던 시절을 치열하게 헤쳐나왔다는 데 자부심을 가지고 있었다. 그 뜨거운 마음을 알고 싶었다.

이 소설이, 내가 간접적으로 목도한 사건들이 먼지를 벗고 세상에 나와 숨 쉬는 작은 계기가 되었기를 바란다. 그 발판을 마련해준 수림문화재단과 연합뉴스, 그리고 심사위원 선생님들께 감사의 인사를 드린다. 또, 항상 힘이 되어주는 나의 가족과 내 모든 작품의 처음과 끝을 늘 함께 해주는 나의 건장한 뮤즈 ES에게 감사와 사랑의 말을 전하고 싶다.

마지막으로 니나 씨, 사랑하는 사람들과 사랑하는 글 작업이 있는 이 별이 저도 마음에 듭니다. 당신처럼 오래오래 살아남아 쓰겠습니다.

✦

본문의 '오늘은 이게 전부다, 충분하지 않지만 적어도 너희에게 알려주겠지. 우리가 아직 싸우고 있다는 사실을'이라는 표현은 브레히트의 글(이제 이것이 전부이고 충분하지는 않을 것이다. 그러나 이 시들은 내가 아직도 여기 있음을 그대들에게 말해줄 것이다)을 참고, 변용했다.

'내 인생을 망치러 온 내 인생의 구원자'는 박찬욱 감독의 영화 〈아가씨〉에 나오는 유명한 대사를 차용했다.

이 작품의 제목 '이 별이 마음에 들어'는 가수 윤하의 노래 〈별의 조각〉의 한 구절에서 가져왔다. 초고를 끝냈을 무렵 우연히 이 노래를 듣게 되었는데 니나가 내게 하는 말 같아서 놀랐다. 굉장히 서정적이면서도 독특한 노래다. 이런 음악을 우리에게 들려준 윤하 씨에게 감사의 인사를 전한다.

소설에 등장하는 인물 및 에피소드, 설정들은 실제 인물이나 사건과는 관련 없지만, 여러 책들과 수기, 인터뷰 등을 참고해 재구성한 것으로 실화에 바탕을 두고 있다. 우리는 그런 야만의 시절을 건너왔고 지금도 건너고 있다.

글쓰기 방식의 변화와
원소스 형태 소설의 증가

제11회 수림문학상 심사위원단

성석제(소설가, 심사위원장), 정홍수(문학평론가), 신수정(문학평론가),

양진채(소설가), 김혜나(소설가), 김의경(소설가)

한 달 동안 진행된 예심을 통과한 작품은 〈창조〉, 〈기억의 섬〉, 〈먹고 기도하고 사기쳐라〉, 〈달리는 사막〉, 〈이 별이 마음에 들어〉 다섯 편이었다. 본심은 다시 한 달 동안의 숙독을 거친 뒤 9월 12일 연합뉴스빌딩 12층 대회의실에서 열렸다. 올해 심사에서는 글쓰기 방식이 변하고 있다는 것과 영화나 드라마의 소스가 되기 위한 '원소스' 형태의 소설이 늘어나고 있음을 실감했다. 대화 처리가 기존의 형식과 달리 낯설었고 문학적 특성을 도외시하는 경우를 빈번하게 발견할 수 있었다. 전통적인 소설기법보다는 SF와 같은 장르 소설의 기법을 차용한 소설, 스크립트와 같은 원고가 많이 보였다. 이런 변화를 막을 순 없겠지만 십 년이라도 늦추어지기를 바란다는 이야기를 나누며 본심에 들어갔다. 심사위원들은 각 소설에 대한 의견을 나눈 다음 최종적으로 〈먹고 기도하고 사기쳐라〉, 〈달리는 사막〉, 〈이 별이 마음에 들어〉 세 편으로 논의 대상을 좁혔다.

먼저 제외된 〈달리는 사막〉은 어린 소녀의 눈에 비친 고향과 가족, 그리고 고향 마을 사람들의 이야기이다. 주인공의 긍정적이고 낙천적인 시선이 돋보였고, 울고 웃으며 지루함 없이 읽을 수 있는 작품이었지만 픽션보다는 논픽션에 가까운 글로 좀 더 소설화되었다면 어땠을까 하는 아쉬움을 남긴 채 내려놓을 수밖에 없었다.

〈먹고 기도하고 사기쳐라〉와 〈이 별이 마음에 들어〉를 두고서 논의가 길어졌다. 두 작품 모두 장점이 분명했지만 단점도 있었다.

〈먹고 기도하고 사기쳐라〉는 한탕을 꿈꾸는 사람들이 보험사기단 학교에 입학해서 보험사기에 필요한 정보를 전수받고 목숨마저 담보로 삼아 보험사기를 설계하는 이야기이다. 생생한 캐릭터와 잘 읽히는 문장 등 장점이 많은 작품이었다. 무엇보다 재미가 있었고 입담과 너스레가 대단했으며, 원소스에 가까운 작품이어서 콘텐츠로서의 가능성도 기대할 수 있었다. 하지만 너무 장황한 탓에 소설적 기량이 퍼지는 느낌이었고 문학성이 아쉬움으로 언급되었다. 일관성 없는 캐릭터도 간과할 수 없었으며 후반부는 들어내는 편이 나을 것 같다는 의견이 있었다.

〈이 별이 마음에 들어〉는 안정적인 문장으로 마지막 페이지까지 읽게 하는 힘이 있는 작품으로, 지구에 불시착한 외계인이 1978년의 대한민국에 떨어져 여공으로 살아가는 이야기이다. 평범한 여공으로 지구 잠입에 성공한 '호리하이코키야'는 시다, 미싱사, 재단사를 거친 후 노동 교실에 가게 되고 그곳에서 '니나'라는 이름을 스스로 짓는다. 시간을 건너뛰어 2034년 플랫폼 노동자인 니나의 업둥이 아들, 장수를 통해서 여전히 변함없는 노동 현실을 보여주고자 한 작가의 의도를 읽을 수 있었다. 그러나 〈이 별이 마음에 들어〉는 원고의 마지막 페이지에 표기한 참고 자료 목록이 보여주듯이 기존의 자료들을 통해서 만든 소설로, 인용이 많아서 자기화가 과도한 것은 아닌지, 작가가 새롭게 창조한 부분이 부족한 것은 아닌지 우려하지 않을 수 없었다. 70년대의 이야기를 다루려다보니 단순히 후일담으로 느껴지지 않게 하려고 외계인 설정을 넣었을 것이라고 예상하지만 이런 설정이 동화처럼 느껴지게 만들어 소설의 무게감을 떨어트린 것은 아닌가 하는 의견도 나왔다. 외계인이 나오는 SF 소설을 통해서 과거의 무거운 이야기를 가볍게 보여준 것은 장점일 수 있지만 그 가벼움이 오히려 거슬릴 수도 있다는 의견이었다. 특정 지역의 사투리가 어색하고 동시대 작가들의 소설을 연상시키는 모티프가 많다는 지적도 있었다.

그럼에도 〈이 별이 마음에 들어〉는 심사위원들의 마음을 움직였다. 끼니를 거르며 일을 하고, 노동 교실에서 공부하고, 누군가를 위해 고통을 감내하고 희생하는 이야기를 지금 세대가 어떻게 받아들일지는 알 수 없으나 이 소설이 독자의 마음에 가닿을 수 있을 것이라는 데에 의견이 모아졌다. 트렌드를 수용하는 작가의 능력이 향후 새로운 이야기를 보여줄 수 있을 것이라는 기대감을 불러일으켰음은 물론이다.

두 작품 중 소설적 완성도가 높은 소설은 무엇인가, 계속해서 새로운 이야기를 써나갈 기량이 있는 작가가 누구인가를 좀 더 논의한 끝에 〈이 별이 마음에 들어〉를 당선작으로 결정했다. 역사적인 이야기에 젊은 상상력을 가미해 새로운 방식으로 보여준 작가의 수고에 박수를 보낸다. 당선 소식을 전한 전화기 너머로 아기 울음소리가 들려왔다. 당선을 축하한다.

성석제, 정홍수, 신수정, 양진채, 김혜나, 김의경(심사평 대표 집필)